〔日〕**池井户润** 著

伍能位 译

半泽直树

银翼的伊卡洛斯

4

はんざわなおき

中国出版集团　现代出版社

版权登记号：01-2019-2725

图书在版编目（CIP）数据

半泽直树.4,银翼的伊卡洛斯/（日）池井户润著；
伍能位译.—北京：现代出版社，2020.2
ISBN 978-7-5143-8215-0

Ⅰ.①半… Ⅱ.①池… ②伍… Ⅲ.①长篇小说–日
本–现代 Ⅳ.① I313.45

中国版本图书馆 CIP 数据核字（2019）第 229088 号

Original Japanese title: GINYOKU NO IKAROS
Copyright © 2014 Jun Ikeido
Original Japanese edition first published by Diamond Ltd.
Simplified Chinese translation rights arranged with Office IKEIDO Inc.
through The English Agency (Japan) Ltd. and through 上海途亚文化传播有限公司

半泽直树.4,银翼的伊卡洛斯

著　　者　[日]池井户润
译　　者　伍能位
责任编辑　赵海燕　王　羽
出版发行　现代出版社
通信地址　北京市安定门外安华里 504 号
邮政编码　100011
电　　话　010-64267325　64245264（传真）
网　　址　www.1980xd.com
电子邮箱　xiandai@vip.sina.com
印　　刷　三河市宏盛印务有限公司
开　　本　890mm×1240mm　1/32
印　　张　13.25
字　　数　270 千字
版　　次　2020 年 3 月第 1 版　2020 年 3 月第 1 次印刷
书　　号　ISBN 978-7-5143-8215-0
定　　价　50.00 元

主要出场人物

【东京中央银行】

半泽直树…………营业二部次长

渡真利忍…………融资部企划组副组长

近藤直弼…………宣传部次长

中野渡谦…………行长

内藤宽…………营业二部部长

纪本平八…………常务

牧野治…………原副行长

曾根崎雄也…………审查部次长

田岛春…………营业二部调查员

富冈义则…………检查部代理部长

乃原正太…………帝国航空重振特别调查委员会负责人

三国宏…………帝国航空重振特别调查委员会副手

白井亚希子…………进政党政权的国土交通大臣

箕部启治…………进政党议员

山久登…………帝国航空财务部长

谷川幸代…………开发投资银行企业融资部第四部次长

黑崎骏一…………金融厅审查官

目录

妙子：

　　四十年来，多谢你在背后默默支持。

　　不管痛苦还是悲伤，你都一直陪伴在我的身边。

　　今天的晚饭，真的很好吃。

　　要是能一直吃到你亲手烧的饭菜，开心地生活在一起，该是一件多么幸福的事情啊。

　　真的好想一直、一直这样走下去。

早纪：

　　直到现在，只要一闭上眼睛，脑海里便不由自主地浮现出你小时候的样子。我们一个是人见人怜的爱哭鬼，一个是活泼爱动的小捣蛋。记得小时候在公园里，一遇上欺负人的淘气包，你便飞快地躲到我的身后不敢出来。这些回忆，都是我千金不换的至宝。

　　我不在了以后，你也要继续这样漂漂亮亮、认认真真地活着。然后做一个温柔贤惠的母亲。还是想亲手抱一抱你那即将出生的孩子啊，可惜了。和敏夫君一起幸福地生活吧。孤苦的老母亲，就拜托你了。

同僚诸君：

一直以来，承蒙关照。

我能在银行这片战场上日有所进，全仰仗各位的指导和鞭策。承蒙不弃交给我的担子，如今却在中途放弃，深感羞愧万分。

但是，我实在是太累了。

最后，衷心祝愿新银行能拥有一个充满梦想和希望的光明未来。

——牧野治

遗书就静静地躺在书房的桌面上。

内容分别写在两页便笺纸上，文字相当简洁、从容。死，难道就是一件如此轻描淡写的事吗？

对于这个男人来说，人生到底算什么呢？

还有，这个男人的死，背后到底藏着怎样的隐情？

另外，这封书信从头到尾，只字未提大家都想知道的核心事件。

所以，关于这个男人的死，一时之间各种猜测和疑虑风言四起。然而，这些骚动在死亡这一冰冷的现实面前，最终也都烟消云散。

从朝南的书房望去，隔壁公园里樱花烂漫。在满眼缤纷的花瓣中，男人结束了自己的生命，那是一个东方未明的早春拂晓。

死亡，将男人独自承受的所有痛苦永久地封印——至少看似如此。

序章　最后的机会

1

　　半泽直树被营业二部的内藤宽叫去，是十月份某个午后五点前。

　　冰冷的雨水从早上就开始淅淅沥沥下个不停，此刻刚好雨霁初晴。晚秋的霞光泛着铁锈般的金边，穿过雨云染红了整条办公区的街道。办公桌前的半泽瞥见眼前令人窒息的美景，心下为之一振，一时不由得看呆了。他收回了视线，向位于楼层最深处的部长办公室快步走去。

　　"刚才的董事会给营业二部指定了一家新客户，我想把这件事交给你去办。我们部门现在的人手的确已经非常紧张了，这点我很清楚，所以在会上也极力反对。但因为行长也是这个意思，所以不得不接下来。"

　　"是行长的意思？"

事出意料，半泽不由得扬起脸来。行长居然插手营业部具体客户的业务安排，这可是前所未有的事。直觉告诉他，其中必有蹊跷。半泽正琢磨着，听见从内藤口中说出了一家公司的名字。

"其实，那家公司就是帝国航空。"

"帝国航空……"

部长室顿时陷入了一片死寂的沉默。

"那家公司应该正在审查部'住院'吧，而且还是'重症患者'。"

审查部专门负责接管业绩不振的大型企业，所以这个机构通常被称为"医院"。业绩萎靡的帝国航空，一直以来都是审查部在负责跟进。

"为什么要扔给我们？从提振该公司业绩的角度来讲，由审查部负责跟进也没什么不妥吧？"半泽语气中带着不满。

"审查部已经无力阻止帝国航空的业绩恶化了，他们束手无策了。"内藤脸上波澜不惊，淡淡地继续道，"这个问题在董事会上被提及——不，是直截了当地被抛出来，所以行长对审查部失去了信心，这才落到我们营业二部身上。不仅如此，据说商事正在考虑向该公司出资，如此一来让我们接手也算顺理成章。"

在东京中央银行，说到"商事"，就是指同资本系列的东京中央商事。

"商事出资？完全没听说啊。"半泽觉得这事无论如何也得问清楚，"这到底是怎么回事？"

"或许是为了给物流部门补血吧。只要通过出资拉近与帝国航空的关系，那么商事在空运部门的组织体制就坚如磐石了。"

商事一直在谋求与帝国航空建立关系，这一点的确早有风传。然而，对于负责实际业务的半泽他们来说，不可能接触到更具体的信息。更何况，商事和银行在某些业务方面有时还是竞争对手。也不是但凡和金钱扯得上关系，人家就非得上门来找银行的。

"商事出不出资，那是他们的事。倒是我们，有什么必然性的因素，非得为坐等接受出资的帝国航空擦屁股吗？"

"没有什么必然性。"面对提出疑问的半泽，内藤一口承认，"不过……其中自有道理。"

内藤从椅背中探出身子，脸上的表情变得凝重起来，"首先，帝国航空的业绩萎靡，这点你也知道，虽然今年八月刚刚发布了新的重振计划，但实际上要想达成计划目标非常困难。如此一来，很有可能短期内就将陷入资金周转不开的困境。"

"他们向我们提出支援申请了吗？"

"目前还没有。"内藤话里有话，"不过，如果重振计划无法顺利实施，则很难再追加贷款了。"

也就是说，是否向亏损公司提供资金支援，取决于重振计划的实施情况。如果业绩能够按计划提升那自然没有问题，反之如果持续低迷，银行则不得不慎重考虑后续的资金支援了。尤其是帝国航空这种命悬一线的公司。

"您的意思是，重振计划很悬？"半泽问道。

"没错。"内藤回答得相当干脆。

"早先审查部认定他们的重振计划没问题，这件事在董事会上成了众矢之的。更何况，在过去数年的时间里，帝国航空曾

两次在计划提出后又下调目标，要说他们行事草率也一点儿不
冤枉。"

"但是，就算业绩达不到重振计划的目标，那也是帝国航空的
问题。这种情况，即便让我们顶上去也根本无从下手。"

"你说得当然没错。"显然，内藤对半泽的反应早有预料，"所
以，银行希望你跟进帝国航空接下来着手修订的重振方案，确保
他们提出一份值得信赖的计划。这是董事会，不，是中野渡行长
的意思。你不会拒绝吧？"

面对内藤的反问，半泽长叹了口气。

"我有得选吗？"

"抱歉，你没得选。"

半泽不禁昂首看了看天花板。

"我说，审查部那帮人到底是干什么吃的？我们营业二部服务
的主要客户明明是资本系列的大型企业才对啊——"

"不用再说了，你想说的我都明白。"内藤打断半泽，双眉之
间拧成了疙瘩，"现在不是抱怨公司部门长短是非的时候。毫不
夸张地说，帝国航空的重振事宜，是我行目前最重要的项目之一，
我们要挑选最精干的人员，以确保万无一失。除此之外，还有更
好的经营判断吗？"

见半泽沉默不语，内藤继续说道："可以预见，最迟明年夏天，
该公司的资金链就该见底了。还有，在上一轮贷款中，他们原本
向各客户银行提出了总额两千亿日元的长期资金援助申请，但是，
面对业绩下滑低于计划预期的现状，他们实际从银行筹措到的资

金仅有一千亿日元，只有一半，还都是短期资金。并且，其中的八成还是通过政府担保的。"

"既然如此，最后等政府出手救助不就好了？"

宪民党政府出手救助帝国航空是六月份的事情，想必这份政府贷款担保也是救助动作其中的一环吧。这种短期资金，少了政府担保是休想借到手的，由此反推，帝国航空的业绩恶化程度也可见一斑。

内藤继续道："遗憾的是，现在的宪民党政府已经是强弩之末，众议院解散也只是时间问题，只要一考量到选举因素，想要动用公帑^①可就没那么简单了。不，几乎就是不可能的。"

"嗯，没错，毕竟是那样一家帝国航空啊。"

内藤似乎没有理会半泽的挖苦，重新把身子靠回椅背上。

帝国航空一边被爆出业绩恶化的丑闻，另一边公司员工却照样领取不菲的薪金报酬，所以饱受舆论诟病。这时候用国民的血汗钱去救助，任谁也不会答应吧。如果真的敢冒天下之大不韪硬上蛮干，那么本来就摇摇欲坠的宪民党政权支持率，恐怕立刻就要坠入谷底。而且，这件事势必还会给不久后即将展开的大选带来不利的影响。

"当然了，帝国航空一旦破产，对于我们来说也是一大麻烦。前几天政府主导召开了专家会议，讨论改善公司经营的问题。这事你知道吗？"

---

① 公帑：公款。

"在报纸上看到过。"半泽答道,"但是有一点,我不太明白这种专家会的性质是什么呢?"

"不过是花架子罢了,"内藤直截了当地说,"一帮学者,还有金融界名流聚在一起,只会坐在那里说些不着天地的官话,没人会去费心思研究制订具体的计划。之后着手修订的重振方案,仍然要回到务实的层面进行,只不过最终需要专家会议会上认可后,再作为正式计划对外公布。这次的计划方案,可再容不得半点含糊了。"

"如果修订的重振方案进展不顺呢?"半泽冷不丁问道。

"到那个时候,"内藤倒吸一口凉气,"帝国航空只好破产。当然,我们的大部分债权也势必血本无归。如果那样,将对我们的银行业绩和财务账面造成沉重的打击。"

内藤冷静面容之下的热血本心一闪而过:"行长把这难题交给了你,其中当然有各种考量,真要说起来也没完没了。但最关键的只有一点,那就是,现在的确有半泽你才能够闯过难关。"

听到这里,半泽深吸了口气,道:"明白了。最后一个问题,如果让我负责跟进帝国航空,我需要银行给我一套熟悉情况并且能力过硬的人员班底。"

"我们把帝国航空原有的负责团队整个给你拉过来,你看怎么样?"

这是一种超常规的做法,但也是最稳妥的做法。或许,这就是内藤的智慧吧。"除了负责此事的次长,一共五个人,随时待命。我听说都是很优秀的家伙。"

“顺便问一下，那位次长是谁？”

“曾根崎次长。你认识吧？”

好像是个身高一米九的巨人，这个男人大学时代加入了相扑部，是个性格强硬又不善变通的人。

“那位曾根崎君马上就会过来，你和他做个交接。”

话音刚落，随着一阵敲门声，半泽看到了一张熟悉的大脸。

“正等你呢，请进。”

曾根崎雄也在内藤的招呼下走进了办公室，身后跟着另一个男子。那个人身体微胖，与体型巨大、面目骇人的曾根崎形成鲜明的对比，两人走在一起画风颇为滑稽。

“好久不见啦，田岛。”半泽对跟在后面的男人说道，“你也是负责小组的成员吗？”

“是啊是啊，真是好久不见了。”

这位措辞客气、彬彬有礼的男子名叫田岛春，几年前，曾经和半泽短暂共事过，外表看起来很好相处，工作能力也还不错。

“根据部长的指示前来交接，就一起过来了。”

满脸不高兴的曾根崎蛮横地打断话头，对田岛颐指气使地“喂”了一声。

“这些都是帝国航空的相关资料。”

田岛把厚厚的一摞信用文件放在桌面上，说道：“相关资料非常多，剩下的那些随后再送来。”

“你也辛苦了，曾根崎君。”内藤一脸从容地搭话。

曾根崎的脸上却看不出一丝笑意。

"这件事情做到一半中途脱手，是有点儿可惜了。但是无论如何，下面的事情就交给我们吧。"

曾根崎仍旧板着脸，只不过微微点了点头。实际上，这次的事情，对于曾根崎来说无异于宣告已被"开除"出局，让他再和和气气地跟对方谈笑风生只怕也是强人所难。

与此同时，虽然内藤没有明说，但是半泽突然回过神来——这次的事情可不只是表面上更换负责人这么简单。

现在的东京中央银行，是由旧产业中央银行和旧东京第一银行两家银行合并组建而来，所以银行内部尤其是高层之间，不同银行出身而结成的派系依然内耗不断。旧S——旧产业中央银行，以及旧T——旧东京第一银行，双方都在各种场合你来我往、明争暗斗。

两大银行合并后，原来背负许多不良债权的旧T人员，主要的去向是债权管理部门，因此审查部的主要职位都被旧T出身的人所占据。

毋庸置疑，曾根崎就是其中的一员。对于旧T而言，帝国航空历来都是他们最主要的客户，也一直是一个特殊的客户。

简单地说，这么一家与旧T的荣光休戚与共的客户，如今却被半泽他们这些旧S的势力大本营——营业二部接管，这简直让旧T抬不起头来。

内藤接着说道："虽然纪本先生在董事会上提出了异议，但是由于事态紧急，被行长驳回了。我们也觉得接手审查部的客户多有不便，但这回我们也是没有办法。"

纪本平八是不良债权回收的主要负责人，作为债权管理常务，他一直是旧 T 派阀中的实力派之一。对这些前因后果应当早有所闻的曾根崎，此刻也只能饮恨咬牙罢了。

就任以来，一直煞费苦心推动行内融合的行长中野渡谦，这回不惜打破约定俗成的势力界限，直接干预负责人更换，显然是对审查部在这件事情上的处理表现出了疑虑和不满。

"我相信，帝国航空交给营业二部的诸位，一定会比我们做得更好。坦白说，虽然这种情况并非我们的本意，但是为了银行大局也不得不如此。这样也好，大家都可以放心了，所以接下来的事情就拜托你们了。"曾根崎说着，苍白的额头青筋暴起，勉强挤出一丝笑容。这番明显不走心的客套话充满了质疑和嘲讽，仿佛在说："就凭你们也妄想能搞定？"

"你能这么说，我很感激。"内藤笑着说道，仿佛根本没有注意到曾根崎的讽刺，"那么客套话就不多说了，跟半泽君把交接手续办了吧。营业本部的接待室已经空出来了，就在那里办吧。"

内藤干净利落地安排完，简单寒暄几句后就抬腿走人。

2

　　"看来是我小瞧了啊，像这样过河拆桥的手段还真是你们产业中央银行的拿手好戏呢。"一屁股坐进扶手椅中的曾根崎，张口就是冷嘲热讽。

　　两家银行合并之后，像这样毫无顾忌地中伤同行可是明令禁止的。不过，曾根崎也不像是会理会这些细枝末节的主儿。

　　他原本就是个好强而又粗暴的男人，相比深谋远虑的参谋智囊，他更像是那种推土机一样能够强力突击的战斗队员。所以，他把对这次负责人更换事件的不满和屈辱，全部直接写在脸上。

　　"我觉得这可不是什么过河拆桥，这明明就是做得让人看不下去，不换不行了，对吧？虽然部下想必都是优秀的部下。"

　　面对半泽甩出的话，田岛心下惶恐，不由得绷紧了脸。

　　"还优秀的部下呢，就凭他们？开什么玩笑。"曾根崎满嘴讽刺地说道，"如果他们能把该做的事情做好，帝国航空也不会从审查部拱手让出了吧。可以再没有责任感一点儿吗？"

"把责任推给部下该不会就是旧T的拿手好戏吧？"半泽对看着低头默不作声的田岛挖苦地反驳道，"阁下才是实际业务的负责人吧。所以啊，敢不敢拿出点儿样子来承认这都是自己的责任，嗯？"

"你胡说什么！"

面对怒目圆睁的曾根崎，半泽视若无睹，话锋一转直接切入正题。

"刚才从部长那里已经简单地了解了事情的经过。根据安排，接下来要跟进该公司即将制订的新版重振计划——"

"请先允许我把该公司目前已经无法履行的重振方案，做个简单的说明。"田岛一边说，一边从一堆资料里抽出一本厚厚的册子来。

册子封面写着标题——"帝国航空集团再生中期计划"。在内容摘要里则写着规模宏大的再生计划，从本年度开始利用三年时间实现一千二百亿日元的盈利逆转。正是这份计划书，如今却成了提醒政府和银行该公司毫无信用的证据。田岛思路清晰，详细地介绍了其中的概要。

"公司不但没有按计划进行裁员，更要命的是预期收益也没有实现，公司陷入持续的低迷。"

"虽然计划本身或许也存在问题，但是怎么会搞成这样？"计划和实际情况错位得实在离谱，半泽再次提出质疑，"他们的后续进展情况，我们不是一直在跟进吗？"

"那是当然。我们也定期对进展情况进行过监察，并提出了相应的改善建议，可是……"

"帝国航空的主力银行，就是开投行对吧？"半泽一边翻着资料一边问道。

开投行——也就是开发投资银行，在这数年间对帝国航空的资金支援成倍增加，支援总额目前已经超过了东京中央银行，在政府系银行中成为无人匹敌的主力银行。开投行对帝国航空的贷款额已经达到两千五百亿日元，即使在政府系中也是压倒性的庞大数额。开投行和东京中央银行两家的贷款总额，已经超过了帝国航空有息贷款的七成以上。

"他们从开投行那里一定也收到过同样的监察建议。"田岛道。

"即使这样也无济于事？"

田岛露出一丝苦笑，道："问题的关键是，对帝国航空而言，也就只剩下事业计划这样纸面上的东西了。或者这样说吧，所谓事业计划只不过是他们从金融机构获取贷款的一个工具罢了，至于履行计划内容，达成计划目标什么的，他们压根儿就没往这方面想。一句话，他们毫无危机感啊！"

这番话清楚地反映了整个案子的痛点。就半泽的从业经验来说，他还从来没有遇到过如此不负责任的混账经营者，总想着最后让银行来想办法。

"从前几日帝国航空公布的业绩报告来看，他们仍在持续上期的亏损，账面赤字又增加了五百亿日元，公司重组计划也遭到了职工工会的强烈反对。针对过高的企业年金削减计划，也因为OB^①的抗议而毫无进展。"

田岛的说明，揭露了帝国航空面临的种种难题。

来自政治家和国土交通省关于取消亏损航线的压力，与公司激烈对抗的工会组织，机体设备的老化，全球范围内疯狂飙涨的停机费、航空燃油附加费……随便一个问题都是一块难啃的骨头。

"这下明白了吧，半泽？"曾根崎插嘴道，"别人可能以为是我们审查部无所作为，才造成他们的职员毫无斗志，实际上完全不是这么回事。那种公司，谁去了都一样，无可救药。当然了，就算派你去也一样。"

曾根崎伸出粗壮的食指指了指半泽，继续说道，"让你跟进帝国航空，不是行长的意思吗？很好。但是我可得提醒你，别得意太早。我们都做不好的事，你一个毫无企业重振经验的菜鸟更不可能做好。接了这个案子，你就等着后悔去吧。"

"嘿嘿，我会让您失望的。"半泽反唇相讥，然后仿佛对曾根崎说的事情毫不在意似的转向田岛道，"帮我跟帝国航空那边约个时间吧，我们过去打个招呼。"

---

① OB，Old Boy 的缩写，原意是老校友、老毕业生，这里指从企业退休的老员工。

3

"在这么艰难的时候更换负责人？"

帝国航空社长神谷岩夫瞥了一眼半泽递过来的名片，不禁皱起了眉头。

"虽然换了负责人，但是我们采取了一切措施力保交接工作万无一失，这点请您放心。"半泽郑重其事地低下了头。

"怎么可能安心呢？"神谷挥手招呼半泽在沙发上坐下，他的脸颊神经质般地抖了抖，"按照目前这种状况，银行要是总揪着之前的重振计划不放，那就真是不识时务了。我一直在强调情况已经今非昔比，可你们就是不听。何况对我们全力支援不就是你们银行的使命吗？"

"社长阁下，恕我直言，贵司眼下的业绩的确有点儿……"

说这话的，是坐在半泽旁边的曾根崎。在银行内盛气凌人的曾根崎，此刻仿佛换了个人似的，语气乖得像只小猫。但他的话还是让神谷的表情越发阴沉起来。

"业绩？你说业绩是吧，小子！现在这种不景气的大环境下，大家都在苦苦支撑，没道理唯独要求我们提升业绩吧？"

"您说得的确在理。"曾根崎不安地搓手附和道。

神谷提到的大环境，是指去年秋天在美国爆发的金融危机。言下之意，在大量企业经营业绩先后恶化的情况下，帝国航空也难以独善其身。

"的确，不少企业上半年度决算都已经陷入了亏损赤字。"半泽利用对话停顿的间隙插话道."但是，那些企业的业绩已在迅速地好转，这也是实情。那么，贵公司的情况呢？"

神谷一副"你瞧你瞧"的表情，故意叹了口气。

"不幸的是，旅客目前只恢复到了不景气前的七成啊。只要个人消费一天不反弹，不管怎么努力，业绩都会撞到天花板的。所以我认为业绩的恢复还需要些时日。"

看神谷的语气和态度，仿佛他是一位置身事外的评论家。

财务出身的他的确足够务实稳健，但是在他身上却感受不到作为企业一把手必须奋起直追的危机感，或者说没有那种在商战中奋不顾身的求生欲。

"但是，贵公司本季度的预期原本是要通过重组整合实现盈利。现在不但不盈利，反而将预计亏损五百亿日元，这差距是不是太大了？"

"那个啊，是因为我们把企业年金改革的预算也加在了里面。"

半泽的指责，对帝国航空的高层来说或许太过刺耳，但是神谷却平静地反驳，"再加上 OB 们也反应激烈。这些事情，想必你也有所耳闻。"

"OB 的反对本来就应当考虑到。我行对贵公司的计划赋予了极大的信任，并给予了鼎力支持，可是对于这样的结果实在难以接受。"

"他们的反弹超出了我们的预料哇。"面对半泽的不满，神谷同样面色不悦地答道。室内的空气逐渐变得剑拔弩张。就在这时——

"关于这件事，我们会在修正重振方案中探讨解决对策。"该公司的财务部长山久登从一旁插话道。山久登身材短小，是个结实健壮的肌肉男。头发一本正经地分成了三七开，或许是他过于操劳吧，虽然才五十出头，而白发却已经蔚为可观。一直同银行交涉的山久现在也颇为苦恼，他不停地擦拭着额头上豆大的汗珠。

"是什么样的对策？"半泽问道。

"那个，现在还在探讨之中，所以……"山久含糊其词。

"关于修正重振方案，具体什么时候能够出来？"提问的是坐在末席的田岛。

"能否少安毋躁，再给我们一些时间？"面对接连不断的质问，山久也有些焦躁起来，"刚才我们社长也说了，企业年金改革遭到了 OB 们出奇强硬的反对，他们甚至连不惜对簿公堂的姿态都摆出来啦。敝司也在苦思焦虑地想对策，目前，还在摸索有效的应对方法。修正重振方案也将在此基础上……"

"眼下的情况我们已经了解了。"对围绕在陷入泥淖中的大型航空公司周围那些坚壁障碍早有所感的半泽,此时探出身子说道,"但是一点,如今公司业绩和计划预期偏离得如此严重,万一发生资金需求,要想得到支援可就没那么容易了。所以,你们必须尽早拿出切合实际的修订重振方案,这是条件。"

　　"你们说的,我都明白啊。"神谷放下身段,态度和蔼地说道。他喝了口茶,又接着说道:"但是,在努力遵守重振计划方面,我们的态度是毫不含糊的。只是社会情况一直在发生如此巨大的变化,我们被各种各样的变化因素所包围,也面临很多无奈。如果你们不考虑这些情况,一味只求结果,那我们也很难办呢。"

　　"既然如此,能否让我们也参与协助制订修正重振方案呢?"

　　对于半泽提出的要求,神谷犹豫了一下说道:"东京中央银行?帮忙?怎么帮?"

　　神谷略显诧异的言辞中,更透露出一丝责怪对方伸手太长的警惕。

　　"我们打算从银行的角度,对包括企业年金问题在内的贵社问题进行梳理探讨,并希望贵社务必把探讨结果吸收进修正重振方案中。"

　　神谷脸色变得异常难看。

　　如果由帝国航空独自掌控方案的制订,就可以自由操控其中的数据。但是,一旦银行插手介入,他们可就别想了。银行自有银行的办事逻辑。对银行势必干预的这套逻辑,正是神谷所时刻警惕的。

"你们有心协助修正重振方案，我们当然万分感怀。既然如此，我想问你个问题——半泽先生，对我们帝国航空所承担的社会意义，你是否真的了解？"神谷一本正经地继续说道，"敝公司作为航空业界的一翼，一直以来为日本航空运输的发展倾尽心力。在你看来，或许那些航线因为亏损就该快刀斩乱麻地撤掉，但是对于地方而言，帝国航空的定期航班却是不可或缺的珍贵之翼呀。当然货运方面也是如此。如果敝公司哪天真的到了山穷水尽的地步，那么也意味着国内航空运输的其中一翼，就此折断了。"

"我明白贵公司作为公共交通机构进退两难的处境。但是，说到底贵公司终归还是一家民营航空公司。"半泽紧盯着神谷说道，"立足现实寻找解决对策，这不就是经营的题中之意吗？相比大义名分来说，当然现实利益更为重要。"

"喂，半泽……"

半泽身侧的曾根崎如坐针毡，脸色铁青，显得心神不定。或许，如此直截了当的措辞，曾根崎从来就没敢提过吧。

"大义面前选实利，果然是银行职员啊。"神谷也直言不讳地说道，"在你这类人的脑子里，除了钱就没有其他东西了吗？我们是肩负顾客安全的交通机构，在飞机上，难以用成本来衡量的东西数不胜数。连这一点都理解不了，脑子里只剩下盈利赚钱的人，能制订出切实可行的修正方案来吗？"

"眼下，如何重振公司应该才是最优先的事项。"半泽反驳道，"以为承担了社会责任就可以理直气壮地亏损，这是大错特错。"

"打着削减成本的名义，而抛弃我们公司的灵魂。这样的提案，我是断然不会接受的。"

　　看着满脸不悦地把脸扭向一边的神谷，半泽探出身子说道："请您听我说，神谷社长。现在贵公司最需要的，是一份脚踏实地并且能从根本上扭转局面的重组方案，而不是什么纸上谈兵的空想理论，更不是一份为了套取银行资金的花架子。是一份为了实现重振目标，只许成功不许失败的路线指引。一旦错过时机，再想挽救贵公司只怕就难了。恕我直言，对于贵公司来说，现在——是最后的机会了。"半泽断言道，"机不可失，时不再来。"

4

"可别怪我没有提醒你，我们和帝国航空一直以来都保持着亲密无间的合作关系。特别是神谷社长，从他担任财务部长的时候我们就开始来往了，如果你破坏了这样的良好关系，可绝不是什么好事。"

一走出位于天王洲的帝国航空总部大厦，曾根崎就对半泽不满地嚷道。半泽侧着脸，嘴角浮现出一丝冷笑。

"你们维护的恐怕也就是这种和稀泥一样的关系吧。如果真的是关系亲密的重要客户，就该有一说一，全力支持对方的经营。因为对方是社长就尽拣好听的说，所以情况才变成了现在这样。审查部什么时候变得这般奴颜婢膝了？"

"就算你说得对，刚才那种极度无礼的言辞又是怎么回事？就你刚才的态度，我一定会向纪本常务报告的。你就等着瞧吧。"

曾根崎说完，也不理会半泽一起去吃午饭的提议，兀自消失在站台的台阶之下。

"平时在银行里声音倒是挺大，真是个典型的窝里横啊。"半泽看着那道消失的身影，不禁暗自叹息，"要是能把这份窝里横的霸道，用在帝国航空这边就好啦。"

"事情也并非完全是你想象的那样啦。"听到这话，半泽用奇怪的眼神看向田岛。

"因为帝国航空曾经的主力银行就是东京第一银行，所以他们的经营管理层与我们的纪本常务，在私交方面还是非常密切的。再加上，纪本又是曾根崎的顶头上司，如果曾根崎背后告状，他是肯定会出面力挺的。"

"真是无聊透顶。"半泽打断田岛说道，"他以为，只要搬出常务的名字别人就得战战兢兢，那太没出息了。"

"我也觉得。"田岛叹了口气说道，"但是，通过今天的面谈，对帝国航空面临的问题，次长您不是也深有体会了吗？神谷社长作为理论派，除了优秀的客观观察能力之外，也似乎没有其他特别之处了。"

在前任社长引退所引发的公司权力斗争中，最终由财务这种清水衙门出来的神谷继承衣钵，也是一次出人意料的顶层人事安排。

"实际上，帝国航空的历史就是一部权力斗争史啊。而且我觉得，帝国航空高层一定也有从东京中央商事引入投资的想法。"田岛指摘道。

"那实际情况到底怎么样？"

"我暗中向他们公司的负责人打听过，但问不到什么有用的信息。虽然都在传，他们的出资额高达五百亿日元。"

"或许，神谷社长认为当务之急就是筹措眼下这笔资金。"

"就是希望有人出来解燃眉之急的意思呗？"

半泽轻轻地咂了咂舌说道："如果按照这样的思路，永远也不可能拿出从根本上重振业绩的气魄来。"

企业重组充满艰难险阻，这需要当事人有充分的思想准备。现在的问题是：神谷、山久他们有这样的准备吗？

"坦白说，比起转变他们的思想，重新再建一座机场都比这更简单呢。"田岛万念俱灰地问道，"接下来该怎么办，次长？"

"总不能现在就打退堂鼓吧。总之，先做个符合我们要求的修正重振方案再说。"半泽说道，"先不管帝国航空能不能采纳，手里没有方案一切都是白搭。抓紧把它给我弄出来。"

"前期数据都已经收集妥当了，没有任何问题。"

长期陷入经营不振泥潭的帝国航空，每次都会把公司的财物、业绩以及资产等方面的相关数据提交给银行。如果由田岛他们去负责，一定可以拿出一个能解决当前问题并迅速推进重振的章程来。

"拜托了。"半泽说完，迎着令人舒心的秋日凉风迈开了步子。

前一段时间还是令人心烦意躁的酷暑，不知何时，却已悄然换成了凉秋。帝国航空的业绩，也随着这转凉的天气变得日益低迷，仿佛将会这样一直往下坠入寒冬。

时光如梭，禁不起半点儿蹉跎。

"事不宜迟，重振方案不能再拖了。"具有强烈危机感的半泽说道，"如果年内不能做出个样子来，恐怕就麻烦了。"

"我一定尽快整理出来。"

经过负责小组反复慎重的讨论，终于确定了修正重振方案的框架，那已经是十一月初了。

5

"你觉得怎么样，山久先生？"介绍完修正案的各个要点之后，半泽松口气似的问山久，"能否把这些内容，反映到贵社正在提炼的计划中去？"

"反映，对吗？"山久一副暧昧不清的态度，手指摸着下巴，一时陷入了沉思。

从帝国航空总部小会议室的窗口望去，可以看见东京湾码头上整齐排列的起重吊机，水面上波光粼粼，发出耀眼的光芒。这是一个晚秋的午后，淡淡的阳光静静地洒落在大地上。

良久，山久才出声说道："说实话，我觉得这有点儿困难啊。"

和窗外的阳光明媚相反，山久脸上阴云密布。"我理解贵行的立场和想法。对我们来说，也同样希望早日实施重振计划。但是，一时之间要推进如此剧烈的改革恐怕还是不可能办到的。"

"不应该啊。"田岛步步紧逼追问道,"这份提案到底哪里难以操作,能否请您说出具体的理由?"

"要说原因嘛……首先你们的提案和我们制订的计划数据相差太大。再者,开投行那边,也不可能支持一份如此强硬的方案啊。"

田岛看了一眼半泽,观察他对山久态度的反应。

"如果开投行能够包揽今后所有的支援资金,那我们也无话可说。但是,只要还需要我们也追加支援资金,就必须采纳我们的修正案内容,这是最基本的条件。"

半泽也早做好了心理准备,绝对一步也不退让。

从山久的表情可以看出,此刻他的内心也翻腾着各种各样的想法。

首先作为经营方,他们当然希望能够避免过激的重组过程。再加上和那边的开投行也不是不能讨价还价。其次,他们对东京中央商事的出资也还抱有期待。如此,在帝国航空看来,东京中央银行提出的修正案或许就是设置了一道过高的门槛。

"或许方案是比较严苛,但是如果真心想要东山再起,那这些问题就必须一个一个全部解决。"半泽耐心地解释道。

"如果不接受这些内容,是不是将来即使提出了追加资金的支援申请,你们也不会受理?"山久的问题单刀直入。

"至少现在是这样的。"半泽答道。

"那还真是没办法啦。"

面对突然转变态度的山久,半泽和田岛都大吃一惊。现在,这位财务部长眼里浮现的意思相当明显：反抗，反抗！

"如果东京中央银行实在没办法提供贷款，那我们也只有另谋出路了。"

"即便我们不出手，你们也还有其他办法？"

山久没有回答。

"无论如何，"语气坚决的山久在大腿上一拍，说道，"如此大量的人员裁减和航线撤销简直毫无道理，而且根本就没有必要吧。如今，你们口口声声说无法对我们追加支援，贵行难道打算就这么轻易地对我们弃之不顾了吗？"

这是充满挑衅的质问。

"强行提出如此过激的方案，还威胁我们做不到就要撤回贷款，你们银行这么做也太武断粗暴了吧？无论如何，我们无法接受。"说完，山久兀自结束了这次面谈。

6

"唉，真是麻木不仁，没有一点儿危机感。这样的公司不衰退才怪呢。"渡真利忍呷了一口大扎杯中的啤酒，夸张地叹了口气。

与半泽从同一所大学毕业，又同一批进入银行的渡真利，和半泽不仅情同手足，而且某种程度上还是一起吃饭喝酒的"酒肉朋友"。号称认识东京中央银行一半人的渡真利，在银行内顶着融资部企划组副组长的头衔，是行内当仁不让的情报通。

今晚，在渡真利最近新发现的银座马肉料理店内，两人隔着桌子相向而坐。因为时间不早了，微醺的顾客们只顾各自饮酒取乐，店里一时热闹非凡，没人在意半泽他们这桌的谈话。店堂内侧的高墙上挂着电视，里面刚好开始播放九点的新闻。今日的头条新闻，不用看标题就知道——肯定是众议院的解散。

"就算是政府系的开投行，他们也不可能凭一己之力独自揽下帝国航空的全盘资金需求啊。"

渡真利很快喝干了大扎杯中的啤酒，又吩咐柜台续了一杯。

电视画面上不断播放着各党铆足劲儿准备大选的情况。长期执政的宪民党政权这回连番失策，形势非常不妙。搞不好这回可能出现政权更迭——不，依半泽看来，按照现在的形势，政权更迭已成定局。因此，作为帝国航空主管部门的国土交通省也深陷泥潭，半点儿拳脚也施展不开了。

"他们原本还打算不惜动用公共资金，也要为帝国航空输血渡过难关吧。"渡真利说道，"毕竟，过去他们在这些事情上动用政治手腕也不止一回两回了。"

如今，日本正在各地兴建近百座地方机场，其中一些项目的财务状况还是一笔糊涂账，更多的机场则势必苦于旅客稀少而亏损不止。机场建设其实就和政治相关。如果政治家和地方机场之间都藕断丝连，那么和依靠机场飞航线的帝国航空之间也同样难脱关系。

令帝国航空陷入业绩萎靡的原因当然不止一两个。然而，他们盲目信任主管部门——国土交通省那些含糊的预算评估，建立地方航线，肯定是造成亏损的重要原因。

一旦帝国航空破产，定期航班停飞，则无论牵头引进机场项目的政治家，还是发放建设许可的国土交通省都将颜面扫地。政府真正在意的，才不是你亏损不亏损的问题，把航线保住才是他们的第一要务。

"都说政权更迭后进政党上台，情况会不一样。政治的本质会有什么变化吗？我可不敢奢望。"渡真利分析得还颇有见地，"但是话说回来，如果新党上台执政，说不定会重新启动官方支援呢。"

"如果不用银行再出钱那当然最好。不过，对于老拿大公司说事，因为大就不允许它倒下的奇葩思想，我可是坚决反对的。"半泽说道，"就拿帝国航空来说，只要能够认真履行重振计划，是绝对可以起死回生的。而且想要再拿到贷款也没问题。"

"但是，我说半泽，莫非商事真的准备出资？"渡真利一边从好不容易上来的烤肉锅里夹起韭菜，一边满腹狐疑地问道，"当然了，他们要真的肯出资，那倒可以为帝国航空续续命呢。"

"嘿，谁知道呢。"

就在这个时候，半泽的手机振动起来——是内藤打来的。

"关于商事出资的事情，好像有了新进展。"

半泽站起身来，避开店内的嘈杂，从正对后街的大门走了出去。

他竖起耳朵听着内藤的电话，初冬凛冽的寒风一股脑儿地钻进脖子里。

7

公司内只用于接待重要顾客的宽敞贵宾室里，铺着松软得仿佛要将皮鞋底吸进去的绒毯，上面整齐地摆放着全套来自意大利的进口沙发和扶手椅。窗外是一望无际的港口风光，令人心醉神怡。

对于帝国航空的神谷社长来说，这位客人无疑是他最期待见到的人。

此刻，整个人都陷在沙发里的，正是东京中央商事的社长，樱井善次。

"大驾光临，不胜惶恐啊。其实只要您说一声，我自然要前去拜访的。"

"哪里，您太客气了。"樱井接了一句客套话，便切入了正题，"怎么样？眼下的业绩？"

"大环境不好，还是会影响客流量啊。"神谷不动声色地开始诉苦，"所以，我认为今天的会面非常难得。如果能够做强我们的物流部门，敝社相信届时它一定可以成为弥补客运收入的主要支柱。万望恳请贵社支持。"

神谷的话语中流露出对商事出资的满心期待，但是当看见正对面的樱井社长突然变得严肃，他浮在脸上的笑容也霎时凝固了。

"实际上，我今天正是为了出资的事情而来。"樱井说道，"公司内对你们的情况做了详细的调查和讨论，结果很遗憾，我们认为不得不放弃出资计划。"

神谷一时没有回应。

实际上，他也不知道该如何回应。

他哑然无声地看着樱井，身体仿佛瞬间被掏空了一般。

"那个，樱井社长，请问这是基于什么原因做出的决定呢？"一旁的山久颤声问道，"我们感觉之前一直都挺好的呀。"

"不可否认，如果能通过出资支援贵社的物流部门来完善我们的业务链条，的确会带来很大的效益。怎么说呢，经过对贵社的财务状况和公司业绩进行详细的调查，结论是风险高于收益。大家都知道，做生意讲究投资和回报之间的平衡。很遗憾，对于本次出资，我们看不到这样的平衡。"

"不，不可能。除了我们，去哪里寻找第二家拥有如此强大运输网络的航空公司呢？你们能否再认真考虑一下？"终于再次开口的神谷涨红了脸。潜藏在这副表情下的，是他对公司资金周转问题的担忧。

公司再大，没钱就只能等死。

这一点，对曾经号称日本之翼的帝国航空而言，同样适用。过去的名誉、历史和荣耀，在资金不足的残酷现实面前，都毫无价值。

此刻，这个男人脸上的表情已经说明了一切，他比谁都更能体会个中的滋味。

"就算调整出资额也没有回旋余地了吗？"

面对慌不择言的山久，樱井只能报以同情的目光。

"都一样啊，山久部长。"樱井答道，"和贵社的合作的确很有吸引力，但是风险实在太大了。"

"再商量的余地……"神谷语气沉重。

"没有。"樱井直截了当地回答，"未能达成你们的期待，抱歉。"

樱井双手平放在膝上，向神谷低头致歉。令人窒息的沉默笼罩着房间。

"如果，对敝社出资有困难的话……"终于，神谷艰难地开口道，"业务合作怎么样？我们可以边走边看，等你们认为我们足以信赖之后，再商讨出资的事情。您意下如何？"

"这方面我们也研究过了。"樱井目光坚决地说道，"但是，一旦我们开展业务合作，就必须切实维护并管理好相应的运行体制。恕我直言，对于马上面临资金周转难题的你们而言，这一点能做到吗？我听说，贵社目前的状况连重振计划都已经实施不下去了。"

"关于这点，我们正在研究新的修正案。"神谷解释道，"能否助我们一臂之力？"

"公司重振，说到底还得靠贵社自己。"樱井打断神谷的解释，目光变得异常决绝，"我们找不到任何理由来冒着极高的风险救助你们。我们也有业绩上的压力，也必须负责任地维持好自身的经营。您的心情，我非常理解。但是，实际情况摆在面前，不管是投资还是合作，都没有可能。"

此时，在绝望的打击下，神谷牙关紧咬。

简短的面谈结束后，神谷仿佛被抽干了浑身力气一般瘫坐在扶手椅子里，眼睛盯着空无一物的墙壁。

要解救眼下的帝国航空，自己还能做什么呢？

就在这时，他的脑海里响起一个银行职员的话来。

"现在贵社最需要的，是一份脚踏实地并且能从根本上扭转局面的重组方案。""对于贵社而言，现在——是最后的机会了。"

"……山久。"神谷费力地从牙缝中挤出一丝若有若无的声音，"你是不是说过，手上有东京中央银行提交的修正案？"

山久满脸讶异地望向神谷。

"去给我拿来。马上！"

8

十二月。

迎来众议院选举的投票日，即日就出了投票结果，进政党大
获全胜。

9

骚动的记者招待会，瞬间安静下来。

在一阵猛烈的闪光灯快闪中，一位身穿深蓝色套装的女性快步走进准备一新的会场。

一头竖髻的长发，虽然年龄只有三十五岁左右，但她充满自信。她向会场众人略一施礼致意，便迈步走上讲堂，表情干练老到，像极了多年前她在某个民营广播电台担任人气女主播的感觉。

"我是本次被任命为国土交通大臣的白井亚希子。今后请多指教。"

白井站在成排的麦克风前自我介绍，简单地表明了自己的施政理念后，便开始仔细地回答记者提问。

"总感觉是个可怕的女人啊。"守在银行本部电视机前的田岛，看到白井这副派头，喃喃自语。这时——

"关于业绩不断恶化的帝国航空，您有什么看法？"

听到记者提出的问题，半泽把视线落在了电视机上。

"前几天，根据专家会议通过的修正重振计划，该公司已经开始进行自主重振。"

"请问，今后是否可能动用公共资金进行出资？"

一直对记者的问题侃侃而谈的白井，表情瞬间凝固。接下来，她的回答更是出乎意料。

"我们已经撤回了专家会议通过的修正重振方案。"

此话一出，半泽惊得目瞪口呆，简直不敢相信自己的耳朵。

"什么！"一旁的田岛更是高声喊道，"一定是哪里搞错了吧。她疯了吗？"

半泽扬手制止了田岛的喊叫。白井的发言还在继续。

"所谓专家会议原本就是在宪民党政权主导下设立的，我们认为重振方案在现实可行性方面存在很大的问题。"

麦克风里传出的声音镇住了全场。这可不只是惊人的消息，这简直是爆炸性的发言。

"所以，接下来我们进政党政权将对帝国航空的现状重新进行详细的调查评估，并在此基础上探讨重振对策。"

"这是不是意味着将利用公共资金向帝国航空出资呢？"

"目前还无可奉告。"

白井一一回答记者的问题。

"据说帝国航空的资金周转马上就要陷入困境，对此政府有什么救助方面的考虑吗？"

"帝国航空是民营企业。关于对该企业的救助等问题，目前在此还无可奉告。"

"也就是有可能不出手救助的意思，对吗？"

"由于还未对该公司进行详细的核查，所以对此类问题目前暂时无可奉告。"

"对宪民党政权组建的专家会议将会如何处理呢？"有其他记者跟进提问。

"关于这个问题，我们将尽快解散专家会议。同时我们还将彻底结束宪民党政权暧昧的航空行政，以全新的视角重新探讨重振的问题。这就是我们的看法。"白井继续说道，"具体而言，随后将会成立一个由我直接领导的重振研讨小组，即'帝国航空重振特别调查委员会'。委员会由企业重振领域的权威专家组成。当然，你们可以把它想象成一个为制订重振方案而设立的专项小组。"

"要成立特别调查委员会？"田岛发疯似的叫道。

白井的话犹如晴天霹雳。她的目的很明显，与其说是重振帝国航空，不如说是彻底否定前政权。由此在国民面前鼓吹进政党的优越性，以及自己与宪民党之间的区别。这不就是为了达到目的，硬拉上专家会议和修正重振方案给他们祭刀吗？也就是说，这样的行为无异于将帝国航空当作政治工具来使用了。

"这是什么狗屁特别调查委员会！"田岛气得面红耳赤，跟半泽大倒苦水，"简直是睁着眼睛说瞎话啊。究竟把我们的辛苦当成什么了，这是我们拼命努力才好不容易通过的修正案好不好？

这是哪门子的进政党政权。什么都不懂，却在那指手画脚地质疑重振计划的现实可行性。这明明就是在故意找碴！"

在这位大臣的眼里，完全看不到帝国航空无奈接受修改重振计划的苦涩阵痛，也看不到拼死努力一心想要挽救公司的银行人员的满腔热忱。在她的眼里，只有与前政权的划清界限，只有自私的一己功名。

在这些将企业的命运当作政治工具使用的政客手里，帝国航空的重振根本就是不可能实现的妄想。

看着扬扬自得地回答记者提问的白井，半泽打心底里升起了一股不信任感。

第一章　霞关①的刺客

---

① 　霞关：位于东京都千代田区，是日本政府机关的集中区。

1

　　“你就是东京中央银行的负责人？”

　　帝国航空本部大楼的二十五层，是重振特别调查委员会的临时办公室。

　　正式发布“帝国航空重振特别调查委员会”阵容，是在开年后的一月上旬，也就是距今三个月前的事情。

　　领头的是在大型企业重振方面颇有业绩的知名律师，乃原正太，酒桶似的肥胖身材，鼻梁上架着一副黑框圆眼镜，镜片后一对细小的眼睛，放射出如针尖般锐利的视线。还有一位副手名叫三国宏，曾是外务省的高级官僚，后来跳槽到外资投资基金任职，是一位具有传奇职业色彩的文雅男子，据说在企业并购和企业重振领域颇有建树。

　　两人曾经在经手的企业重振案件中是通力合作的战友，这次的委员会除了他们两位负责人外，底下还有五名主要成员。而整个团队阵容则达百人，包括来自会计师事务所和律师事务所的注册会计师、律师等。

特别调查委员会自成立以来，光核定帝国航空的资产就耗时近三个月，至于资金筹措等其他一应事务则陷于停顿。这种前所未有的异常局面一直持续着。

而特别调查委员会终于向客户银行发出关于重振方案的面谈邀请，则是发生在三天前的事情。

半泽站在某间专门用于听取银行意见的房间内，对面是特别调查委员会的一把手乃原。

"我叫半泽。"

乃原瞟了一眼半泽递过来的名片，随手扔进了桌上的一个纸箱里，里面横七竖八地散落着之前来访的各相关企业负责人的名片。乃原似乎根本没打算递上名片，而是递上一份按照调查范围分类的特别调查委员会各负责人的电话号码表。

"我们会向你们了解一些情况，回复的时候就打这上面的电话。"乃原语速飞快地说道，"你们之前做的修正重振计划草案，太过强硬了。"

"强硬？"

半泽盯着眼前这位怎么说也算不上友好的对手。一头黑白混杂的头发疏于打理，随意地搭在头上。果然是一位务实卖力的男人。

"从我们的角度看，我认为这是一份根据合理判断做出的草案。希望您明白，那是日后我们提供支援所必需的最低限度的条件。"半泽的言下之意，是银行不会接受低于草案目标的计划。

但是乃原对此嗤之以鼻，"我们这个特别调查委员会，可绝不是为了你们银行才成立的，所以，请不要搞错啦。这是奉白井大臣的特别命令，为了重振帝国航空而组建的团队。明白了吧？"

乃原和三国在企业重振界还算有名，但是他们脸上却毫不掩饰对银行的鄙视态度。

"今天劳烦你过来，主要是想落实一点，希望贵行能够积极配合，尽快完成我们的询问答复报告。"一旁的三国用事务性的语气问道："听明白了吗？"

"关于之前在专家会议上通过的修正重振计划，你们是怎么想的？我想请教一下你们的意见。"

"那不过是废纸一张罢了。"面对半泽的询问，乃原不假思索地答道。

"请等一下。这个计划也得到了我们的认可，如果就这么随手把它当成一张废纸，这让我们很为难啊。明明是一份务实的计划方案，却硬要撤回，我们难以理解。"

乃原一边点燃手中的香烟，一边跷起了二郎腿："第一，你们银行对帝国航空的业绩恶化一直以来不都是在袖手旁观吗？事到如今，却死抓住计划方案说三道四，为难的该是我们才对啊。"

"帝国航空的资金周转情况你们了解吧？"半泽问乃原，"今年八月，帝国航空向各客户银行借的贷款就将到期，在那之前，如果没有一个能让我们接受的重振方案，很难再追加支援资金。

其中的交涉原委，想必山久部长已经向您做过说明了。"

"可是——"

"我们不会继续跟银行交涉。"乃原断然否定道，"我们的目标，说到底只是开出并向上级报告能在最短时间内重振帝国航空的处方罢了。我们无意与银行直接交涉。"

"那是要绕过债权人决定重振计划吗？"

乃原二人脸上浮现出一丝嘲讽的微笑。

"就是这么回事。"三国扬扬得意地说道，"而且，用不着再费劲请教，因为银行的事情我们已经知道了。所以银行方面也无须再费口舌。"

真是一对摸不清情况的活宝。

"我们对帝国航空拥有超过七百亿日元的债权。"半泽口气强硬地指出，"作为规模仅次于开投行的债权人，我们必须掌握融资企业的状况。虽然最终结果谁也无法预料，但是如果不赞同我们提出的计划，就不可能安排资金支援。这一点，想必你们也能理解吧。"

"你刚才说到赞同不赞同的问题，但是，我看眼下还没有轮到银行过问这些的时候吧？"乃原一副不胜其烦的样子，一把掐灭了手中的香烟，"说到底，在处理这种案子方面，银行可是完全的门外汉，所以你们只要在一旁看着就行了。插嘴过问我们的做法，恐怕你们还没有这个能力和水平。"

"至少，我们还有作为债权方的权利。"半泽强压内心的怒气答道，"帝国航空有义务根据我方的要求说明状况。"

"既然这样，何不直接问帝国航空？找银行贷款的可不是我们。"三国回绝道。

"你说的当然没错。但是，你们也说过，制订事关帝国航空命运的重振计划的，并不是帝国航空，而是你们特别调查委员会，所以我才向你们提出这些要求。如果连如此重要的事项也将我们排除在外，那样我们也会很难办。"

"所以我已经说过了，你们难办不难办，跟我们没有半点儿关系啊。"乃原突然大声吼了起来。

他从烟盒中又抽出一支香烟夹在指缝间，整个身子向前探出，眼睛瞪着半泽，鼻孔里用力地喷出八字形的烟雾，简直就像一头恼羞成怒的怪兽。

"这些都是国土交通大臣的意思。"

"那么我请问，特别调查委员会做事的法律依据又在哪里？"半泽反守为攻逼问道，"我们根据合约向帝国航空提供贷款，并进行管理。你们口口声声说是遵照国土交通大臣的意思，大臣的私人咨询机构进驻民营企业向客户银行发号施令，这又是基于什么法律依据？"

乃原憋得满脸通红。白井大臣设立的这个特别调查委员会，根本没有什么法律依据。这是特别调查委员会的硬伤。

"前几天的选举，还记得吗，你这小子？"乃原瞪着一双小眼睛看着半泽，"进政党政权可是有压倒性数量的国民支持的。我们是执政党政权任命的大臣设立的机关，当然也代表了全体民意。跟我讲法律依据！在这不懂装懂卖弄口舌之前，好好想想你们银行以前是怎么靠公共资金救济渡过难关的，嗯？你们自己占尽便宜拿了国家的救助，如今却靦着脸对其他公司指手画脚，你们还有理了吗？"乃原伸出胖手指着半泽的鼻子叫嚣道。

"这完全是两码事，请您不要偷换概念。"半泽一脸冷静地反击道，"我们只是在主张自己应有的权利。虽然专家会议通过的计划很可能变成一张废纸，但是里面却包含了公司重组无法绕开的支柱性内容。紧迫的企业年金制度改革、航班缩减以及航线撤销，还有人工费的削减，每一件每一桩都必须研究探讨，这总没错吧？"

"这些事情，你现在问我，我怎么回答你啊？"乃原冷冷地答道，一边赶苍蝇似的在面前挥了挥手，"我不是说过了嘛，我们到这里不是来和银行交涉的。"

"你恐怕是专门来找我们碴儿的吧？"一旁的三国揶揄道，脸上露出不怀好意的微笑，"或许你们银行会认为，帝国航空是因为内部散乱才会陷入今天的境地，然而我们并不这么看。帝国航空固然散乱，由此及彼推断，客户银行不也一样吗？你说帝国航空的业绩恶化已经持续多少年了，长久以来都解决不了的问题，事到如今更不可能解决。作为国土交通省，我们绝不会坐视帝国航空破产倒闭而无动于衷。"

"既然如此，我能否再确认一件事情？"半泽对满脸嫌恶看着自己的乃原问道，"就算要搁置详细的计划内容，但企业自主重建的总体路线，你们还是会坚持的吧？"

乃原没有回答。他把前倾的身子收回沙发中，又点燃了一根烟。真是个烟鬼。

"我们自然有我们的做法。"乃原向下撇了撇嘴唇答道,"你们无非就是担心,一旦遇到法律上的债权削减事态会给银行带来损失吧。其实跟这些都没关系。而且你别忘了,要求债权削减也绝不只是出于法律因素考量下的处理方式。即便选择让企业自己主导重振,如果有必要,我们也一定会提出债权削减的要求。这是毋庸置疑的。"

"喏。"三国哼了一声,把一封文书递到半泽面前。

"这个,请你过目。"

在三国的催促下,半泽打开文书,看完后不禁困惑地扬起脸。

"这是什么意思?"

"就是你看到的意思啊。"乃原轻率地说道,脸上浮现出一丝猥琐的笑意,"接下来我们不但还会进一步压缩帝国航空的成本,同时决定要求所有银行一律削减七成的债权。至于理由嘛,都写在里面了。希望你们探讨一下直接放弃债权,并在下月中旬正式答复我们。至于答复的具体时间节点,我们还会再通知。"

真是一派胡言!这样一纸简单的文书,根本不能成为债权削减的具体依据。上面只是粗略地写明要在大幅削减赤字之后的第三年,实现大幅盈利,通篇是一份完全不知所云的蹩脚剧本。

"我们的目标是,实现帝国航空的快速重振。为了实现这个目标,必须砍掉阻碍重振的巨额债务。你们这些银行出于道义上的理由也必须予以协助,因为长久以来,你们都是把帝国航空当成自己的摇钱树在利用。"

"这样的要求根本不值得探讨。"半泽一口回绝道,"只要按照修正重振计划推进,帝国航空的成功重振便大有希望。我不明白什么快速重振,但是毫无必要地要求债权削减,于情于理都说不通。"

　　面对从正面据理力争的半泽,乃原却不知为何反而一副游刃有余的轻松表情,"说到底这些都不过是你的个人意见吧?你肯定也没有当场拒绝特别调查委员会提案的权限,不如快点儿把这些带回去提交给银行讨论。"

　　乃原"呼"地喷出一口烟,脸上浮出一丝含蓄的微笑,"我等着你们的好消息。"

2

"真是一波未平，一波又起。还真是够你愁的！"

半泽在走廊上碰见来营业二部办事的渡真利，两人一起来到楼道尽头的休息间。渡真利用纸杯在自动贩卖机上接了杯咖啡，喝了一口嫌太甜，把它递给半泽问道："喝不喝？"半泽摇头，自己选了无糖无奶的黑咖啡。

"但是，让我们放弃百分之七十债权的要求，怎么说都太过分了吧。说到底，乃原那个糟老头子，为了自己的业绩可真是不择手段啊。"渡真利厌恶地皱起了鼻子。

对于银行职员来说，没有什么比粗暴地要求自己放弃债权的人更讨厌的了。

说是贷款，可实际上也都是些薄利多销的买卖而已。比如一亿日元的贷款，银行每年从中赚取的利息，也不过区区数百万日元。扣除人工费等各项费用，最后到手的实际利润已经薄如稀粥一般了。

相对而言，即便区区几百万的贷款要是收不回来，就得拿出另外数亿日元贷款的利润去填坑。

总而言之，武断的债权放弃要求，简直就是对银行的正面挑战。

"不会吧，难道你打算接受？"

"怎么可能！"面对渡真利的质疑，半泽摇头答道。

"我已经向上头递交了打算拒绝的报告。"

"当然啦。"渡真利点头附和道，"不用管他什么特别调查委员会，给我上去一顿痛骂。不给那个不知天高地厚的浑蛋一点教训怎么行！"

半泽对气呼呼的渡真利挥了挥拿着咖啡纸杯的右手，朝自己营业二部的工位走去。纪本常务的传唤，就在那之后不久。

* * *

"关于你的报告，这样做真能行得通吗？"

纪本的办公室里还有其他人，是曾根崎。半泽的报告《关于应对特别调查委员的对策》此刻正搁在桌面上。

"您的意思是？"半泽揣测着纪本的真实意图。

"你有没有摸透其他客户银行的意思呢？"纪本问道。

有旧T精英人物之称的纪本，身穿深蓝色西装，扎一条淡色调的领带。这是个虽然脸上看起来通情达理，但是心底却不知道在打什么算盘的男人。半泽本来就很讨厌那种装腔作势的人。

"这个倒还没有。"半泽如实回答道，"我觉得我们自己要先定个调子。"

"其他银行打算怎么应对，总该知道个大体意向吧？先说说看吧。"一旁的曾根崎自以为是地插嘴道。

"想必也是持否定态度。我想不出哪家银行会欢天喜地地放弃自己的债权。"半泽强忍着让曾根崎闭嘴的冲动答道。

"真的吗？"没想到曾根崎又自以为是地追问道。

"我听说，开投行那边就在认真地探讨放弃债权的事情，不是吗？"也不知道曾根崎从哪里听来的小道消息。

半泽一沉默，曾根崎就更来劲了，"连开投行这样的主力银行都开始探讨放弃债权了，那后面的其他银行说不定也会放弃。这样一来，特别调查委员会的重振方案，就会因为我们一家银行的拒绝而悬在空中啊。"

"那又怎么样！难道这样的混账要求也打算同意吗？你这家伙！"半泽气得目瞪口呆。

"我可没这么说。我是说不能像这份报告一样强词夺理地妄下结论，是不是也应该坐下来好好地探讨探讨？"曾根崎像煞有介事地反驳道。

"我也觉得你有些先入为主啦，半泽君。"纪本脸上堆起做作的微笑，肯定了曾根崎的说法，"你以前经手的都是正常企业，所以可能不会有这方面的认知。在债权回收这种特殊时刻，有时候银行之间的抱团协商也是非常重要的。"

"那，您的意思是要探讨放弃债权了？"半泽心下对常务的想法暗暗吃惊，不禁反问道。

"我说的是，不妨试试站在大局的高度考虑这件事情。"纪本故作姿态，脸上笑嘻嘻地说道。但是，他的眼里可没有半点儿笑意，而是死死盯着半泽的眼睛。

"不错，特别调查委员会或许正像你所说的一样，是一个没有法律依据的组织机构，但是，再不济它也是国土交通大臣领导下的直属机构，而且手上也有发言权。关于这个案子，目前金融厅虽然仍是一副静观其变的姿态，但是整件事情的应对必须考虑对整个航空行政，甚至是社会秩序造成的影响。我觉得你的报告里还欠缺了这种宏观视角上的思考，你觉得呢？"

"是不是有点儿太窝囊了，常务？"

半泽话音刚落。

"喂，跟纪本常务怎么说话的，太失礼了！"

曾根崎立马跳出来。真是一条忠实的看家狗。

"你给我闭嘴！你已经不是帝国航空项目的负责人了。"

曾根崎唰一下脸涨得通红。但是在事实面前，却无力反驳。

半泽对他毫不理会，继续说道："报告里也写得很清楚，特别调查委员会罗列的债权放弃依据非常模糊，他们只不过轻描淡写地提了一句，这是实现快速重振的有效手段。而且，制订关键的重振方案计划也把我们银行排除在外，只是一味地大肆渲染自己霸道的理论。这在道理上也实在说不过去。"

"对方可是国土交通大臣啊，半泽君！"纪本脸上不动声色，话里却充满威严，"现在可不是纠缠道理说得通不通的时候啊。"

"关于这份报告，行长是怎么说的？"半泽问道。

"这份报告要不要呈给行长过目，我不管。"纪本没有直接回答，自顾自地说道，"我只是作为一名公司债权回收负责人，从现实的角度向你提几句意见罢了。我会根据刚才的意思，向行长建议展开再次探讨。"

和纪本简短的面谈就这样结束了。

没想到第二天，内藤部长突然出现在半泽的办公桌前，低声说道："半泽，关于你打的那份报告……"

内藤表情苦涩，把夹着报告的文件夹放回半泽的桌上。

"中野渡行长发话了，说是先别忙着拒绝，再多了解了解情况。"

听完内藤的话，半泽简直不敢相信自己的耳朵。

"那种混账提案，用得着再讨论吗？"

"我何尝不是这么想的。但是——似乎董事们却不都这么认为。"

"对了，昨天，纪本常务把我叫过去了。"

半泽正要往下说，内藤的表情已经变得凝重起来。

"看来这件事情，按照常规的做法还是行不通啊。"

那究竟是一种什么感觉，恐怕连内藤自己也说不清楚。硬要说的话，应该是作为银行职员的直觉对自己发出的一种警告。

"真让人不爽啊。"面对云谲波诡的事态，半泽不由皱起了眉头。

3

次日，半泽前往拜访开投行的帝国航空项目负责人。

半泽被请进接待室后不久，伴随着敲门声，进来一个人。令人意外的是，对方居然是位个子娇小的女性。

"不好意思让您久等了。我是负责人谷川。"

谷川递过名片，上面写着：

开发投资银行企业金融部第四部次长

谷川幸代

她年龄在四十岁左右，脸上不施粉黛，除了耳朵上一枚小巧的耳坠外，身上也不见佩戴其他首饰。

这位谷川，曾经是领导开投行帝国航空小组的实际业务负责人。

"百忙之中造访，实在抱歉。"半泽略一施礼。

谷川赶忙接道："客气了。我也想着应该尽快找你商量商量呢。"她一边说一边把半泽让到了沙发上。

"特别调查委员会向你们征询意见了吗？"谷川率先开口问道。

"他们似乎打算要求所有银行都放弃七成的债权。不知道开投行这边准备如何应对？"

虽然曾根崎声称开投行针对放弃债权一事，正在进行认真的探讨，但那毕竟只是他的一面之词。曾根崎或许有他自己的消息来源，但是现在听到这件事情的谷川，却露出些许困惑的表情。

"我们还在探讨。"

"听说你们正在积极朝着他们要求的方向推进，是真的吗？"

"至于积极不积极嘛……"谷川含糊其词。

"我们认为，帝国航空有能力自主重振。"半泽说道，"上次的修正重振方案，贵行最终也同意了。我想这次你们应该不会变卦吧？"

然而，谷川的回答出乎意料："关于那件事情，目前行内正在进行反省。"

"反省，是什么意思？"

"的确，我们之前同意了重振方案，现在却又这么说，我也觉得很抱歉。但是现在行内出现了不同的声音，认为我行过于草率地同意了东京中央银行主导的修正重振方案，认为我们应该坚持自己作为政府系金融机构的考量。"

"作为政府系金融机构的考量？"半泽满腹狐疑地问道。

在他看来，不管是政府系的还是民营的，银行就是银行。借出贷款回收资金，这是银行天经地义的行业本质。"具体是什么样的考量，能否举个例子？"

"首先，有人提出之前的修正重振方案对客运带来的影响过大。"谷川答道，"他们觉得，之前的方案主张放弃所有亏损航线上的旅客，这样的做法未免太过激了。"

半泽目不转睛地盯着谷川。

"还有人提出，减少航班和撤销航线的事情也不宜操之过急。从帝国航空方面来看，他们对每一项职能都进行了详细的分工，配备了专业的人员，所以如果要改变撤销航线的时间，则必须先调整人员裁减的时间。"

"这样的意见，你们在宪民党时期怎么就不提？！"

听到半泽的话，谷川很冷静，脸上看不出任何表情。

"我想说一下不同的意见。你刚才说到的职能分工，我们本来就觉得其中存在结构上的成本问题。修正案中也提到了解决方案，就是应当推动实现职员的多技能化。"

"有意见认为这是忽视航行安全的做法，不知道你有没有听说？"

半泽盯着谷川，努力想要搞清楚对方的真实意图，追问道："这是哪里提的意见？"

"这是普遍看法。"

"这样的议论根本就站不住脚啊。"半泽反驳道，"帝国航空的竞争对手大日本航空，早就实行了职员的多技能化，难道他们的效率不高吗？按照你刚才的说法，岂不是大日本航空也忽视了航行安全？谷川小姐……"

半泽重新对照着名片，看了看谷川的脸问道："你自己是怎么看的？"

"我……"谷川迎面正视着半泽，断然答道："我个人，完全赞同那份修正重振方案的内容。而且，我觉得这次放弃债权的提案本身就是一个错误。就像你所说的，明明还有自主重振的希望，金融机构不应该就这么轻易地吞下放弃债权的苦果。但是，这只是我的个人看法，不可能直接成为银行的意见。"

"意思是，你这边还在和银行内的反对意见战斗了？"

"那你呢？"谷川没有回答半泽，反问道，"我听说半泽君也是反对放弃债权的，不过东京中央银行不是也没有采纳吗？乃原先生可是放出话了，说东京中央银行一定会妥协的，完全不必担心。"

"你说什么？"半泽大感意外，不禁追问道。

"唉，具体的我也不清楚。"谷川摇头答道，"只能说，贵行有贵行的难处。就像我们有我们的苦衷一样。"

"苦衷啊……"对个中滋味也深有感触的半泽问道，"能说具体点儿吗？"

谷川移开视线，贝齿轻咬，毅然决然的态度中闪过一抹不易察觉的懊恼。

"你要知道，这是一件关系到开投行生死存亡的大事。"

谷川好不容易开口，却仍然让人不明就里。半泽一时默默地凝视着谷川。

"我不明白你的意思。"

面对半泽的疑问，谷川的回答越发让人摸不着头脑，"也就是说，一直以来作为政府系金融机构，那些民营银行无能为力的支援业务我们都一力承揽了下来，今后也必须如此。我只能言尽于此。"

谷川的话，简直就等同于主动放弃债权的意思。

* * *

"总觉得怪怪的，他们到底是什么意思啊？"听完半泽回公司后对面谈内容的简述，田岛歪着头咕哝道。

"谁知道呢。本来想问个明白的，结果她就是不松口。个性倒是挺强的，那个女人。"

"因为她是'撒切尔夫人'呀。"田岛略带戏谑地说道。

"'撒切尔夫人'？"

"谷川小姐的外号呀。大家都这么叫她。那个女人，在谈判桌上绝对是个人见人怕的硬角色。"

在为组织代言的同时，却也清楚地表达了自己的个人意见，半泽对这样的谷川印象不坏。同时这也说明，在开投行这样的组织中，还有谷川这类持不同意见的人。

"真搞不懂，开投行到底在想什么啊？"田岛担忧地叹了口气，继而严肃地说道，"乃原说我们肯定会妥协，这也太气人了。现阶段就敢说得这么轻巧，不觉得很奇怪吗？这中间不会有什么猫腻吧？要这么想来，我们的董事会居然不采纳拒绝放弃债权的报告，也真是匪夷所思啊。”

这也正是令半泽耿耿于怀的地方。

“这可不像我们行长的做派啊。”田岛满腹狐疑地说道。

“不会的。”半泽摇摇头。

一般来说，中野渡对贷款理念的坚持是非常正统的，这一点有口皆碑。但是另一方面，他有时候也会过度考虑行内融合问题，这一点往往导致他在经营判断上犹豫不决。说白了，中野渡绝不只是一个清正廉洁的银行家，他还是一个谋略家，是一个清浊能容、有雅量的真性情男人。

“本来在这种事情上，他早就该快刀斩乱麻做出决断了。他应该是这种人才对啊。”熟悉中野渡以往处事风格的半泽评价道。虽然人无完人，但是说实话，半泽对中野渡这个人并不讨厌。甚至在他的心里，中野渡是一个值得尊敬，并立志效仿的银行家。

“还是出于对旧 T 势力的顾虑吧。”田岛泄气地说道，“但是也不能因为这个原因，就回应放弃债权的要求啊。行长可是越来越不敢坚守银行的理念啦。我有种不好的预感，总觉得他正在被我们不知道的潜规则牵着鼻子走。”

田岛完全说出了半泽的心里话。

不知道从何时起，正确的银行理念被逼到了穷途末路，取而代之的是花哨的诡辩。所谓的组织就是这样，如果一味地瞻前顾后，有时候明明连傻子都知道不能做的事情它还是会逼着人去做。

“特别调查委员会总不会变戏法吧，可是这些事情也太奇怪了。”

“距离正式答复放弃债权还有充裕的时间，我们先看看情况再说。"半泽慎重地说道。

几天后，帝国航空的山久意外地打来了电话。

"我拿到了一部分特别调查委员会的重振方案，我想你可能会感兴趣。"电话那头的山久低声说道。

4

"喏，就是这些了。"

帝国航空的接待室里，山久拿出了一叠资料。

那是重振特别调查委员会制订的重振计划的一部分，一共十五页。内容主要涉及减少航班和撤销航线等方面，全是复印件。

"今天下午，他们把我们运航本部的负责人叫去，说是要按照里面的内容去执行，让我们仔细确认里面的数据。据说他们特别交代内容不得外泄，所以请你务必保密。"

眼下，山久他们这些帝国航空的职员，对这份重振计划的反对异常激烈。

或许是对重振特别调查委员会这一共同敌人的忌惮，就连当初对半泽态度强硬的山久，这三个月里也变得异常热络起来。不得不说，这真是一场微妙的角力关系。

"请看这里，半泽君。他们口口声声说要把专家会议通过的修正重振计划打成一张废纸，但是对其中减少航班和撤销航线的内容却基本上还是原样照搬嘛，根本毫无新意。为了满足国土交通大臣的一己私欲，派来这么一帮傲慢无礼的家伙，还要让我们来承担调查委员会的费用，他们除了给我们制造麻烦还能干什么！"

特别调查委员会的人工费，仅聘请专家团一项就已经数额不菲。令人大跌眼镜的是，国土交通省又把这项成本算在了帝国航空的头上。那是一项总额达到十亿日元的巨额预算啊，难怪山久暴跳如雷。简直比强盗还要强盗。

"真是难以置信啊，这份东西。"看完资料的田岛惊呆了，"山久先生说的没错，内容简直就是一模一样嘛。拿这份东西来否定我们的修正重振计划，根本就是多此一举。"

"不，还是有一些不同的地方。你看——"

"啊——"看到半泽指点的地方，田岛抬起头满脸的不解。

"原来是羽田—舞桥航线啊，咱们的计划里面明明把它列为撤销航线啊，到了他们的重振方案里，却把它给拿掉了？这又是为什么？"

"难道是——"正当半泽歪着头冥思苦想之时，山久开口说道，"因为箕部启治？舞桥市可是他的地盘。"

半泽不禁和田岛对望一眼。说到进政党的箕部，那可是原宪民党里的大佬级议员。他从宪民党脱党后又开创了进政党，并成为该党的重量级人物。国土交通大臣白井正是箕部派中年青一代的领袖人物。

山久继续说道："这里的机场原本就是箕部还在宪民党时期牵头建起来的，建成之后人们都称之为箕部机场，舞桥机场反而成了别名。特别调查委员会怎么可能把它给撤了？"

　　"这么说，这份重振方案并不单单考虑经济合理性，除此之外还受到很多错综复杂的因素干扰了？"田岛愤愤不平地看着半泽说道，"他们之所以躲在密室里炮制重振方案，还不是因为有什么见不得人的隐情嘛。"

　　"真是乱弹琴！"半泽咂了咂嘴骂道。

5

"放弃债权的事情，讨论有什么进展吗？"

帝国航空本部大厦二十五层的接待室里，乃原仍旧摆出一副颐指气使的口吻问道。

现在，整个二十五层已经俨然成了特别调查委员会的专用楼层。时值四月，春意盎然，这是一个周五下午。

乃原手上夹着一支点燃的香烟，领带松垮，衬衫的纽扣大开，他慵懒地瘫在扶手椅里，完全看不出半点身负国土交通大臣重托的人该有的样子。

"目前，还在探讨中。"

"你们到底还要讨论多久，啊？这都已经过去一周了！"听到半泽的回答，乃原语气粗暴地问，两道混浊的目光盯着半泽。

"没记错的话，你给的答复期限应该是这个月末。再说了，放弃贷款总额七成的债权，可没这么容易得出结论。"

半泽语气坚决，一旁的田岛则对乃原怒目而视。

"就算还没有结论，讨论总在进行吧，你们东京中央银行？都讨论了些什么，不妨说来听听？"

坐在乃原身边的副手三国问道。

"那是我们行内的事情。"

遭到婉拒后，三国从手头的文件夹中抽出一份资料往前一推，纸张顺着桌面滑到了半泽面前。

"帝国航空财务预测"的标题下，并列着预计资产负债表和预计资产损益表。

"那是在你们银行放弃债权的情况下，帝国航空重振后的预估财务状况。这样一份财务成绩，才是承担着日本航空一翼重任的公司该有的样子吧？"三国志在必得，仿佛放弃债权的重振路线已经板上钉钉了一般，"事到如今，再絮絮叨叨地说那些借没借钱的事情，也无济于事了。帝国航空早就应该提出放弃债权的申请了——看完这个，你也肯定会这么想的，半泽君。"

听着三国荒谬至极的话，半泽反问道："那敢不敢把不放弃债权情况下的业绩预测也拿出来看看啊？"

"你说什么？"

三国神色大变。

"把钱贷出去，再收回来，这是我们银行的职责。"半泽继续说道，"你们就算给我看再多的资料，把贷款一笔勾销这种事情也很难办到。为什么我们非得放弃自己的债权不可？这种要求本身就有问题。你们两位，到底明不明白什么叫银行业务？"

"那是自然。"迎着半泽质疑的目光，乃原不快地说道，"你既然这么能耐，又知道什么是企业重振吗？"

"当然知道。"半泽平静地答道，"而且我认为没有银行的协助，一家身上背着有息贷款的企业，它的重振不可能取得成功。"

"所以，你想说我们也得看你们的脸色行事吗？别忘了，你顶多也只能代表你自己。"乃原断言道，"银行高层，是绝不可能反对放弃债权的。我说得没错吧？"

半泽闻言双目一收。因为听乃原的口气，似乎已经志在必得。

乃原继续说道："虽然银行做什么事情都有条条框框，唯独在放弃债权方面没有任何规定。这一点都不奇怪，因为那些规定都是在根本就不允许这种业务存在的前提下制定的嘛。也就是说，有这些条条框框的束缚，你们再怎么讨论也拿不出什么问题的答案来。简单地说，你要做的不是对我们特别调查委员会提出的要求坚持那些无聊的个人主张，而是根据董事会的意思起草会签文件，不是吗？"

"当然不是。**欠债还钱天经地义！**"半泽斩钉截铁地说道，**"如果连这都是无所谓的事，那这世界上的金融业也没有存在的必要了。"**

"我没有工夫听你这些废话！"乃原厉声喝道，"特别调查委员会是国土交通大臣的咨询机构。也就是说，我们提出的放弃债权要求，就是国土交通大臣的要求。你的一言一行表明你简直就是银行界里专门制造麻烦的刺头。就你那种态度，今后还怎么开展工作？"

半泽一直在观察着对手的表情。不管乃原说得正不正确，他在东京中央银行内部一定有自己的情报来源。

"像你这样的人，根本不会为帝国航空考虑，你甚至也没有为东京中央银行考虑。"乃原靠在椅背上，重新点燃一支香烟，边喷出烟雾边毫无顾忌地说道。

"那我倒想请教阁下，你是为帝国航空考虑吗？"半泽反唇相讥道，"嘴上喊着为帝国航空考虑，背地里却为了在重振方案里迎合政治家的利益随意插手撤销航线的事。你们还真是为帝国航空考虑啊！"

半泽的指责显然出乎意料。乃原整个脸都要变形了，恶狠狠地盯着半泽。

"不懂你在说什么。但是，我奉劝你还是不要没事找事，免得引祸上身。"乃原终于图穷匕见，威胁道。

"我说，你算个什么东西啊！"一旁的三国哇哇大叫地冲出来，"如果不想后悔的话，现在马上收回你刚才的话，给我道歉谢罪！"

"既然有国土交通大臣为你们撑腰，何不行使你们的强权，直接命令银行放弃债权，这样不是更方便吗？"半泽平静地注视着面前这两个男人说道，"谅你们也不敢那么做，因为我们有权选择，所以希望你们遵守我们的规则来办。想要我们放弃债权，那就拿出明确的依据来，让我们银行心服口服，这才是正道吧？对我们的意见听都不听就发号施令，还想端着臭架子要我们放弃债权，现在这个时代，就算地痞流氓也不能这么嚣张吧！"

*　*　*

"后来怎么样了？乃原那老头。"渡真利听了半泽的叙述，不住地咻咻乱笑，一边追问道。

"撂下几句狠话拂袖而去呗，说是要我好看。唉，还真是个老流氓啊。"

半泽右手握着烧酒玻璃杯，想起当时的情景，心下一阵不快。

银座廊街的寿司屋里，两人坐在吧台上。烧酒是老板为半泽这位常客特意采购的板栗小烧，冰镇了给他喝。这家地下餐屋的对面开了一间 LIVE HOUSE①，不知什么乐队正在里面演出，各色顾客进进出出，从门缝里断断续续地传来昭和四十年代的民谣。

"这么说，已经和他们彻底翻脸了？"渡真利叹息道，"还有，包括关于你的那些无聊的消息，到底是怎么泄露出去的啊？"

"谁知道呢。应该是银行里哪个看我不顺眼的家伙搞的吧。"

半泽一副无所谓的表情，认真地往白身鱼②上涂抹着芥末。

"说起来，旧 T 银行过去原本就是不良贷款缠身啊，那时候

---

①　LIVE HOUSE，一种起源于日本的室内演出场所，适合观众近距离欣赏各类现场音乐。

②　白身鱼，肉色为白色的刺身鱼，如真鲷等；与之相对的，是肉色为红色的刺身鱼，如三文鱼等。

为了处理不良贷款，而与乃原他们有所往来也并不奇怪。"

这样就说得通了——渡真利刚想说，突然心下冒出一个疑问："但是，万一其他银行都赞成放弃债权的话，到时候你也会赞成吗？"

"怎么可能？"

半泽喝干烧酒，"咚"的一声把手中的玻璃杯放回实木柜台上，"没有合理的理由，就拒绝到底。干吗要向其他银行看齐啊？"

"也只能那样干了。果然是我们营业二部的半泽次长大人！不愧是万人嫌啊。"

"别开玩笑。我可是说真的。"

"知道，知道。"见到半泽犀利的眼神，渡真利赶忙拍着他的肩膀说道。

"唉，这件事情，还真的只有交给你办才行啊。如果我是行长，也一定会找你来办的——来来来，喝酒，喝酒。"

看着半泽干了杯子里的酒，渡真利马上又帮他要了一杯。

6

乃原到达日比谷公园附近那栋大厦，找到里面那家意大利餐馆时，店门口已经停着一辆黑色的公务轿车。

白井是这家店的常客，乃原今天晚上却是第二次来这里吃饭。店内装修豪华，但是乃原并不在意这些。对他来说，光店内禁止吸烟这一点，就足够让他如坐针毡了。

"部长来得真早啊。"

乃原故意看了看腕上的手表，暗示离约定的时间还有十分钟。本来还想在对方来之前抽上一根，此刻只得作罢。

"之前约定的事情提早结束，所以就先过来了。还想着有点儿时间，可以一边喝口茶一边考虑一下事情。"

"既然如此，不如我一会儿再过来？"

乃原还打算趁此机会退到外面吸几口烟。

"不用不用，不碍事的。和先生要谈的话更有意义。"白井说道，看着乃原在桌子对面坐下。

＊　＊　＊

两人虽是旧相识，但是关系并不亲密。

毕竟，白井和乃原原本就是在两个完全不同的世界里成长起来的。白井早期在光鲜亮丽的电视行业积累资历，后来进军政界。没想到刚踏进去就意外碰到了政权更迭的大戏，借助这股东风她一路顺风顺水，直到坐上了大臣的交椅，可算是成功故事的女主角。

而乃原这边可就没有那么幸运了。他寒窗苦读考进关西的国立大学，虽然取得了注册会计师资格，但是由于卷入了会计事务所的纠纷而麻烦不断，二十岁时的他过得郁郁不得志。后来他又发愤图强通过了司法考试，取得了律师资格，在泡沫经济崩盘后开始涉足企业破产业务。凭借直来直往的谈判手腕和老奸巨猾的长袖善舞，他很快在业界崭露头角，最终以企业重振的一把好手而在业界声名鹊起。

两人无论是职业履历还是成长环境，都截然不同。

白井嘛，父亲是官僚，母亲是家里的独生女，娘家在市中心有个店面，经营着一家颇有年份的百货店，所以她从小就在富裕的环境中长大。而乃原呢，是大阪人，小时候父亲经营失败，家道中落，生活穷苦，他只能靠自己的寒窗苦读一步一步往上爬，在周围人的眼中是个苦命人。

他们从外表到经历，都是不同的两类人。如果非要找出他们之间的共同点，那就是都不满足于自身目前的地位，都有向上爬的强烈欲望，仅此而已。

白井暗中垂涎三尺的，是作为政界核心人物的地位和名誉，激励她往上爬的原动力，就是内心那股任谁也不遑多让的权力欲望。而乃原所要争取的，则是将经手的企业重振业务中留下的那些上不了台面的污点洗白，以及获取他认为人生中最重要的东西——金钱。

白井与乃原初次相识，是她还在东京电视台主台当播音员的时候，那大概已经是十年前的事情了。乃原应邀参加电视台的专辑节目，白井则正好承担采访任务。那时候，乃原作为操盘大型企业重振业务的新秀律师而崭露头角，一看就是一位浑身闪耀着积极进取精神的狂人。那时候，白井虽然表面上装出一副兴致盎然的样子，内心对乃原却是极度厌恶。

本来嘛，不管业界传得他多有本事，对于在企业重振领域完全外行的白井来说，根本没那个能力评价乃原的实力。之后两人偶尔在聚会上碰面，一来二去也开始敷衍客气两句，但两人的交情自始至终也就到这种程度而已，一直不咸不淡。

之后，白井人气日升，还被半开玩笑地称为电视台的人气花瓶。谁也没想到，有一年她居然在众议院选举中当选了，从此开启了政治家的职业生涯。

五年后，身为在野党议员的她，由于积累了相当的政治资本，以进政党新政权的女性代表形象，被的场一郎首相 [①] 委以国土交通大臣的重任。

刚一坐上梦寐以求的交通大臣这把交椅，白井就不得不面对一堆等着她解决的麻烦事。其中最让她头疼的，就是必须针对业绩恶化的帝国航空拿出应对之策。

面对已经进入破产倒计时的帝国航空，到底该怎么办？

令人匪夷所思的是，就在她束手无策的时候，脑海里最先浮现的，竟是自己应该十分厌恶的乃原正太。那一刻，突然有个想法深深地吸引了她，她预感到"这不仅不是一个危机，反而还可能是一次千载难逢的机会"。

到时候，在宪民党手上一直悬而未决的帝国航空重振问题，将会在进政党——不，在白井亚希子主导的特别调查委员会手上一举解决。

事儿如果成了，从今往后就再也没人敢说她是个人气花瓶了。

一直到就职记者见面会上抛出设立特别调查委员会这枚炸弹之前，白井的表现都还算抢眼。如果重振能够成功落地，那么社会舆论对她的评价更将一路飙升。

---

① 后文有"的场一郎总理"这一称呼。在日本，首相就是内阁总理大臣。为尊重原作，本书未作统一处理。

＊　＊　＊

"进展情况怎么样，乃原先生？"趁着服务生的酒还没有送上来，白井开口问道。

"和我在报告里跟您汇报的情况一样。对财务的清查，在百人团的努力下前几天终于完成了。现在正在着手制订具体的重振方案。目前来看，可以说一切都在按计划进行。"

"重振进展得还顺利吗？"白井只想单刀直入地得到结论，这是在电视台养成的坏习惯。她虽然深知这一点，但还是忍不住这么问。

"虽然已经病入膏肓了，但好歹只是一家公司而已，只要减轻负债，我就能让它重新活过来。剩下要做的，就是巧妙地注入资金，防止资金链断裂，这样就足够啦。"

乃原说得非常简单。

"减轻负债这件事情，可以做到吗？"

"当然可以了，这点儿小事。"听了白井的质疑，乃原淡淡地笑道，"只要让银行放弃债权就好了嘛。我们已经要求所有客户银行起码撤销七成的债务。"

白井对如此大幅度的债务撤销比例丝毫不以为意，用一副事不关己的口吻说道："如果银行肯帮忙的话，那帝国航空就可以放心了。"

"您说得对。特别是帝国航空的那些客户银行，这些年来哪家不是从帝国航空的贷款中赚得盆满钵满？帮这点儿忙也是理所当然的啊。而且，社会舆论对银行的风评一向都相当严厉。让银行放弃七成的债权而已，国民肯定都会理解的，说不定还会拍手叫好呢。不可能有人跳出来反对的。"

"银行想捂盘惜贷就捂盘惜贷[①]，想抽身回收就抽身回收，他们还真是想干什么就干什么啊。"

实际上白井对银行业一窍不通，一通胡乱批评。"对了，前政权定下的修正重振方案搞定了吗？前天，箕部先生还问起了这件事，说无论如何请多费心。"

"自然办得妥妥的。"乃原抿嘴一笑，答道，"这个请您放心，保证万无一失。"

"对这件事，有人发什么牢骚吗？"

白井有些放心不下，暗自打量着对方的表情。

"没有。再说了，也没有什么可发牢骚的啊，大臣。那条航线是因为必要所以才保留下来的，不是吗？"

见乃原说得信誓旦旦，白井脸上终于露出了笑容。

"谁说不是呢，乃原先生。看来是一份漂亮的重振方案呢。"

"何止啊，简直是一份令人兴奋的无可挑剔的重振方案啊，大臣。"

乃原露出一口被烟熏得焦黄的牙齿，"有了我们的重振方案，已经摇摇欲坠的帝国航空，就将在短时间内复活重生啊。虽然目

---

① 惜贷是指商业银行在有放贷能力、有放贷对象、借款人有贷款需求、符合申请贷款条件的情况下，不愿发放贷款的一种经营行为。

前还只是一个构思，但我是这么想的，等答复期限一到，我就召集各个银行碰头，开个联合报告会，把事情给定下来。"

"可以搞个仪式呀。"

"没错。到时候开个记者招待会，堂堂正正地宣布我们的胜利。我还打算到时候亮出'白井魔法'这块金字招牌呢。"

"白井魔法……听起来不错哦。"白井的眼神开始有点儿陶醉，"这样一来，特别调查委员会的必要性也可以清晰地传到总理的耳朵里了。"

说着，白井脸上闪过了一丝计谋得逞的表情。对设立特别调查委员会一事，内阁总理大臣的场曾在私下里提醒白井："不要急于求成，务必谨慎处理。"的场对自己在记者招待会上披露成立特别调查委员会一事似乎有所不满。对于帝国航空，首相的确曾交代要采取必要的措施，但是在记者招待会上的这一手，也难免给首相留下自己哗众取宠的印象。

真是防不胜防。

"有没有什么困难？"白井问道，"如果有的话尽管说好了，我这边一定会尽全力支持你。"

"这么说的话，"乃原想了想，答道，"最大的问题，还是和金融机构交涉放弃债权的事情。这其实是在和时间赛跑，虽然给了银行最后的答复期限，但还是希望能尽快确定下来。要是对这方面，大臣可以在银行背后推一把的话，那就太感激了。"

"银行吗？"白井的脸上有几分踌躇，"你也知道，银行不是我分管，操作起来多少有些不便，但是我会尽力一试的。"

"我倒是觉得，您是国土交通大臣，为航空行政的健康发展尽心尽力，也是分内之事呢。"乃原说道，"对于日本的航空业而言，帝国航空可是不可或缺的存在。有这个大义名分摆在那里，即便对方是银行也不足为虑。"

"那各家银行对放弃债权都是什么反应？"

"这个，他们肯定是不大乐意的。"乃原满不在乎地答道，"不过，主力银行的开投行一直以来都很支持帝国航空，这次针对放弃债权的提案也在积极地探讨。比较麻烦的还是民营银行，特别是作为准主力的东京中央银行，必须让他们尽早落实决定。"

对于东京中央银行，白井所知有限，只知道这是一家经合并后组建的大银行，其前身是财阀集团。银行业务方面，白井也仅限于对存款、转账等一般业务的了解，至于与企业贷款有关方面的具体业务可就一无所知了。

"前几天，我把放弃债权的比例知会了银行，没想到东京中央银行的负责人居然质疑起特别调查委员会的法律依据来。这种把自己银行的利益放在帝国航空重振之上的行为，绝对不能原谅。"

"还真是过分啊，居然这么说话！"白井皱着眉头，愤怒地说道，"对乃原先生出言不逊，就是对我的公然挑战。"

"何止是挑战，简直是否定啊。"乃原唯恐天下不乱，继续火上浇油，"这是对政府权威的挑战，更是一种忤逆民意的行为。"

白井一被撩拨，顿时气得脸色铁青。

"那些家伙就是一群肮脏的高利贷者啊，大臣，"乃原继续说道，"那些银行，每当自己撑不下去的时候，还不是死乞白赖地请求公用资金的支援。现在倒好，他们摆出一副高高在上的姿态，以为自己有多了不起。天底下没有比银行职员更难对付的家伙了，真是给点甜头就得意忘形。"

乃原对银行大加批判。白井则频频点头，深表同意。

"你得让他们知道，如果跟特别调查委员会对着干，妨碍了帝国航空的重振大业会有什么后果。"

在乃原的煽动下，白井的瞳孔里燃烧着熊熊的怒火。

乃原迎着白井的目光，高高地举起手中的玻璃杯，说道："民意站在我们这边！"

7

开发投资银行的八层，只有一半的房间亮着灯。

已经是晚上十一点多，正是业务空闲的夜半时分，职员大都已经下班回家，大楼里显得空空荡荡的。只有一个身影，还坐在背靠窗户的位子上冥思苦想着什么。

这是负责帝国航空业务的次长谷川。

狭小的桌面上放着该公司的信用文件和打印好的会签文件。买回来的咖啡基本上没动过，已经变凉了。

也不知过了多久，谷川突然仰起脸看了看墙上的挂钟。没想到已经这么晚了，谷川心下一惊，不由得用手揉了揉早已僵硬的脖子。

由于眼下繁重的工作任务，在她体内累积的疲劳已经达到了极限。但奇怪的是，此刻她的头脑却异常清醒，毫无倦意。

谷川升任次长并负责帝国航空业务，正好是在两年前。也就是在同一时期，一直以来对自身的业绩隐忧都讳莫如深的帝国航空，第一次以社长的名义发布了公司的紧急状态。

同时，更为引人注目的是，虽然公司以神谷社长的名义号召全体员工改善经营、共度时艰，但是帝国航空内部与其说应者寥寥，倒不如说尽是抵触的声音。

说到底，帝国航空更像是一家徒有其表的空心企业啊，谷川思忖道。

公司管理者，还有分属七个不同职工工会的职员们——他们打的是各自的小算盘，考虑的是圈子内的小得失，常常为了各自的利益互不相让。帝国航空从表面上看仍是一家完整的公司，实际上早已人心涣散。

完全没有凝聚力的帝国航空，业绩更是一泻千里。就在这短短两年的时间里，这家公司已经滑入了万劫不复的深渊。

谷川已经不记得，曾经几次应帝国航空高层的要求商谈重振方案，对帝国航空开出支援资金，然后又被他们辜负背叛。

曾经在国营航空公司里养成骄傲自大和漫不经心恶习的领导层，再加上一群不管多么违背道德，也要拼命抓着自身既得利益不放的员工，以及为了维持待遇不惜诉诸法庭的劳工组织。

还有，作为主力银行的项目负责人，越是想要认真地处理好这堆烂摊子，就越是一次又一次像个傻瓜一样被折腾，结果，终究还是逃脱不了被命令去研究放弃巨额债权的命运。

"真够扯淡的。"在冷冷清清的楼层里，谷川独自咕哝道。

脑海里挥之不去的，是特别调查委员会的乃原在前一次的面谈中放出的那些话。

"作为主力银行，希望你们能够充分认识到自己的债权人责任啊，诸位。"

那一刻，谷川强行压下了想要反驳一句"什么叫债权人责任"的冲动。然而，随着怒气消散，留在自己心底的却是那种很不是滋味儿的自我嫌恶。

一直以来，开投行对帝国航空投入了过分热忱的支援，这也是无可争议的事实。特别是谷川担任负责人的这两年，开投行的支援行动更加积极主动，比起任何一家民营银行来都不逊色。

如此积极的支援行动，也许就是削弱帝国航空危机感的肇始原因呢？这一想，谷川似乎又觉得，乃原的指摘也未必全无道理。

在负责帝国航空业务盲从冒进的这两年间，谷川内心深处也时常浮现出那种是不是"作过头了"的感觉。乃原那一句不中听的话，原本不过是揭开了自己扣在内心深处的盖子，把事情的真正轮廓残酷地推到了自己面前罢了。

正胡思乱想，另一段记忆在谷川的内心深处悄然苏醒。

"并不是说，只要把贷款拨给企业就万事大吉了。"这是同为银行职员的父亲曾经对自己说过的话。

父亲曾经在一家民营银行上班，作为工薪阶层，终其一生都在跑现场，负责为中小企业客户办理银行贷款。最后的职务是一家小支行的支行长，结果碰上泡沫经济破裂，小支行被不良债权缠身。父亲最终被发配到一家分公司上班，实际上形同解雇，他的银行生涯也就此画上了句号。

虽然父亲一辈子都没有出人头地，但如今细想，作为银行里的前辈，他其实真是一名精通实战现场的斗士啊。

"款子借出去是好心，款子不借出去也是好心哪。"也是在那时候，谷川第一次从父亲口中听到这样奇怪的话。

"如果企业借走的设备资金有可能成为过剩投资，那还是不借为好。实际上，这种时候不借才是在解救客户啊。"

对于父亲主张的这种处理方式，年轻的谷川很是不以为然。"难道这不是为了不给借贷而找的堂皇借口吗？"自己当时对父亲夹枪含棒的回答至今言犹在耳。

那时候的父亲，只是有些落寞地笑了笑，没有再多说话，或许是不想引起和女儿之间更多的争吵吧。不承想——

事到如今，谷川才总算明白过来。

父亲，是对的。

而自己呢，却不知不觉与父亲的谆谆告诫愈行愈远，堕落成一个只知道放贷、放贷、放贷的无能的银行职员。所谓的报应，就是面前的这堆文件。

谷川伸手拿起桌上的会签文件，哗啦啦地翻阅起来。

是开投行针对特别调查委员会放弃债权的要求，正式做出答复决定的会签文件。

作为帝国航空的主力银行，开投行放出的贷款额高达两千五百亿日元，放弃七成债权就意味着放弃一千七百五十亿日元。对特别调查委员会开出的这项要求，是接受还是拒绝？

之前，谷川在会签文件中呈上的结论是，"拒绝"。

但是，董事会否决了那份会签文件。当天傍晚，被"退回"的文件又交到了谷川的手里。

"把会签文件上的结论改成放弃债权。"

面对部长的命令，谷川挖苦地回敬了一句："这是政治决定吗？"

"……你要这么想也可以。"

与谷川直视的部长，沉默良久后说的这句话，一直在她耳中挥之不去。

根据上头的命令，制作一份接受特别调查委员会提案的会签文件，很简单。

但是，董事会的决定是错的。

把不该贷的钱贷出去，就已经错了。而把不该放弃的债权白白放弃，则是错上加错。

还有没有什么办法可以巧妙地反转董事会的意见呢？就算到了山穷水尽的地步，也总会在哪里找到柳暗花明的转机吧？

作为一名银行职员，谷川执着地摸索着那个答案。

第二章　女帝的威风

1

　　在营业二部楼层的半泽收到秘书室的通知，是下午两点以后的事情。

　　半泽坐电梯来到董事楼层，走进接待室，面前是一位意想不到的客人。

　　"哟，最近情况怎么样？"一张油头粉面的脸转向半泽，正是审查部的曾根崎。

　　"你怎么会在这里？"

　　"你刚负责接手这一摊，工作时日尚浅。纪本常务非常担心，特别交代万一需要，让我也要出来顶一顶。"

　　"想得还真是周到啊。"

　　半泽找了个空位置坐下，抬头看了看墙壁上的挂钟。正在这时，门外响起敲门声，秘书室的负责人推门进来喊道："客人这就到了，到时候请大家热情欢迎。"

在地下停车场恭候公务车，并把贵客迎上来的是秘书室长和总务部的次长。从电梯里出来的，正是威风八面赛女帝的国土交通大臣——白井。她的视线，落在了迎面前来迎接的中野渡行长身上。她穿着一身钴蓝色的衣服，搭配现在的季节似乎早了点儿。

"欢迎大驾光临啊，大臣。请，这边请。"中野渡郑重地打过招呼，走在前面将白井让进了接待室。

白井后面紧跟着国土交通省航空局局长和大臣官房参事官，还有白井的两名公配秘书。拉着一张臭脸慢吞吞跟在后面的，是那个半泽也熟悉的男人——特别调查委员会的一把手，乃原。

乃原也不打招呼，只是满脸恶毒地看着半泽。当然了，原本也不可能指望他打什么招呼。"老师，请这边坐。"在白井的招呼下，乃原坐了中间的位置。

大家开始交换名片。银行这边除行长以外，还有副行长、纪本以及内藤等一众职员共计十人。再加上半泽、曾根崎等次长们也出席，整个大型会议室里坐满了人，变得异常闷热。

"今天占用大家宝贵的时间，在此表示衷心的感谢。"白井开口的语调有点高亢尖锐，穿透力极强，"本来很想借此机会，聆听中野渡行长关于目前经济形势的高论，但是由于时间有限，只好直接进入正题，没问题吧？"

白井客气地做了开场白，也不等对方回应就继续说道："作为帝国航空重振方案的支柱，帝国航空重振特别调查委员会已经向所有金融机构发出了提议，建议大家一律削减七成的债权，对此贵行一定正在沿着这个方向进行探讨吧？"

"方向嘛还不好说，但是我们的确在认真地探讨。"

中野渡的回答有点揣着明白装糊涂的味道，但是白井仍然面无表情。

"都探讨了些什么，行长？"

白井充满挑衅的言辞中，弥漫着不惜翻脸对决的味道。

"敝行正在对帝国航空的业绩预测做详细的调查，并彻底探清放弃债权的合理性。"

"这项工作真的需要花费这么长的时间吗？"白井侧着头，目光捕捉着行长脸上的表情，"遗憾的是，我从特别调查委员会的乃原长官那里可是听说，在这件事情上贵行自始至终都是持否定态度。所以，我想听一听，你们到底是怎么探讨的。据说在银行这种地方，做什么事都要通过会签文件来落实决定。贵行的会签文件不知是哪位起草的呢？"

白井说完，目光扫了一圈坐在桌子对面的银行员工。

"是我。"

"你叫什么名字？"白井向举手示意的半泽问道。

"我是营业二部的次长半泽。帝国航空项目的负责人。"

"那，关于放弃债权的会签文件，写好了吗？"白井摆出强势的一面，扬起下巴问道。

"没有，还在探讨中。"

"探讨中！答复期限眼看就要到了，你们究竟打算耗费多少时间？你们在这儿磨磨蹭蹭的工夫，帝国航空可是每时每刻都处在危险的边缘啊。你就没有半点儿危机感吗？还是说，你们银行根本就不关心重要客户的死活？是这样的吗，行长？"白井毫不留情地把质问的矛头重新指向了行长。那架势，简直就是女帝在拷问自己的家臣一般。

"毕竟，放弃五百亿日元的债权，将会严重影响我们银行的业绩。所以，恕难如此简单地做出决定。"

中野渡沉着冷静的态度，让白井脸上红一阵白一阵。

"我可没有让你们简单地做决定。我说的是你们的应对是不是也太迟钝了？"

白井说着又转向半泽，兴师问罪般地说道："你是帝国航空项目的负责人，你是什么态度？"

"您说态度吗？"对这个不速之客早就不胜其烦的半泽答道，"一定要说的话，那就是根据银行的流程，从经济合理性角度出发，探讨是否接受放弃债权的提议吧。"

白井满脸无法接受的样子。

"就那样应付了事一通就完了，你的意思是？"

果然，白井接下来的话已经开始直接发难了。

"你给我听好了，半泽——"白井提高了音量，打断了正要反驳的半泽，"这件事关系到我国的航空行政。希望你不要再有那种事不关己的态度，要更加认真地全力以赴，能做到吗？"

坐在旁边的曾根崎端着个侧脸，一副小人得志的表情。看到半泽遭到训斥，他难掩一脸的欢喜，而远处的纪本则投来责备的目光。白井的发难还在继续——

"还是说，你们从一开始就打算拒绝放弃债权，所以现在是在故意拖延时间？到底怎么回事？"

白井的责问语气一浪高过一浪，接待室的空气仿佛降到了冰点。虽然现场还坐着行长，但是白井却丝毫不留情面。

"关于您刚才提到的如何应对放弃债权一事，我们将以会签文件的方式做出决定。但是，就像刚才所说的，我们不会轻率地得出结论。所以，能否请您再稍等些时日？"

面对咄咄逼人的白井，中野渡始终语气柔和。

"既然如此，为什么在特别调查委员会提出债权放弃要求的时候，当场扬言拒绝啊？这个家伙。"白井直接指着半泽吼道，"说吧，这又怎么解释？"

"虽然我不了解我行职员和乃原先生之间具体的交涉内容，但想必那只是负责人表达的个人意见而已吧。这种情况，其实也并不少见。"中野渡不动声色地接下话头，轻巧地化解着白井的攻势。

"个人意见？个人意见就能随心所欲地发表吗！半泽是吧？你这是压根就没有把我这个国土交通大臣设立的委员会放在眼里吧？"步步紧逼的白井用一副干架的眼神，瞪着半泽吼道，"你必须给我一个解释！"

"我当然没那么想。"半泽无奈地答道。

"开什么玩笑！"白井一听更是怒不可遏，"就是因为有你这样的银行职员，在这么关键的时刻，才会拖着帝国航空重振的后腿。你要给我好好反省反省。"

"反省？"本来为了避免正面冲突，打算息事宁人走个过场的半泽，听到这句话无论如何也没办法置若罔闻，"恕我直言，想尽一切办法避免放弃高达五百亿日元的债权，这是每个银行职员的必然反应。没错，我是基于这点对乃原先生的提议进行了反驳，但是这并不能成为我应该反省的理由。反倒是你们的特别调查委员，拿着含糊其词的依据就断然要求我们放弃巨额的债权，那样的做法才叫作态度有问题吧？"

"乃原先生可是企业重振领域的专家啊，你这家伙。"

喋喋不休的白井气得脸色铁青。

一直坐在白井旁边的乃原更是眼里翻滚着憎恨的火焰，恨不得扑上去从半泽身上咬下一块肉来。

"姑且，借着今天的机会把话说明了吧。"乃原对视着半泽，开口说道，"我们对所有相关银行都提出了放弃债权的要求，不得不说，东京中央银行的行为大失风范，非常不地道。先不管当时的发言是不是你的个人意见，就冲着你们对大臣直属机构提出的要求拖拉延迟的轻率态度，难道不应该好好反省吗？"

半泽正要开口反驳——

"对此我们深感抱歉。"不知从哪里突然插进来一声道歉。

是纪本！

"失礼之处，请多原谅。"眉头紧锁、表情严肃的纪本说着，向对方低头谢罪。

紧接着，半泽还没来得及在心下嘀咕一声"多事"，纪本就冲着半泽喊道："你不该好好谢个罪吗？"

现在，所有人的视线都集中在半泽一人身上。

"半泽!"纪本咆哮道。

"如果因为我影响了大家的心情,那么我谢罪。但是,关于放弃债权的事,我只是尽了自己的职责本分。"

邻座的曾根崎屏住了呼吸,眼睛一眨不眨地看向半泽。被气得满脸通红的纪本更是火冒三丈,银行的其他职员全都紧张地咽了咽口水,只能坐等事态的发展。

"乃原先生说得已经够清楚了吧!"白井怒不可遏地大叫道,"你还要固执到底吗?太失礼了!你们银行到底是怎么培养职员的,行长?"

"如果有得罪的地方,非常抱歉。"中野渡始终很冷静,"但是,您这次来访的目的,应该是要我们认真探讨放弃债权的事情,对吧?"

中野渡看着白井平静地问道,脸上挂着结束无聊互怼的威严。

"如果是这样的话,那么大臣的意思我们已经完全领会了。我们一定会尽最大的努力认真探讨。不知您意下如何?"

"像帝国航空这样的企业如果倒闭,必将造成难以估量的社会影响。"白井严厉地说道,"贵行或许有贵行的苦衷,但是首先请时刻铭记你们银行的社会使命,再做出妥善的判断吧。"

说完,她像要确认是否还有什么遗漏似的,扫了航空局长一眼。在白井的盛怒压力下,空气依旧凝固,但是短暂的会谈却突然进入了尾声。

"好,时间差不多了,就这样吧。"白井起身前,再一次将锐利的目光射向了半泽,"如果下一次你还是这种态度,到时候我绝对不会客气的。你给我记好了。"

撂下狠话的白井马上起身离开，随行人员七手八脚地慌忙追了上去。

一直目送他们消失在视野里，中野渡这才平静地起身，返回自己的办公室。

半泽身边的内藤仍然闭着眼睛坐在椅子里。良久，他睁开眼睛在半泽膝盖上轻轻一拍说了声"辛苦了"，也起身离开。

"喂，半泽。纪本常务叫你。"

就在这时，去电梯间送完客人又折返回来的曾根崎喊道。

2

　　纪本眼中燃烧着熊熊的怒火，把刚迈步进来的半泽叫到自己的办公桌前。

　　"脑袋到底在想什么啊，你！有那么跟大臣说话的吗？"

　　"恕我直言——"半泽直接盯着纪本答道，"对方什么依据都没有，就要求我们无条件放弃债权，理所当然要予以反驳。特别调查委员会直到现在，也没有明确提出任何必须放弃债权的合理依据。"

　　"那些完全是两码事。"纪本情绪激动，脸抽搐着说道，"我现在说的是你的态度。你的所作所为已经惹得乃原先生批评我们应对不当。该道歉的时候就得道歉，这难道不是最基本的常识吗？难道连这一点也做不到吗，我说你？！"

　　"如果自己有错，自然要道歉。"半泽坦然说道，"这次的事情也不例外。但是，乃原的话纯粹就是在挑事。他那么说，只不过是为了让谈判有利于自己的伎俩而已。"

纪本听了半泽的反驳，腾地站起身来，伸出右手食指戳在半泽的胸前。

"你是不是觉得打着这样的借口就能蒙混过关啊，嗯？你让行长在白井大臣面前丢尽了脸，这个责任你负得起吗？还有，对方可是进政党的招牌议员。她现在是国土交通大臣，下一届就很可能是财务大臣。万一真的有那么一天，你说怎么办？"

"白井大臣那样的施政风格，就是独断专行。而且，特别调查委员会的要求，无异于对金融秩序的挑战。"半泽斩钉截铁地说道，"如果真的按照他们说的放弃巨额债权，那就是对认真工作的全体银行职员的背叛。那样的要求恕难接受。"

"你可不是什么债权回收的专家。"纪本高声叱责道，"债权回收遇到的很多问题，不是靠耍嘴皮子就能解决的。如果因为你无聊的自以为是，导致帝国航空破产怎么办？！那时候就不只是五百亿，而是数额更大的不良债权啊。"

"所以，您是说要把放弃债权这颗苦果给我咽下去，是这个意思吗？"

半泽冷冷地看着纪本和站在一旁的曾根崎。

"刚才，常务说了很多债权回收专家之类的话，但是，这次的事情就是因为你们对遇到的难题束手无策，所以业务才落到了我们部门。说白了，正是因为审查部抱着原来的老办法行不通，所以才被剥夺了继续负责资格。既然如此，能不能拜托你们，不要再来对我们的做法指手画脚了。"

纪本被堵得哑口无言，半天说不出话来。半泽继续说道："我不管白井大臣怎么说，也不管乃原那个过气的重振强人怎么咆哮，我会用我自己的方法来应对这件事情。"

"你所谓的应对，就是上次打的那份报告吧？"纪本皱起鼻子，一脸的嫌弃，"探讨出那样肤浅的东西来，真令人失望啊。完全只见树木不见森林，就是那么点儿内容。你就不能稍微考虑考虑大局吗？帝国航空可不是单单我们一家银行在支撑的。"

"只要特别调查委员会拿不出足够的材料证明放弃债权是妥当的，我就不会改变这份会签文件的结论。"半泽明确地说道，"既然您说之前的探讨太过肤浅，那也不用拐弯抹角地说什么借鉴其他银行的结果再行探讨之类的废话。到底要不要接受放弃债权，直接拿到董事会上表决不是更好吗？"

实际上，董事会成员的各种想法错综复杂，绝对不是铁板一块，就连中野渡心里也一定还在举棋不定。

"董事会就是因为对会签文件浅薄的观点结构持有疑虑，所以才会打回重改。"纪本冷冰冰地说道，"也就是说，这是一份连否定价值都没有的会签文件。你就别再自命不凡了。"

* * *

"那个男的到底怎么回事？"刚坐进公务车的后座，白井就不满地抱怨道，"他以为自己是谁啊。真是气死我了！"

"完全就是个无赖啊，那种家伙。"

坐在邻座的乃原，从西装的内口袋里掏出一支香烟，突然想起这是白井的公务车，只得作罢。"完全无视社会需要，一心只考虑自身的利益，真是一个彻头彻尾的放贷奴。看看他那鲁莽无礼的样子就一清二楚了。"

"把帝国航空这么重要的公司交给那样的人负责，这是什么银行啊？"

看着白井气恼愤慨，乃原内心偷着乐，脸上却还是装出一副自己也非常愤怒的表情。

"银行嘛，就是这副德行，给点甜头就蹬鼻子上脸。能力不大，脾气不小。所以说，他们从来就不是什么好东西。"

"经济泡沫破裂的时候，怎么就没倒闭呢！"

白井说话已近歇斯底里。私下场合的白井，其实是个尖酸刻薄的人，那才是她不敢示人的真面目。"那样的话，他们应该更能学会谦虚谨慎吧。"

"那也都是宪民党搞的鬼啊。"乃原不动声色地把这件事和白井关心的政治挂上了钩，"坏就坏在，宪民党那群家伙打着维护什么金融秩序的旗号，硬是让这些毫无必要的银行苟延残喘。说到底，其实不过是宪民党那群政治家上演了一出与银行沆瀣一气的戏码罢了。"

"看看宪民党政权把咱们国家腐蚀成什么样子了！现在，是时候让国民了解真相了。"白井毅然决然地说道，暗藏某种决心的目光投向了窗外的街景。那是大型企业本部大厦林立的大手町。

"话说回来，银行职员之流的，也不过是一些可悲的家伙啊。"乃原接着说道，"别看那些人现在一个个威风八面，可不是谁都能成为董事，当上行长的。等有朝一日哪个人高升了，其他同期入行的职员就等着被发配好了。到那时候，那些借着银行的金字招牌而自视高贵的银行职员才会明白，自己也不过是一介工薪族罢了——就在那鲜亮的外衣被剥去的瞬间。接下来，那些原本寄生在银行旗下坐享其成的家伙，就该开始覆手为雨地批判起银行来了。没有比这吃相更难看的了。"

"不愧是乃原老师，对金融行业的内幕真是了如指掌啊。"

"没办法，干了这一行，就算再讨厌也得跟他们打交道哇。"听到白井对自己赞许有加，乃原接着说道，"那群令人作呕的家伙，成天在你面前这也不行、那也不是地说个不停，让人听了直想吐。"

乃原舌灿莲花的功夫连刻薄的白井听了也寒意阵阵。这时助手席上白井的秘书插嘴道："那当然了，乃原先生对银行的嫌弃那可是出了名的呀。"

"如果天天都要和那种人打交道，不嫌弃才怪呢。"白井赞同地说道。

而乃原听了只是眯起眼睛一言不发。或许是因为女性特有的敏锐直觉，白井看着乃原的侧脸突然感觉到了一丝异样。

"乃原老师？"

听到白井的询问，瞬间，乃原收回了视线回过神来。

"唉，也就是那么回事啦。"乃原正了正神色，开口说道，"不管那个叫半泽的男人怎么折腾，结果只有一个，那就是他们银行必须接受放弃债权。这是他们的命，早就注定啦。谁也无法阻挡。"

自信满满的乃原，再次把手伸进内口袋取香烟，想了想，还是作罢。

3

"事情我可都听说了，纪本怎么能那么干呢？他到底是哪一边的啊？"

会议结束后，白井大臣"完胜"的风闻，瞬间在本部的同事之间传得沸沸扬扬。当然了，对公认的行内头号情报通的渡真利来说，这样的消息怎么可能逃得过他的耳朵。"事情几点能弄完？我想过去找你一下。"渡真利往半泽办公室打来电话的时候，已经是当天晚上九点多了。

两人来到位于神田的比利时啤酒专卖店，正好吧台上还有两个空位，两人并排坐了，合点了一份大瓶的莫奈。

"戏唱得这么大，纪本成心的吧。"渡真利愤愤不平地说道，"还是说，他事先知道乃原非常讨厌银行，所以故意来这么一出想拍他马屁？"

"讨厌银行啊，那家伙。"半泽一副无所谓的样子，慢悠悠地问道。

"我之前也对乃原这个人产生了兴趣，所以向朋友打听了一下情况。哦，就是我们融资管理部的户村，你也认识的嘛。"

半泽点了点头。他是第二期后一批进来的调查员，在本部内部的商讨会上打过几次照面。

"我琢磨着他是专门负责破产企业贷款案子的，说不定会认识。别说，他还真和乃原吵过几次呢。"

融资管理部专门负责打理那些已经变成不良债权的贷款，说起来和乃原还算是同行。

"虽然乃原那个浑蛋，一向都是为所欲为，想吵就吵，但户村还是找了个机会，从一位曾经共事过的律师那里，打听到了乃原讨厌银行的原因。"

"然后呢？"半泽仰着脖子灌下一口略带苦味的啤酒催促道。

"讨厌的原因，原来和——小时候被欺负的经历有关。"

事出意料，半泽不由得扬起脸来。渡真利继续说道："乃原小时候家里很穷，他穿的衣服都是捡哥哥穿过的。虽然从小在大阪市区长大，但是家里根本没钱供他念书，也没有朋友愿意和他一起玩。这样的乃原还经常遭到一位同班同学的欺负，据说那位同学的父亲恰巧就是某家银行支行的支行长。乃原虽然外表看起来其貌不扬，但是学习真不赖，所以惹得那位'支行长二代'看不顺眼，总是找各种机会捉弄他，估计什么时候脱口就把自己父亲的工作当成资本拿出来耀武扬威了吧。更让乃原受伤的是，那位同学似乎还把他家町工场倒闭的事情到处传扬。"

"原来是这样。"半泽低声咕哝道，"不靠谱的银行职员还真是无处不在啊。"

半泽的心里泛起了一缕儿时鲜活的回忆。那时候正经营着一家街道工厂的父亲，曾经因为被银行背叛而陷入了经营危机。父亲那苦恼绝望的样子、银行职员那冷若冰霜的德行，在他心里凝结成了切肤痛苦的回忆，至今仍然挥之不去。

"嗯，有这样的儿时经历，从某种意义上来说，也难怪他这么讨厌银行了。"渡真利说道，"不过话说回来，心里一直藏着小时候的积怨，到现在还耿耿于怀，总觉得有点儿太那个了。就是，心眼是不是太小了点儿。"

"这就是加害者总是容易忘记，可是受害者因为伤痛却难以忘怀啊。"

渡真利听了这句感慨有些不解地看着半泽，继而一边附和了一句"嗯，也许吧"，一边托着玻璃杯里的啤酒往嘴里送去。

"那啥，你自己准备怎么办啊，半泽？"渡真利举了举手里的玻璃杯问道，"肯定有人要借着这次的事情，大肆宣扬你了。毕竟，你这次可是彻底得罪了那个白井大臣啦。倒不是担心纪本那边，可是按照现在的发展态势，有些人已经迫不及待地在传说，指不定她不久就是日本第一位女首相呢。万一他们不幸言中，你可就万劫不复了哈。"

渡真利说的这些，半泽又何尝没有想到。

一边是新政权中炙手可热的招牌大臣，一边只是一介微不足

道的银行小职员。可以说胜负早已注定。再加上，银行高层中主
张重责半泽的风声一定也会越来越紧。

时不利我，这一点半泽自然心知肚明。

"不管做什么，也只能做自己认为正确的事情吧。"半泽心下
烦躁，轻声叹道。

4

　　"啊，箕部先生，您来得真早。"在麴町某家会员制餐厅里，推开包厢门的白井看到坐在里面的晚宴主人，脸上露出惊讶的表情，一边打招呼一边深深地低下头说道，"承蒙邀请，真是太感谢了。"

　　这是一家法国餐厅，坐落在一条不起眼的小巷子里。

　　一楼开着面包店，只有会员才能穿过面包店上到二楼的餐厅。这里只有一条小巷子连着外面的大街，环境清幽，闹中取静，足以令人忘记身处都市中心。

　　"能和你吃饭是一件很开心的事情啊。来，坐。"坐在包厢内席的箕部启治指着身边的座位随意地招呼道。

　　"来点儿酒，还是汽水？"箕部问道。

　　他们之前一起吃过几次饭，因为在箕部面前可不能闹出什么洋相，所以白井每次都喝汽水。看来，这些箕部都还记得。在人情世故方面，箕部还是很注意的。这里面还有一则趣闻，据说有一个老乡偶然在新干线上和箕部坐在一起，结果当天在东京办完事情回到酒店的时候，发现箕部居然让人送了一束花到房间里来。

"今天想来点儿香槟。"那天的白井一反常态，而且在那位年龄可以当自己爷爷的派阀领袖面前，也丝毫没有掩饰自己心中的不快。

"要坐稳大臣这把交椅，可也不是件容易的事哟。进展怎么样，帝国航空的事情还顺利吗？"

"嗯，还行吧。前两天到各个银行转了一圈。"白井轻轻啜了一口杯子里的香槟答道。

"结果呢？"箕部手里握着杯子，混浊的目光盯着白井。

"直接和作为主力的开投行以及第二主力的东京中央银行行长谈了一下，说实话，情况不容乐观。特别是东京中央银行，可能因为是民营银行，态度非常恶劣，根本没把国土交通省放在眼里。"

想起当时的情景，白井不由得皱起了眉头。

"是特别调查委员会要求他们放弃债权的事情啊。看样子，乃原先生也束手无策啊。"

"别提了。太让人生气了。"

箕部曾因为关联企业的重振事宜认识了乃原，对方似乎还帮了不小的忙，仗着这层关系，当时提名乃原出任特别调查委员会一把手时，实际上箕部也是点了头的。所以，当的场首相对白井突然宣布要设立特别调查委员会一事提出忠告时，箕部还替白井解了围。只要得到了进政党开山鼻祖箕部的认可，那么党内也没有人敢公开反对。

"那些咋咋呼呼的人，充其量也就是些银行底层的虾兵蟹将吧。没必要把那些小喽啰当对手，你可是堂堂的大臣啊。"

"我也是这么想的，不过真的没问题吗？负责人不靠谱也就算了，连他们行长也一副不得要领的样子……"

"知道了，知道了。其实，明天我会跟东京中央银行的人见个面，到时候我跟他们再说一说。别发牢骚啦。"

箕部一脸轻松的样子，对白井的不安一笑置之。

* * *

第二天。

纪本的手机振动的时候，要接待的客人已经眼看就要到了。

纪本从胸前口袋里掏出手机，看到来电显示后脸色大变，整个人从座位上弹了起来。

这是银座的一家西餐厅。在没有门的半包厢里，纪本站在白色墙壁对面接电话的声音断断续续地传入曾根崎的耳朵里。

"马上就好了……都说明白啦……我这边也……"

应该不是银行的电话吧，曾根崎心下判断。难道是女人打来的？

"……所以会签文件……"

不对。没人会跟一个女人谈什么会签文件。

"我明白了。不过，现在抽不开身啊。"

曾根崎正在心下寻思，是不是因为纪本朝向了自己所以这句话听得特别清晰，就看见他绷着一张脸回来了，而且整张脸都苍白苍白的。

"您没事吧，常务？"

面对曾根崎的询问，纪本一脸失魂落魄，嘴里不知道低声咕哝着什么，并没有回答。曾根崎正要开口打破令人发慌的沉默，一抬眼看到从入口处进来的身影，忙不迭地站了起来。

"我们都在恭候您的光临！"

瞬间换了个人似的纪本堆起满脸笑容从椅子上跳了起来，把腰弯成了九十度。来人绕过纪本，来到他身后同样深深弯腰鞠躬的曾根崎面前说道："好了，好了，不用这么拘束嘛。"随之，一股烟草和仁丹混杂的气味扑面而来。

客人被纪本请到包厢最里面的位子坐下，黝黑的脸上泛起一丝笑容说道："气色不错嘛，纪本君。"

来人正是进政党的元老，箕部启治。

"托您的福，一切都好。劳您挂心了，真是万分感谢。"

纪本脸上堆起谄媚的笑容殷勤地答道，额上的眉毛挤成了八字，和刚才满脸不高兴的样子简直判若两人。

纪本和箕部其实算是老相识了。不，比起纪本来，或许应当说旧东京第一银行和箕部之间的关系由来已久更为妥当。箕部在当时执政的宪民党中，曾经历任建设、运输等部门的大臣，在知情者眼中，是一位有着"利权百货商店"①称号的政治家。不管是

---

① 利权百货商店：意思是善于利用手中的权力获取个人利益。

土地开发还是道路修整，抑或是公共事业招投标情报——大凡经手的各类情报，都被他明码标价，用以换取巨额利益，堪称炼金有术。

赚钱的第一步当然是要有本钱。要想低买高卖做生意，本钱还是首要的。箕部最初的金主就是东京第一银行，当然，那时候也正是双方之间的蜜月期。东京第一银行的历代董事也都作为负责人，成了箕部赚钱的伙伴。

当然，箕部做起这些"权钱交易"来自然是手段隐蔽、得心应手。不得不说，作为政界大佬，他在确保自己屹立政界常年不倒方面的确拥有过人的本事。

"今天想着把敝行的一名潜力股介绍给您，所以把他给带来了。"

纪本话音刚落，曾根崎立刻挺着身子从椅子里站了起来。

"刚才没有及时报告，我是审查部的曾根崎。请您多多关照。"

箕部仔细瞧着对方递过来的名片说道："我们进政党这次夺得了政权，实现了立党夙愿，接下来会有很多事情。和纪本君一样，我可期待着你的表现啊。"说完从名片上收起视线。箕部虽然语气和蔼可亲，但是目光犀利，仿佛在确认曾根崎的实力一般。

"我一定尽全力。"曾根崎又一次深深地低下头说道。

"对了，那件事情办得怎么样了，纪本君？"此时，箕部已经换了话题，"好像迟迟没有进展啊？"

"那个嘛……"纪本收起脸上的笑容，小心翼翼地挑着词语继续说道，"还没来得及向先生您汇报，那件事其实已经换了负责部门，所以……"

纪本迅速瞥了一眼箕部，知道他说的是帝国航空的事。"中野渡自己决定，改由营业本部负责跟进。我当时也极力反对，但还是没办法……"

曾根崎偷偷瞄了一眼纪本的表情。事情变得越来越微妙了。

"这么说，之前和白井君[①] 会面的，就是这群营业本部的家伙咯？"

"那天我们也在场。当时的情况，还惹得白井先生很不愉快，我一直觉得很惭愧。"

纪本双手平放在膝盖上低头认错，同时又不无担忧地问道："白井先生很生气吧？"

"大发雷霆啊。"箕部信口开河。

"说起来，你也好歹是个常务，那种小人物直接踢他出局不就得了。"箕部说出的意见真是蛮横无理。

"真是无地自容啊。"

箕部锐利的眼神扫了一眼诚惶诚恐的纪本。

"然后呢？什么时候能拿出结论？"箕部问道。

"现在还在探讨之中，近期应该就……"

纪本言辞含糊，箕部顿时沉下脸来。

---

① 在日语中"君"男女通用，一般是对平辈或晚辈的称呼。后文的"先生"是对医生、教师、律师、国会议员等人的尊称。由于箕部资历、地位比白井高，所以用称呼小辈的方式叫她"白井君"。纪本的职务、地位比白井低，所以尊称"白井先生"。

"近期这样的托词也太敷衍了吧。帝国航空还剩下多少时间让你磨蹭啊？拖得越久，到时候乃原先生那边就会越麻烦。"

"明白了。可是，就像刚才提到的，由于换了负责人，所以——"纪本赔着十万分小心。

"那是你们银行内部的问题。"箕部厉声打断他的话，声音尖锐，仿佛在空气中撕开了一道口子。在政界大佬的威严面前，纪本看起来不过是一介蝼蚁。

"无论如何，放弃债权的事情，快点儿给我搞定。"箕部不容商量地直接命令道，"舞桥市的经济界也对帝国航空的重振充满了期待。这次大愿得偿夺取了政权，在这个节骨眼上，你不会给我丢脸吧？"

"不敢，不敢。"纪本头越点越低，眼看就要撞到桌面上了，"我会尽快了结这件事情，无论如何请再多给我一些时间……"

要的就是这态度——箕部摆出一副救命恩人的姿态说道："你们家银行已经占了不少便宜了吧。我固然也有我自己的利益，不过，我可是折了自己的利益来成全你们的。这一点，你不会不知道吧？"

纪本只能咬着嘴唇含糊地应了一句"嗯"。箕部也不加理会，继续说道："帝国航空的案子长期以来都是你负责的，我不管是行长的意见还是谁的意见，这么重要的担子拦腰让人给夺走了，你就不糟心吗？还是说，因为换了负责人，所以你往后就准备撂挑子不管了？"

箕部喋喋不休地说教，纪本则垂着脑袋唯唯诺诺地听着。

"如果真的还顾念我一份恩情的话，那就好好地报答我。还有什么意见，现在给我赶紧说。"

不用说，那种话纪本当然是没胆量说出口的。

* * *

"说得好严厉啊。您准备怎么办，常务？"直到箕部乘坐的公务车尾灯消失在视野里，曾根崎才向仍在目送的纪本开口问道。

不知什么时候天上开始下起雨来，雨水打湿了两人的肩膀。

"走吧。"纪本没有回答，只是招呼了一声，便抬脚快步返回了餐厅。

回到刚才用餐的那张桌子，纪本长长地叹了口气，沉思起来。

想必是在考虑如何让半泽在那份是否放弃债权的会签文件上签上"是"吧。但是，要让半泽这么做，显然绝非易事。

"从说服行长做出政治决策的角度入手，不知道能不能行得通呢？"曾根崎小心翼翼地问道。

"不行。"纪本一脸严肃地摇摇头。

"行长的本意就是要拒绝特别调查委员会的提案。之前为了尊重我们的意见，所以才在报告里体现了需要权衡其他银行做法的内容，这已经是勉为其难了。万一开投行那边有所松动的话，结局又会如何可就很难预料了。"

"开投行应该是倾向于特别调查委员会意见的。"

"前几日和对方的董事通话，据说现场出现了强烈的反对意见。"

从纪本口中听到这意外的消息，曾根崎大吃一惊，脑海里立即浮现出那位谷川小姐的面孔来。这样一来，事态的发展可就更加扑朔迷离了。

"既然这样，先不管开投行那边。只要我们能成功地让营业二部改变主意，认可放弃债权的提案，到时候就算行长那边也不得不改变主意吧？"

纪本把目光投向曾根崎，想要明白他的具体意思。

"你认为营业二部会拿出同意放弃债权的会签文件？你是说要去说服那个半泽？"

"我不是这个意思。"曾根崎摇摇头，"我是在想，同样在营业二部，除了半泽以外，要再找个其他人写一份能反映常务您意向的会签文件，也并非难事吧。"

"你知不知道自己在说什么！难不成要再换一次负责人？"纪本叹了口气，"没有像样的理由，那种事情根本行不通。要知道他可是行长钦点的人选。"

"如果我们有理由呢，不就全都迎刃而解了吗？"曾根崎咧嘴笑道。

"什么意思？"

"其实，来这里之前，我已经从企划部的人那里得到了消息，据说金融厅有意就帝国航空的授信状况举行听证。"

"金融厅举行听证？"纪本脱口问道。

"如果这是真的，那绝对是史无前例的。还有谁知道这件事？"

"目前还只有少数人知道，包括我们在内。"

对于银行家来说，情报就是武器。扬扬得意的曾根崎一边回答，一边用直视着纪本的眼神告诉对方，接下来才是重点。

"实际上——上面指派的调查人员，正是那位黑崎审查官。"

纪本扬起脸，直愣愣地盯着曾根崎。

过了半晌，才终于领会曾根崎话里的含意。

"黑崎？原来就是那个黑崎啊。以前和半泽闹过不愉快的那个……"

纪本终于想起来了。当时围绕伊势岛酒店的大额贷款项目，半泽和黑崎两人之间发生激烈冲突。从那以后，黑崎对半泽的憎恶表露无遗，简直就像熊熊燃烧的烈火。那样一个贯于记仇的主儿一旦和半泽冤家路窄，这好戏……

"有点儿意思啊。"

纪本脸上露出了一丝微笑。曾根崎继续说道："想必黑崎审查官这回肯定是要痛打落水狗了。据说，这次听证以后，金融厅将会拿出一份具体的意见。有了这么一份结果，到时候行长也不得不把半泽从负责人的位置上踢下来。"

"听证会什么时候开，曾根崎？"

"快了。金融厅的具体日程通知据说马上就会下来。"曾根崎努力控制着脸上志得意满的微笑说道，"这下有好戏看啦，常务。连老天都站在我们这一边呢。"

"啊，真是太好了！"

用墙壁隔开的半包厢里，突然传来纪本低低的笑声，随即变成了放声大笑。

"金融厅的听证会吗？"半泽脱口反问道，同时花了一点时间消化其中的意思，"不是审查吗？"

"不是。"内藤满脸严肃地摇了摇头，表情凝重地从椅子里站起身来，"虽然没有先例，但这次据说是想查问一下对帝国航空的授信情况。听证会一共两天。关于当时的授信判断是否妥当，到时候又难免一场激烈的争论吧。"

授信判断听起来是一个难懂的专业词汇，简要地说，可以理解为对该不该贷款一事做出决策。

"总之，其中肯定还包括对这项债权是否正常的判断对吧？"半泽心下狐疑，继续问道，"但是，这根本说不通啊。在这种时候特意为了帝国航空一家的情况举行听证会，其中的目的就足够令人浮想联翩了吧？"

"正如你分析的一样啊。"内藤不无警惕地告诫道，"恐怕，是有政治势力闻风而动了吧。"

但到底是哪股政治势力，却让人摸不着头脑。原本对这些官僚内部的尔虞我诈，谁也没兴趣掺和，可是结果却弄来了一场听证会。如此一来，首当其冲的还不又是半泽他们这些冲在一线的负责人吗？

"帝国航空项目在上一次金融厅的检查中，勉强通过了正常债权的认定。因为这个案例，审查部在银行内部还被夸赞打了一场漂亮仗。"

内藤的话里透露出半泽将要面对的如山重任，"所以，绝不能让这一次的听证结果推翻原来的判断。"

"可是，上一次金融厅检查的时候帝国航空的财务内容，和现在之间有着巨大的差距，谁也不能保证不被'分类'。"

所谓分类，就是指将某笔贷款贴上危险借贷的标签。按照银行的操作规则，既然是危险借贷，就有可能变为坏账，所以需要准备一笔填坑资金。这笔填坑资金就是所谓的坏账准备金。因为准备金是用来止损的，所以自然要从银行盈利中扣除。也就是说，如果对帝国航空的巨额贷款被评为了危险借贷，则银行必须要储备相应的巨额准备金，从而拖累银行的账面盈利。

"的确……"内藤抿起嘴唇点头说道，"的确，你说得有道理，但还是要避免那种情况出现。只能全靠你了，半泽。"

"怎么感觉尽是一堆麻烦事推到我身上啊。还是我想多了？"半泽自我解嘲地说道，"话说回来，我们做的本来就是给审查部擦屁股的事。"

"这些没用的话就不要再提了。"内藤断然说道，"管他呢。总之，先应付好这次听证会再说。"

"那，什么时候开始，那个听证会？"半泽心不在焉地问道。

内藤说就在三天后，时间已经非常紧。

"明白了。总之，我会做好充分的应对准备。"

"拜托了。"

内藤郑重地交代完，停顿了一下，继而压低声音说道："还有一件事，对你来说可不是什么好消息。"

内藤面带几分忧心忡忡继续说道："金融厅派来负责的审查官——听说是黑崎骏一。"

"那个黑崎，他……"半泽不禁倒吸了一口冷气，一时无语地看着内藤，"这样一来，如果用常规的办法可不太容易对付啊，这次听证会。"

半泽苦着脸，不祥的预感涌上心头。

第三章　金融厅的瘟神

1

那个男人，任谁只消看上一眼，都会引起轻微不适，同时又感到周身有一股挥之不去的压迫感。他虽然举止优雅，散发着一股上层精英的气息，但是瞳孔深处射出的难以掩饰的恶意和冷酷却令人不寒而栗。

此刻，黑崎骏一正在东京中央银行的某间会议室里大摆龙门阵。他用锐利得仿佛要杀人的眼神，扫了一圈围在办公桌周围的银行职员，腾地从椅子里跳起来。

"帝国航空项目的负责人，是哪位啊？"他说话不讲任何礼节。黑崎这种粗暴的说话方式，与其说是单刀直入，更像是总在跟谁置气一般让人觉得刺头刺脑，而且还是那种令人难以忍受的娘娘腔。现在，这种语气已经成了黑崎的特色了。

"是我。"

声音一出，黑崎的目光立即紧紧黏了上去。那眼神令人想起发现猎物的爬行动物。

"哎哟，原来是你呀。"

黑崎嘴唇微翘，露出一丝阴沉沉的笑意，一双妙目闪着精光看向半泽。

"报上名来吧。"

显然是明知故问。一介银行职员的名字而已，对他来说，尝试去记住名字，是对自己自尊心的侮辱。

"我是营业二部的半泽。"半泽站起来答道。

"营业二部？"黑崎不满地重复道，"我记得，你们银行的营业二部，不是负责资本系列的上市公司吗？"

"因为更换了负责人。"还没等半泽开口，坐在黑崎边上的纪本插嘴道，"管辖权从审查部移交到了营业二部。"

"算啦，反正把业绩恶化的客户交给你也还蛮适合的呢。"黑崎对自己的挖苦之词颇为得意，抖着溜肩嘁嘁坏笑。突然他脸色一收，说道，"言归正传。你们上次对帝国航空追加贷款的时候，按道理是不是应该对他们的重振计划的可行性进行探讨啊？"

黑崎的问题直接冲着半泽而来。

"当时，还不是我负责，所以……"

前任负责人曾根崎也坐在桌前。本来这个问题应该由当时的负责人曾根崎出面回答，但是他却老僧入定般一副一无所知的表情。也不知道他来这里到底是干什么吃的！

就在这时——

"所以呢？到底怎么样！"黑崎一边尖着嗓子怪叫一边手敲桌板，会议室的空气瞬间凝固了。

银行的行业许可由上级统一管理，所以必须按照其主管部门金融厅的方针开展经营活动，银行是绝对不能忤逆金融厅的。也正因如此，在检查官中，那些一不小心就暴露出卑屈的官差脾性，习惯仗着权威虚张声势、作威作福的无聊之辈也真不在少数。

在那群宵小之中，这位黑崎又偏偏是奇葩中的奇葩。首先，他曾经把 AFJ 查得直接破产，由此被贴上了臭名昭著的恶名标签而轰动银行界。此外，据说他的父亲曾作为政府财务官员因受银行牵连而遭到贬职，正是有这层私人恩怨在，所以他检查起来总是极尽严苛酷烈。

"我记得刚才是你自己说现在是帝国航空项目的负责人吧？"黑崎语气尖锐，"以前没负责就可以一无所知？这是什么借口？"

明明是曾根崎负责时候出的事情，可是他偏偏在那里装聋作哑。

"实在抱歉。"半泽瞥了一眼曾根崎那张无动于衷的侧脸，无奈只得接口致歉，"关于您刚才询问的那件事情，敝行当时对重振计划的可行性，是进行过探讨的。"

"都探讨了些什么？"

可能是由于乖僻的性格，黑崎问题总是有点儿故弄玄虚。

"您的意思是？能不能说具体些？"

"哎呀，就是说你们探讨完以后，帝国航空的业绩怎么样了？有没有实现既定目标啊？"

"没有——很遗憾。"

听到半泽的回答，黑崎脸上瞬间堆起了幸灾乐祸的笑容。

"我来给你们归纳一下，也就是这么回事咯。在上次追加支援贷款的时候，贵行探讨了帝国航空的重振计划，而且相信他们的计划具有可行性，所以支付了贷款。结果，不出几个月的时间，帝国航空的业绩还未达到预定目标就已经大幅下滑。这是什么原因啊？"

"原因有这么几个。"半泽拿起了手头的资料，"其一，受美国金融危机影响，导致不可预测的经济衰退，旅客也因此意外减少。新加入市场竞争的 LCC（廉价航空）也分流了部分旅客。还有结构重组的延后导致成本改善的推迟……"

"好难看的借口啊。你不觉得丢脸吗？"黑崎打断半泽的话头，故意摆出一副夸张的吃惊表情，"金融危机导致的经济衰退的确是有的，不过结束得比预想的要早。你不妨睁开眼看看其他上市企业的情况，他们虽然也遭遇了业绩恶化，但是危机结束后经营状况却迅速好转，把影响限制在了最小的范围内。敢把这个拖出来当借口的，也就是那些经营能力有问题的企业啦。就算是 LCC，你们也早该料到他们迟早要入局竞争。我说得没错吧？"

"您说得没错。"

不得不承认，半泽自己也觉得，当时帝国航空制订的重振计划太天真了。但是，当时任负责人的曾根崎却判定没问题，所以才通过了会签文件。被人抓住了这点要害，根本没办法反驳。

"还有，你干吗把重振延后抬出来当理由？你们不会相信那个所谓的重振能起什么作用吧？总之——"

此时的黑崎，睨着眼扫视了一圈并排站在他左右的十个下属检查官，以及坐满会议桌的近二十名银行职员。

"你们到底是怎么看的重振计划，我看都是瞎了眼吧！你们还有什么好说的，就在这里摊开了说！"黑崎越说越重，"你们这些人，连审查一家企业重振方案的能力都没有。就这样的水平，还敢断定之前专家会通过的帝国航空重振方案能起作用，还敢反对特别调查委员会提出的重振方案。这次听证会，我就是要揪着你们这些自相矛盾的地方，彻彻底底地搞清楚。你们都给我记着！"

黑崎像个暴君一般喋喋不休地演讲一番，然后一声断喝："岛田！"

旁边一个体格健硕的男子立马站了起来。这名男子年轻力壮，长着一张棱角分明的长脸，酷似复活节岛上的摩艾石像。

"把资料都拿出来！"

凶巴巴的岛田一声令下，田岛马上站起身来，领着一帮人把装满帝国航空相关资料的纸箱，一箱箱搬到了岛田的面前。

"今天，正好也让我见识见识你们工作的样子吧。"

岛田忙着把排列在桌上的资料拉到自己面前，黑崎则在一旁继续说道："还有，你们的见解——呃，虽然我也不知道你们到底能不能说出什么像样的见解来——回头我也要一一询问，你们做好心理准备。解散！"

黑崎骏一大早就不请自来地冲进银行，刚把相关人员召集起来，连个自我介绍也没有，结果又任性地直接宣布解散了。

"这是唱的是哪一出啊？"一脸蒙圈的田岛一边从会议室往回

走一边嘀咕道。

"那可是我们银行界的瘟神啊。小心点儿，田岛。"来到走廊的半泽说道，"那家伙不是一直声称自己的真正目的是要推动银行业的正常化之类的嘛。其实就是要把银行搞垮。一个不小心，就会被他使绊子。"

"不是吧，这也太胡来了吧！"

正当田岛愁眉苦脸的时候，身后传来一声招呼："辛苦啦，半泽。"

两人回头一看，只见曾根崎面带嘲讽地站在那里。

"我可是在竭尽全力为你加油鼓劲呢。"

他伸手"嘭嘭嘭"地拍了拍半泽的肩膀，脚不停步地就要走，那德行仿佛是个没事人一样。

"喂，曾根崎。"半泽冲他的背影喊道，"刚才你自己为什么不回答？上次的贷款可是你负责的工作。"

"对哦。"曾根崎脸上装傻，说道，"但是，现在的负责人可不是我，而是你，半泽。刚才黑崎审查官不是说不要以为换了个负责人就可以有借口一问三不知，行不通的。"

"你这家伙，什么时候成了金融厅的人了？"

听到这句话，曾根崎脸上嘲笑的表情消失了，毫不掩饰地暴露出敌意。

"不管金融厅的人怎么说，在银行就要对自己的工作负责到底，这是原则。不要心存侥幸，以为自己是后来换上的负责人就可以新官不理旧账，门儿都没有。不是这么快就想当逃兵了吧。

真是个丢脸的家伙。"

曾根崎嘴硬地倒打一耙。

"是不是当逃兵，我们等着瞧。但是你给我记好了，你留下的那些烂摊子我一定会让你自己去收拾。"

"你这么说我可不能当作没听到了。我的工作哪里留下烂摊子了？你这是对我们审查部的挑战。"

"挑战？这是在高于自己的对手面前才用到的词儿吧。"半泽冷冷地说道，"其他方面如果实在不行也就算了，至少要把日语说正确了吧？事情办成那样，连自己负责的客户现在也要我们来善后。"

"你胡说些什么。我倒要好好看看你找的那些借口，在这次听证会上行不行得通。"

曾根崎极尽讽刺挖苦。

"所以说，你就给我闭上嘴在一旁看好了。还有，你要是不想出声的话，以后的会议就不麻烦你出席了。太碍眼！"

说完，半泽向一直呆立在旁边，看着两人你一言我一语打嘴仗的田岛使了个眼神，快步朝电梯的方向走去。

2

"这份人员裁减数量的依据是什么呀？"

黑崎的听证会是从下午三点开始的，现在已经过去将近两个小时。一开始，黑崎就揪住东京中央银行在上次的追加贷款中制作的重振计划穷追猛打，吹毛求疵地不停质问。

"重振计划最初制订了撤销航线的业务收缩方案，并据此针对各个流程环节可能产生的多余人员数量进行探讨，最后汇总全公司的情况形成了这份数据。"

黑崎一脸不高兴地看着半泽。

"就这样？有没有经过员工工会的认可？"黑崎逐渐抓住了对方的痛点。

"没有。因为在计划制订出来之前，没办法和工会进行交涉。"

"帝国航空有多少员工工会，你心里应该清楚吧？"

"当然。"

"那你知不知道，那些工会和公司之间是相互对立的？"

"知道。"

"所以说——"黑崎突然把声音提高了八度，目光也变得尖锐无比，"这样一份人员裁减方案不可能这么轻易地让工会通过，这用脚指头都应该想得到吧？还是说，是你们擅自断定这份计划具有可行性？你们也太随意了！"

"公司也非常重视和工会进行精诚的交涉。困难我们是知道的，所以才说要把重组方案做成一份铁案，这样更有利于——"

"是谁大言不惭说做成铁案的？"黑崎用指尖点着放在桌面上的文件，打断了半泽，"我都说了没有依据。这样一份毫无根据的数字，你们都敢断定它具有可行性。就是因为这样，所以才会一次又一次误导帝国航空的重振计划啊。这件事，先给我认了。"

黑崎指责的目光紧盯着半泽。

空气沉静得像灌满了铅一样，黏稠得令人喘不过气来。

和金融厅的人隔桌相对的，除了半泽一众帝国航空项目的负责成员，还有相关部门的长官。坐在首席的是纪本，他从始至终都满脸阴沉地抱着胳膊。背后靠墙的椅子上并排坐着包括渡真利在内的各相关部门的次长们，他们都神色紧张地看着。不知道为什么，曾根崎的身影居然也在其中。听证会开始的前一刻，他亦步亦趋地跟着纪本走进会议室，故意避开半泽的视线坐在了纪本身后的位置。不用特意回头确认也知道，他一定在那儿对半泽的处境幸灾乐祸。

到目前为止，面对金融厅的指责，银行一方都用合理的说明对付过去了。但是，这种均衡正在被打破，在座的任何人都心知肚明，无形的天平正向黑崎一方倾斜。

"对于帝国航空的业绩预测，你们的判断错误，这是事实吧？你们的授信判断根本就没有发挥任何作用。怎么样，还有什么好说的呀？"

"之前的授信判断的确有欠考虑的地方，这是事实。"面对黑崎的质问，半泽回答时明显地感觉到从前后左右的同事们那里传来的无声叹息。

"那你就道歉啊。"黑崎说道，"因为拜你们所赐，我们金融厅可是背着对帝国航空的授信方针放任不管的黑锅啊。搞得我们也很狼狈啊。"

这句话终于图穷匕见地揭露了黑崎这次调查的真正目的。坐在半泽旁边的田岛缓缓地抬起头来，脸上浮现出一丝厌恶。

黑崎这次过来，既不是出于对东京中央银行的授信运营情况心怀不安，也不是出于对航空行政的担忧惦念。

没错，他是为给自己找回面子而来的。

对帝国航空的授信额度之所以会膨胀到今天的程度，对该公司的经营惨状之所以没能踩住刹车，完全是因为银行——这次调查黑崎打算坐实的就是这一点。

"到底怎么样啊？！"

黑崎的话就像鞭子一样在会议室沉默的空气中抽开了一道口子，所有人的视线都集中在半泽的身上。

"非常抱歉。"

半泽一道歉，黑崎的脸上就漾开了胜利而自得的微笑。般若①一般的面容因为笑意，撕裂成了一张支离破碎的丑女假面。

"这就对了嘛。不过，单凭你在这里道个歉，可是解决不了问题的呢。"

半泽真想怼一句，那干吗要人道歉啊？但黑崎的意图还是让人摸不着头脑。

"关于这件事情，稍后金融厅会给你们下达整改意见书。我是这么打算的啊。"

就针对帝国航空一家公司的授信方针下达整改意见书，这种做法前所未闻，堪称特例中的特列。

"在这之前，你们得把有关的情况说明提交上来。当然了，需要行长署名啊。"

最后一句话，是对就近坐在旁边的纪本说的。纪本细声细气地应承了一声，转过脸对半泽怒目而视。碍于黑崎在场，纪本强忍着随时准备喷薄而出的怒火。

意想不到的是——

"情况说明书，要多少我给你写多少。"

半泽的一句话，马上让黑崎脸色突变。

纪本一下子挺起了身子。半泽知道他想要说些什么，但是没

---

① 般若：一种日本的能乐面具，以扭曲狰狞的面目表现女性强烈的嫉妒、悲伤和愤怒。

有理会，继续往下说：

"但是，从我们这方面的理解来看，在过去金融厅的审查中，已经认定我们对帝国航空的授信判断并不存在任何问题。"

"你知不知道自己在说什么？正是因为你们提供的资料不准确，所以才误导了我们的结论，不是吗？"黑崎言辞激烈，"刚才低头道歉说的对不起，到底算什么啊？"

"我刚才的道歉，只针对以前在授信判断上的欠考虑。"半泽说道，"但是，当时你们在检查授信状况的时候，我们也向贵厅递交了资料。所以，我们认为你们对我行的授信方针已经进行了充分的了解。"

"哼。"

黑崎扬起下巴，双眼眯成了一条细缝。围坐在两旁的金融厅官差们，此时也都恨得咬牙切齿。一个个看上去全都是帮着黑崎为虎作伥的看家狗。面对一众官员气势汹汹的目光，此时的半泽反而坦然回视。

"那，你的意思是，你们已经向我们提交了所有必要的情报了？"

"正是如此。至少，在当时的时间节点，我们把手上的情报都准确无误地交给了你们。"

半泽特意强调了一下准确无误。之后，马上转头朝向背后的曾根崎问道："对吧，曾根崎？"

"啊？不是，那个……"

对内霸道如虎，对外却软弱如鼠的曾根崎，面对突如其来的状况方寸大乱。

“给我好好回答！提交了正确的资料，对吧？”

“是，是的。”在半泽的叱责下，曾根崎吞吞吐吐地答道。他一看四周，不但黑崎在一旁怒目而视，会议室所有人的视线也都投到了他的身上，曾根崎脸都吓青了。

“情况就是这样，黑崎先生。”半泽说道，“事到如今，再把当年的决策怪到我行头上的话，我们也会很为难。当然了，关于这件事我们会写一份详细的情况说明的。”

“哦，这样啊。”

黑崎盯着半泽不放，突然大喊一声“岛田”。一旁的摩艾石像男赶忙抽出一份文件递了过去。

“这就是当时检查的时候，你们银行交给我们金融厅检查官的文件资料。既然你刚才说得那么信誓旦旦，那不如你亲眼来看一看怎么样？”

黑崎把夹子里的资料递给岛田，这个摩艾石像男立马起身拿到了半泽面前。

是一份关于帝国航空的审查资料。

“那份资料上，写着当时帝国航空制订的重振方案具体内容。有关于撤销航线的，还有减少航班的，以及划定人员裁减数量的等等。看看吧。”

都是上次金融厅来检查时候的资料。“现在马上就看。”田岛一边说一边从半泽那里拿过资料，对着那几条看了起来。

“二十条亏损的航线予以撤销，十条航线减少三成的航班，人员裁减五千人……”

听到这一串数字的黑崎，若无其事地点了点头。

"对了，那些就是你们报给我们的数字。不过，检查过后，帝国航空正式发表的重振方案却是这样的。岛田！"

摩艾石像男捧着手里的资料读了起来。

"敝帝国航空，针对本次业绩恶化提出如下重振方案——"

"读那些废话干什么啊！"

"对不起。"遭到叱责的摩艾石像男，慌乱地继续往下读，"撤销十五条亏损的航线。然后是，减少一成的航班。人员裁减三千五百人。"

"知道我想说什么吧？"

一直柔声媚语的黑崎，突然扬手用力拍在桌子上，"还敢说你们的报告没错吗？你们这是为了应付金融厅的检查，故意捏造数据。这要怎么解释啊？回答我，半泽次长！"

不会吧。

就连半泽也大吃一惊，用询问的目光看向一旁的田岛。田岛战战兢兢地站了起来。

"请允许我做个说明。我是营业二部的调查员田岛，从上次的检查开始，就一直在帝国航空项目负责小组任职。"

当时的重振方案中记录的数字问题，的确不该由半泽来回答。本来应该由当时的担当次长曾根崎来回答的，但是，现在的曾根崎却摆着一副一无所知的嘴脸，正端坐在后排墙角的位置上。真是极端不负责任的态度。

"报告上提到的关于重振的内容，是从帝国航空提交的报告中得来的，我们绝对没有做任何的修改。但是，当时的重振内容还处于探讨阶段，与最终决定的重振方案内容产生出入也是很有可能的。"

"帝国航空的重振方案是什么时候发布的？"

黑崎的提问并没有针对某个人。田岛慌忙到信用文件中翻找。这时摩艾石像男却开口回答了："是在检查结束的一周之后。"

"开什么玩笑！"黑崎暴怒道，"你是在告诉我，短短的一周时间，内容就变了这么多吗？"

"的确，是这样的……"

坐在远处的曾根崎将田岛的窘境一一看在眼里，但他始终无动于衷，保持着沉默。

"怎么可能出现这么荒唐的事情！"

歇斯底里的黑崎一边怒吼，一边砰砰地拍着手中的资料。

"话虽如此……"

田岛还想继续反驳，这时摩艾石像男打断了他：

"根据我们的事前调查，帝国航空已经证实，公司不可能在眼看就要发布之前突然变更重组方案的内容。"

意料之外的麻烦状况真是层出不穷。

"您所说的问题我们明白了。"半泽插话道，"关于这方面的情况，敝行查清楚后再向您答复。您看这样如何？"

"你是不是还想蒙混过关啊？"黑崎虽然这么说，但或许他自认为已经胜券在握，所以也没有否决，"那好吧。如果还能有什么东西可以反驳，就再给你一次机会试试。"

就这样，那天的听证会以一边倒的形势落下了帷幕。

3

"之后，我也多方打听了消息。看来这次听证会的背后，似乎有霞关政治势力之间微妙角力的影子啊。"

渡真利到访营业二部半泽的办公室，是在黑崎听证会开完当天的晚上八点多。

为了针对当天金融厅提出的各种事项和质问拿出答复报告，帝国航空项目的负责小组正在加班加点，并准备彻夜奋战。

半泽走到自动贩卖角，买了两杯咖啡，递给渡真利一杯。他在一张空着的椅子前停下了脚步。靠窗放着一张迷你咖啡桌，从那里望出去，东京火车站到八重洲附近一带的夜景尽收眼底。

"说来听听。"

从大学时期开始就因广阔人脉而号称百事通的渡真利，在政府机关也掌握着强大的情报源。

"政府内部似乎已经有声音在质疑，说是围绕帝国航空惹出来的一系列事情，其根源在于不完备的金融行政体系。黑崎也曾说过类似的话对吧。"

　　半泽点头表示同意。渡真利继续说道："对于前政权施行的政策，进政党政权一直以来可都是全盘否定的，对于这次帝国航空的重振方案也是一样。更进一步说，听说有人已经提出，要借这次对帝国航空事件中银行支援的评估为契机，来重新确定金融厅今后的发展方向。"

　　"那些事情可从来都没听说过啊。"半泽说道。

　　"特别是最近一段时间，已经有政治家开始高调主张这种做法啦。"渡真利意味深长地看了一眼半泽，"知道是谁吗？"

　　"难道是，白井？"

　　半泽的脑海里浮现出上次造访东京中央银行时那道一身深蓝色套装的身影。

　　"正是。"

　　竖起食指开玩笑的渡真利说完，马上换回了严肃的表情。

　　"不过，如果只是白井一个人在那兴风作浪的话，问题倒也不大。而且，国土交通大臣对自己管辖之外的金融领域指手画脚，这种事情本身就容易授人以柄的吧。"

　　"你是说箕部？"半泽敏锐地问道。

　　"够犀利！"渡真利肯定地答道，埋头惬意地喝了口咖啡，"有了箕部这块后盾，白井就敢挺身作战撼动金融厅了。分管金融厅的金融担当大臣，现在由有'的场内阁短板'之称的财务大臣田所义文兼任，他压根儿就没有整顿政府内部对金融厅批判之风的实力。所以，金融厅为了自证清白，才想到了搞这场听证会。总而言之，那帮家伙可是铁了心要把对帝国航空巨额贷款支援的责任全部推到银行头上啦。说白了，就是半泽你的头上。"

渡真利握着纸杯，伸出食指指着半泽说道："如果这次听证会认定了我们的贷款支援立场有问题，那么就相当于否定了我们之前在独立授信判断基础上做出的持续贷款支援行动。同时，银行对帝国航空业绩预测的评价也就失去了可信性。这样一来，在反对特别调查委员会方案一事上，你就是拿出再多的依据，舆论已经一边倒，没有人再会相信银行。最终的下场就是，在人们的眼中，银行只是为了维护自身的利益在拼凑借口罢了。到那时候，银行也不得不吞下特别调查委员会要求的放弃债权这枚苦果了吧。"

"这就是白井的圈套啊？"

"喂，别不当回事啊。"对笑着低声咕哝的半泽，渡真利一脸危机感，眉头紧锁地责备道。

"我可是听说了，为了这回到咱们银行来递交意见书的事，金融厅可是下足了功夫，据说还邀请了媒体参加，准备正儿八经搞一个宣传仪式啊。这不是明摆着想让咱们行长在全日本国民面前低头认错嘛。"

半泽轻轻地咂了咂嘴。

"真的没关系吗？之前的听证会，纪本常务好像在到处散播消息，说你对待金融厅的态度有问题。还说就是因为你刺激了金融厅，所以人家才咬住不放，对我们穷追猛打。反正，就是找你麻烦就对了。虽然你这家伙没那么容易被打垮，但还是小心点儿为好。前有黑崎，后有纪本，渡劫路上皆恶鬼啊。"

＊　＊　＊

渡真利离开后不久，去帝国航空的田岛就回来了。

为了回应当天听证会上的质疑，田岛拿着去年八月应对金融厅检查的资料，前往帝国航空找山久了解情况。

"话怎么都说不到一块去。"田岛向半泽汇报完事情的经过，歪着头说道，"根据山久的说法，他们肯定向我们提交了与公开发布版本一样的重振方案，貌似就是这份了。"

田岛拿出一份印着去年八月日期的帝国航空内部资料，"如果根据这份资料来看，我们向金融厅提交的数字的确就是错的。我也当面问他，这不是发布之前临时变更的吗？可是对方不承认。"

"当时资料是谁签收的，知道吗？"

"请看这个。"

说着，田岛拿出了一份资料交接凭证的复印件。不过，那东西怎么看都很难说是一份正式文件，上面印着一张名片的正反面。正面曾根崎的名字，反面则是杂乱的手写痕迹，有日期、签收的文件名等内容。

重振计划书——

"这不是曾根崎嘛。居然用名片当'收据'，简直是开玩笑！"

半泽想起了听证会上，那个一味装傻的巨大身躯，心下一阵腻烦。

141

"有个问题不太明白，那家伙今天到会场来干吗？"

很明显，曾根崎根本就没有半点儿要发言的意思。或许他来是为了期待看到自己如何被黑崎驳倒，但半泽总觉得事情不可能这么简单。

"难不成，那家伙有什么事情放心不下？"

"莫非——是因为担心这个收据的事情露馅儿？"

田岛手指摸着下巴，陷入了沉思，"很有可能啊。毕竟，在上次金融厅的检查中，如果对帝国航空的融资被'分类'的话，那很可能成为曾根崎身上的污点啊。"

害怕被"分类"的曾根崎，在那种场合下为了应付过关，伪造一份虚假的重振方案也并非不可能。

"那个浑蛋……"半泽骂道，拿起电话拨通了曾根崎的号码。

铃声响了两遍，电话里传来曾根崎不耐烦的声音。

"我是营业二部的半泽。现在有没有时间？"

"正忙着呢。还有，如果是帝国航空的事情，我已经全部交接完毕了，有什么问题你自己想办法解决吧。"

"是关于帝国航空的事情……"

"我已经说过了，我拒绝掺和。"曾根崎态度傲慢地说。

"那好，那就到明天的听证会上当面对质，怎么样？"半泽说完，电话那头顿时陷入了沉默。

"你要不要一起来？"半泽扣上话筒，对田岛叫道。

"当然。"

两人一起快步离开了营业二部。

4

　　"到底干吗？你很麻烦啊。"

　　审查部楼层里，大部分职员仍在紧张地加班，曾根崎则端着架子坐在位于最里头办公室的位子上。半泽直接冲到他的面前。

　　"觉得麻烦的是我，曾根崎。"半泽双手撑在办公桌上，盯着对方的眼睛，"帝国航空的重振方案，不是你整理的吗？为什么数字会错？"

　　"那个，主要是开投行提炼的。我只不过是把他们得出的数据往上报——"

　　曾根崎还没说完，半泽就把田岛带回来的重振方案举到他的鼻子尖上。那是一份写着正确数字的资料。

　　"那样的借口，你以为可以蒙混过关吗？"半泽瞪着曾根崎的大饼脸说道，"帝国航空的山久说，已经把同样一份报告交到了你的手上。这到底是怎么回事？你给我解释清楚。"

瞥了一眼递过来的材料，曾根崎的眼神动摇了一下。但那只是一瞬间的事情，动摇的眼神马上又隐藏在了无耻的厚颜之下。

"哎呀，不记得了啊。"曾根崎干脆装傻不承认，"跟你们不一样，我们审查部每天都忙得像个修罗场，那种细枝末节的事情怎么可能记得起来啊。"

"要说修罗场，我们也一样。事情想不起来，只能说明你记性太差了。"半泽一边继续说，一边把当成收据的名片复印件猛地拍在曾根崎的办公桌上。

曾根崎不由得咽了下口水，抬手擦了擦额头上渗出的虚汗。

"这下想起来了？还是说这也是无关紧要的杂事啊，曾根崎？"半泽故意用惊讶的语气说道。

"用名片代替收据的事情，你自己也总干过吧！"曾根崎恼羞成怒地嘴硬道。

但是——

"不凑巧，我半次都没有。"半泽冷冰冰地回答，"就是因为你总是用如此荒唐的做法应付工作，所以才会连曾经接收过这么重要的资料也忘得一干二净了吧。不，我怀疑你不是真忘记，而是揣着明白装糊涂！"

曾根崎整个人瘫坐在椅子里，就像钉在上面似的一动不动。他用惊恐的眼神盯着半泽，而眼睛深处却分明还在慌乱地琢磨着推托之词。

半泽迎着对方的目光继续逼问："提交给金融厅的数字，是你给改掉的吧？"

"我？"曾根崎假装意外地反问道，"我干吗要那么做？首先，你连那份资料是不是我做的都还没搞清楚吧？一般金融厅检查的材料都是由调查人员制作，次长签阅的。那样的话，那份资料肯定是我当时的手下做的。你们营业二部的流程不也是这样的吗？"

"请等一下。"这时，田岛忍不住插嘴道，"当时检查的时候，我们都在应付海量的资产核定工作，根本没有接触重振方案。重振方案的相关资料，不是别人，正是你曾根崎次长准备的，不是吗？"

"你说什么？"曾根崎闻言一下子从椅子跳了起来，"你这家伙，是想陷害我吗？"

"次长您才是，拜托不要把责任推给部下啊。"岛田也不甘示弱，"有本事就坦率地承认资料是您自己制作的。"

"你小子！"

曾根崎绕过桌子，向岛田扑去。一旁围观的员工们慌忙赶过来劝阻。

"给我住手，曾根崎！"半泽迅速上前挡在两人中间，不由分说地制止了曾根崎，"不管是谁做的，只要盖上了你的批准章，就别想逃避责任。这是银行的规矩。就算换了担当负责人，过去的责任也必须终身负责。"

就像被下了咒似的，曾根崎当场定在那里一动不动。不安、愤怒，还有动摇。半泽迎着他五味杂陈的目光，继续说道："如果是你事先故意窜改了数字，最好在这里给我坦白承认。不然，这件事情，我一定追查到底！"

半泽、田岛，还有曾根崎在审查部的部下们，所有人的视线都集中在了曾根崎一人的身上。

"你到底想干吗啊，半泽？"曾根崎嗤笑道，"的确，帝国航空的重振方案是我签收的也说不定。但是，我丝毫不记得我窜改过什么数据。当然了，我也不记得曾经指示过下属这么干。我只不过是把资料上的数字原样往上报告而已。如果你认为我在撒谎，那就证明给我看啊。"

曾根崎看来是打算一口咬定自己是清白的了。

"既然这样，你敢不敢把当时自己收下来的重振方案拿出来给我们看看？放哪了？"

"你说什么蠢话啊？"曾根崎怒气冲冲地喊道，"你才是帝国航空的负责人吧。剩下的文件当然全部都在你的手里啊。要找的话，就把那些资料全部还回来，我一份一份地找给你看怎么样啊？"

他明知道手头那些资料里根本不可能有那份重振方案。

"你想说的就这些？"

"不是，当然还有啦。"现在的曾根崎用满脸憎恶的表情看着半泽，"被金融厅的黑崎盯上的人，不是我，而是你。有这工夫把责任推给别人，不如好好考虑一下明天怎么向他解释，这才是为你好嘛。"

"好吧，明白了。"半泽平静地说道，"这件事情，我一定会追查到底。不信你就等着瞧吧。"

曾根崎的喉结上下蠕动着，却一句话也说不出来。半泽愤怒地瞪了他一眼，和田岛一起快步离开了审查部。

　　　　　　　* 　* 　*

　　"刚才，半泽找上门来了。"

　　曾根崎在纪本的办公桌前刚一站定，就慌慌张张地打起小报告来。

　　"半泽？"

　　正在收拾东西准备下班的纪本，停下了手里的动作，抬头看着曾根崎。

　　"问我有没有故意窜改向金融厅提交的重振方案里的数据。"

　　"那，你是怎么回答的？"

　　从曾根崎身上收回视线，纪本又开始整理手上的东西。

　　"我说重振方案的数据就是那么写的。帝国航空的资料已经移交给营业二部，所以要查回去自己查。"

　　"就是。"纪本突然抬起头说道，"很好。"

　　但是，本来就色厉内荏的曾根崎，在半泽面前就算再怎么虚张声势，也掩盖不住他内心翻腾的惴惴不安。

　　"可是，我担心，万一半泽真的把真相查出来了，那可怎么办？"

　　纪本把资料扔进抽屉里，不慌不忙地关上，镇定自若地往椅背上一靠。他抬起头，像看着一个麻烦的包袱一般盯着曾根崎，一本正经地问道："真相？"

　　"就是改写重振方案的数据，那个——"

　　"哦？你给改写了？"纪本装出一副惊讶的表情，说道，"你记错了吧，曾根崎君。你是不是在做梦啊？"

"啊？做梦……"

或许纪本的回答太过出乎意料，曾根崎刹那间哑口无言。

"根本就没有那回事。重振方案的数据，恐怕是帝国航空不小心哪里出错，把正在探讨的东西交给你了吧。是不是？"

为了消化纪本话里头的意思，曾根崎足足花费了好几秒的时间。继而，他的脸上浮现出狡诈的笑容。

看着满脸邪笑的曾根崎，纪本补充说道："只要拜托帝国航空的山久君鼎言相助两句，不就可以轻松地打消半泽的疑问了吗？"

"您说得太对了，常务。我这就回去，先告辞了。"

纪本目送着曾根崎告辞出去。

"真是个蠢货。"直到办公室的门重新关上，纪本才吐出了一句心里话。

要想在银行这种组织中活下去，最重要的既不是纸上的知识，也不是漂亮的学历，而是智慧。

智者生存，庸者淘汰。

目送部下离去的背影，纪本更加肯定这一不言自明的道理。这是银行的生存法则，推而广之，也可以说是社会的法则。

* * *

"那个曾根崎次长究竟想装蒜到什么时候啊？"依然愤懑不平的田岛对半泽抱怨道，"根本就毫无责任心！"

时间已经很晚了，在业务繁忙的营业二部，除了帝国航空项目负责小组以外，仍有许多员工留下来加班。

半泽靠在一张没人的办公桌旁，脑中一遍遍过着几天来的各种交锋。

"难道就没有什么办法能证明曾根崎窜改了数据吗？"

与其说是在询问田岛，半泽更像在自言自语。

"如果能拿到曾根崎次长收到的资料，说不定就能证明了。但是如果坐实了窜改数据，那只会让我们吃到金融厅开的罚单，结果还是于事无补啊。"

"何止吃罚单那么简单，逃避检查那是要负刑事责任的。"半泽说道，"不管是哪种结果，都必须把这个问题弄个水落石出。"

"顶多到时候尽量往'错误'的方向上靠对吧。"田岛徐徐道出的，却是极为现实的妥协方案，"就说是在制作提交资料的时候不小心弄错了。"

"这对于黑崎来说，可真是大功一件啊。"半泽在脑海里想象着黑崎向上汇报时候的样子说道，"由于银行提交的错误资料，检查被误导到了错误的方向——显而易见，对方肯定会这么下结论。如此一来，我们银行最终也难逃受到某种处分了。"

"不管哪种结果，都跳不出金融厅的坑啊。"田岛万分沮丧地说道，"真是白白送了他们一份大礼啊。到头来，他们反倒可以借此通过帝国航空的问题，来证明自己是正确的。"

"不管怎样，曾根崎肯定是铁了心要逃避责任的。"半泽说道，"不管遇到什么事情，都只顾着把自己择干净，他就是那样的人。到时候，估计他一定会死咬着不放，说资料是下属做的。"

"开什么玩笑啊。"田岛气得脸色都变了，"那样的话，最终不是变成我们这些人背黑锅当冤大头了啊？次长，到底该怎么办呀？"

　　不光是田岛，组里的所有成员都看着陷入沉思的半泽。可是要找到打开局面的答案，又谈何容易呢？

5

"那么，让我们先来把昨天剩下的事情解决一下吧。"

第二天的听证会，从下午三点开始。黑崎还是跟昨天一样，坐在会议室的上座。摩艾石像男仍旧在一旁随时待命，如保镖一般犀利的眼神扫视着半泽等一众东京中央银行的职员。

虽然还叫听证会，实际上这场会议的本质，已经变成了一场战斗。

一场赌上尊严的金融厅和银行之战。

在金融行政领域，谢罪意味着战败国般的屈辱，而处分则意味着罚款。

但是，目前的战况对半泽明显不利。一个晚上过去了，仍然没找到能够安然渡过金融厅难关的办法。

来参加今天听证会的，除了半泽这些帝国航空项目负责小组的成员外，还有很多相关部门的职员，无论谁都是满脸严肃的表情。这也难怪，因为大家心里肯定都已经暗自认定，这次根本就不可能平安过关。

本应是当事人的曾根崎却跟没事人一般，仍旧坐在昨天那个位置上好整以暇。

"真是好气色啊，曾根崎次长。"半泽邻座的田岛厌恶地说道。

他的声音大到足以让曾根崎听到，但是曾根崎却若无其事地看着手中的资料，不为所动。

"不想当靶子，所以才在那装死。有句话叫什么来着，在家是英雄，在外是狗熊？明明一碰到和外人交涉就只会当缩头乌龟……"

对于田岛厌恶的编派，半泽刚想点头称是，这时——

"半泽次长。"听到黑崎的点名，半泽只好站了起来。

"能不能麻烦你跟我说一说，为什么重振方案的数字是错的啊，弄明白了吗？我可是觉得，你们是故意为之的。干吗要窜改数据？你们有什么不可告人的目的？都给我老老实实地交代！"

"关于这件事情，我一直在向相关人员确认，但是目前还没找到原因。能否再给我些时间？"

真是艰难的辩解。

"想要拖延时间？"黑崎脸色一沉，怒气冲天，"真是够没用的呢。既然这样，我来帮你查。上次检查时帝国航空项目的负责人是谁，给我站起来！"黑崎高声嚷道。

话音刚落，坐在半泽旁边的五个人战战兢兢地站了起来。但是，曾根崎仍然像没事人一般稳坐泰山。

"帝国航空重振方案的相关资料是谁做的？举手。"

面对黑崎的提问，没有人回应。

"这些人当时都在负责该公司的资产核定，他们并没有接触重振方案。"无奈，半泽只得出言解围，"那份重振方案的制作，应该是另有其人。"

"另有其人？把他给我带过来。现在！马上！"

正在这时——

"是我。"话音刚落，后排一个身影慢慢地站了起来。

正是曾根崎。

现在，冷不丁暴露在全员视线下的曾根崎，似乎有点发怵似的微微抽搐着脸颊上的肌肉，硬着头皮往下说。

"我是审查部次长曾根崎。昨天诚挚地接受了您的教诲，所以我们审查部在营业二部之外也独立展开了调查。我们已经彻底查明了事实真相，正准备向您报告。"

会议室一片哗然。

"真的假的？"田岛小声说道，半泽也不由得睁大了眼睛。

"既然这样，还不快说！"黑崎言辞犀利。

"对不起。"曾根崎又谦卑地道着歉，"本来应该一早就说出来的，但毕竟是营业二部在负责调查，所以才没有主动站出来。"

事情发展出人意料，半泽还弄不清楚曾根崎的意图，因此暂且屏息旁观。

"所以，到底是谁窜改的数据？"

这是赤裸裸的诱导式询问，黑崎决定不择手段去挖答案。从半泽开始，包括田岛以及其他成员脸上全都大惊失色。

"不，没有人故意窜改数据。"曾根崎扬扬得意地继续说道，"根据我们审查部的调查已经明确，是由于帝国航空方面的失误，把还在探讨中的草案交给了我们。所以我们断定，贵厅检查时候形成的资料里所记载的重振方案数据，正是来自那份草案。"

"你说什么？探讨中的草案？"

听到这意料之外的结果，黑崎突然失心疯似的大叫起来。

"没错。所以，这件事纯粹是因为帝国航空方面的工作失误造成的。"

此刻，可以看出黑崎的脸上明显浮现出失望的表情。本来打算以银行的失策为突破口，一鼓作气将其逼入绝境的，结果这样的想法瞬间破灭了。

"黑崎审查官，正如您所听到的，您所指摘的情况，原因不在敝行而在帝国航空方面。"

就像掐好了时间一样，一直旁听的纪本插嘴道："也就是说，不管是敝行还是贵厅，对帝国航空的业绩预测出现失误都是在所难免的，对吧？我觉得，贵厅在那样的情况下做出的检查判断是完全合情合理的。您以为呢？"

纪本的发言，和金融厅的调查方向一致。

因为从金融厅的角度来说，只要能证明自己的检查结果合理正当，即便责任从银行转嫁到了帝国航空，也不影响达到自己预期的目的，没什么区别。

"帝国航空方面出现失误的结论确定没错吗？也就是说，这一点常务自己也亲自确认过了？"焦躁的黑崎向纪本施压道。

"那是自然。"

信誓旦旦的纪本，胜券在握地和后座的曾根崎交换着眼神。

"那好吧。"黑崎一面说，一面往手中的资料里添注着什么，"但是，不管什么理由，提交给金融厅的检查资料里出现错误的数据，这是事实。本来嘛，这可是重大的失误，不，甚至可以定性为逃避检查。关于这件事情的详细经过，回头交一份正式的文书报告上来。怎么样，纪本常务？"

"这是我们分内该做的事情。"

纪本脸上浮现出笑容，听证会场上原本停滞的空气瞬间流畅起来。他回过头对曾根崎命令道："这份报告，曾根崎君，就由你来起草。"

"答复文书里可别忘了附上帝国航空的情况说明书。记住了吗？"

对银行方面的一面之词不囫囵吞枣地偏听偏信，而是同时要求看到帝国航空的意见，黑崎的工作方式真可谓滴水不漏。

无论如何，这回原本被逼到穷途末路的曾根崎，在千钧一发的危急关头化险为夷了。

一旁的半泽，不由得体会到了一种游离于现实的疏离感。自己殚精竭虑也不得其法的问题，却可以如此简单地迎刃而解。

"明白了。"

情况不妙的时候沉默不语，抢功劳的时候又忙不迭地站出来的曾根崎，朝着半泽那边瞥了一眼，皱了皱鼻头，那样子仿佛要扔过去一句"活该"。

"早知如此，也应该事先通个气才是啊。太过分了。"

面对出人意料的事情走向，田岛小声地发泄着心中的不满。

"简直了。不过，也真是匪夷所思啊。昨天见面的时候，你没有听山久部长提起过那些事吗？"

"完全没有。"田岛摇着头，也是满脸讶异的表情。

如果真有那么回事，就不是对曾根崎说，而是应该对到访的田岛说才对啊。正常情况下，山久一定会那么做的。

但是，现在没工夫推敲其中的关窍。

"那么，我们进入今天的正题吧。首先，就说说我最关心的事情吧。之前你们已经针对关联企业的授信担保情况进行了探讨，你们到底是怎么进行授信管理的？"

帝国航空的关联企业有两百家之多，所以东京中央银行的贷款总额超过了五百亿日元。这些关联企业的主要客户都是帝国航空，所以一旦帝国航空出现问题，其中的大部分企业都极有可能面临破产。

恐怕，金融厅把这些关联企业群作为今天听证会的主要议题，也正是出于这方面的考虑了。对于和半泽之间有个人恩怨的黑崎来说，这当然是一个攻击对手的绝佳切入点。

"那就先从帝国空港服务公司开始。"黑崎首先对准的是在机场从事旅客行李以及货物托运等地面操作业务的关联企业，"上次检查的时候，这家企业的业绩预期是摆脱亏损状况。是不是这样啊？"

黑崎的质问一语中的。

"不是。由于母公司的帝国航空业绩恶化导致前景不明朗，所以该公司的业务也列入了重振对象范畴。下一步，我们认为该公司的当务之急是，通过业务整合实现成本削减。"

"既然这样，不是应该重新修改这份自我评定，探讨一下下调正常债权的级别吗？"

黑崎的目的，是要把中央银行评定为正常的贷款逼入"分类"一列。如果业务评定为正常的企业一旦破产，作为检查实施机构的金融厅就会被追责。如果能把其列入"分类"一列，则即使万一出了问题，金融厅也不会有被问责的担忧。黑崎这一手，也暗藏了他作为一名官僚明哲保身的考量。

虽然前面的问题尚且还能合理地应付，可是越到后面，黑崎指摘的问题就越是吹毛求疵、极尽细节，并且死缠烂打。

"好，下一个。京阪帝国住宅贩卖公司。这家公司问题也很大吧。"听证会已经持续了将近两个小时，可是黑崎却丝毫不见疲惫，"作为和帝国航空规模一样庞大的不动产子公司，不仅业务开拓力度疲软，而且收益能力低下。就这样的公司，你们也敢投入五十亿的十年长期贷款资金，作为他们的住宅用地开发金。这怎么看都不正常啊！"

"还有，这家公司——"黑崎打断正要回答的半泽，自顾自地继续说道，"总体来看，现在只不过沦为一家劣质企业了吧？"

说完，黑崎意味深长地看着半泽，显然别有用心。

"您说的是什么意思？"半泽问道。

"我的意思是，你们银行到底有没有认真调查调查这家京阪帝国住宅贩卖公司啊？这是一家问题客户吧！你们是怎么做的授信判断？！——就是那家舞桥 STATE 啊！"

田岛在半泽旁边慌慌张张地查阅该公司的客户信息，翻到信用文件赶紧递了过去。

舞桥 STATE 是京阪帝国住宅贩卖公司的主要客户。

"京阪帝国住宅贩卖公司建设并出售的新建住宅用地，大部分都是从舞桥手中转卖而来的吧。也就是说，这家公司和舞桥 STATE 依存度非常高。可是，我却看不出你们银行对舞桥 STATE 做过任何的调查。这是怎么回事？"

居然这种细节都知道得一清二楚啊！

田岛本来想这么回一句，可对方是金融厅，怎敢？

黑崎终于图穷匕见。

只要半泽不磕头谢罪，不请求原谅，不让他为自己来到这里的行为悔青肠子，黑崎就会继续吹毛求疵地质问下去。

"关于这方面，我们确实没有穷尽调查的手段。"

黑崎用厌恶的目光看向低头承认的半泽。

"总体的授信依据都太草率了！给我反省！谢罪呢？"黑崎歇斯底里地说，嘴唇也跟着他那扭曲的性格一起变了形。

黑崎不讲道理，只不过是为了特意彰显在金融厅和银行的上下级关系中，管理方的权威而摆出来的故意刁难。

果然不负黑崎的"盛名"。

半泽静静地叹了口气。

"对不起，敝行的调查似乎还不够全面。在此郑重道歉。"

"早这么道歉不就好了嘛。"黑崎扬起下巴，露出喜悦的表情，"但是，别以为这么就算了。本厅在这次听证会上指出的事项，你们必须尽快提交答复书。还有，与此相对应，本厅将针对你们过去对帝国航空的授信判断下达意见书。明白吗？就今天这种糟糕的答辩情况，意见书的内容肯定会非常严厉的哦，你们最好给我做好心理准备。"

黑崎敲竹杠似的越说越来劲，"再加一条，关于意见书，将会由金融厅的长官直接交到贵行行长手里，所以到时候还得拜托咯。当然了，现场情况会通过媒体向社会公开，你们早做心理准备吧。"

黑崎锐利的眼神向围着桌子坐了一圈的银行职员们扫了一眼，终于志得意满地点了点头。这场漫长的听证会宣告结束。

6

　　这结果，简直"输得"连底裤都没了。

　　"次长，您辛苦了。"回到营业二部的办公室，田岛朝着沮丧的半泽说道。

　　紧跟着田岛，小组其他成员搬着装有金融厅检查资料的纸箱陆陆续续地返回，大家都不约而同地聚拢到半泽的办公桌前。

　　"这完全就是一场未审先判的听证会。"田岛满脸懊恼地说道，"可是，我担心这样下去，我们银行非得被世人误解不可。"

　　自己这边的答复书还好办，但是金融厅对东京中央银行的意见书内容肯定会非常严厉，这是显而易见的。他们必然会对媒体大肆渲染银行的授信判断如何如何欠考虑，批判得越不留情，就越有利于金融厅保全自身的目的。

　　如此一来，不管是电视还是报纸，恐怕都会对银行群起诘难了。如果银行对帝国航空的贷款立场出现了问题，那么对特别调查委员会力推债权放弃一事，无疑是送上了一份最好的大礼。

半泽抱着胳膊久久地坐在桌前，皱着眉头冥思苦想。

"抱歉，这次是我能力不足。"半泽直言不讳地说道，"但是有件事我还想不太明白。"

"是上次重振方案的事情吗？"田岛敏锐地问道。

"山久部长说过他确实把重振方案交给曾根崎了对吧？当时，他有没有提到误把探讨中的草案交过来之类的话……"

"没听说。"田岛明确否定。

"这件事非常重要。我想和山久部长当面确认。帮我约下他，看看什么时候有时间吧。"

田岛回到自己的工位，给帝国航空的山久打电话。

"山久部长说正准备下班回家，还不如他过来更快。"

"跟他说，我在这等他。"

说完，半泽闭上眼睛，静候山久的到来。

* * *

"辛苦了一天还劳您大驾过来，真是抱歉。"

半泽把山久让进营业二部隔壁的接待室，拿出昨天田岛收到的重振方案交接收据放在桌面上。就是那张曾根崎的名片复印件。

"请恕我单刀直入了。山久先生，据说您当时交给曾根崎的是一份探讨中的草案，对吗？"

"探讨中的？"山久惊得目瞪口呆。

在座的田岛一看他的表情就明白了一切。

"到底怎么回事？这……"

"昨天晚上，曾根崎没有跟您提到这事吗？"

"没有啊——"面对半泽的疑问，山久摇头道。

"曾根崎一口咬定，贵社错把还在探讨中的草案交给了我们。"

"啊？"山久一副完全出乎意料的表情，"怎么可能发生那样的事情？！我绝对已经把正确的重振方案交给他了。"

"确定没错吗？"

半泽和田岛快速交换了一下眼神。

"当然不会错。我们向银行提交文书资料的时候，是根据客户银行的数量重新复印的，绝不可能单单给东京中央银行的资料出错。曾根崎先生为什么说出这么不靠谱的话来？"

"真是非常抱歉。"半泽深深地低头道歉，"为了这种无聊的事情特地把您请来。看来，是我们自己内部出了差错。请您原谅。"

7

"这次的事情，有点儿麻烦啊。有小道消息说，纪本常务可是在幕后活动着呢。"

"幕后活动？活动什么？"

向渡真利询问的，是和半泽他们同期入行的近藤直弼。作为宣传部次长的近藤，虽然最近正为银行最新的活动企划忙得焦头烂额，但也被渡真利约了出来。三人才刚刚碰头。

银座小巷里的酒吧内，他们选了一张桌子，这里正好位于宽阔店堂的一角，和往常一样，在这里说话不用担心隔墙有耳。每当银行职员要八卦行里内幕的时候，他们就会选择这样的位置。

渡真利喝的是兑水的波旁酒，半泽要了冰镇单一纯麦苏格兰威士忌，而近藤则选了一款据说最近很流行的莫吉托鸡尾酒^①。

"当然是关于这次的听证会。"渡真利答道,"说这次金融厅突袭是曾根崎解围了,而半泽你的对应却有问题。"

"为什么啊,他这么做?"近藤再次问道。

近藤一来就喊肚子饿,所以点了份比萨,此刻他认真听着渡真利说话的样子,完全看不出曾经得过精神疾病。

近藤生病已经是三年前的事情了。大约两年前,几经波折他才好不容易调回了本部,接手的新工作也总算开始迈上了正轨。

"从结果来看,纪本机关算尽不就是为了把帝国航空的负责大权重新揽回审查部吗?或者,半泽,他只是想让你从负责组出局也说不定。"

听渡真利说完,近藤扬起脸来,双眼凝视着酒吧昏暗的空间陷入了沉思。但最终还是不解地问道:"为什么?"

"唉,因为只要半泽多负责一天,这件事情他们就难以操控一天呗。"渡真利答道,"因为关于债权放弃一事,半泽显然会在会签文件上提交拒绝的意见。或许,这一点在债权放弃赞成派的纪本先生看来,是绝对难以容忍的吧。"

"想要更换负责人的话,只要他们开口,随时都可以换。"半泽说道。

"你这么说的心情,我很理解。但是很遗憾,还是得拿出足够

---

① 莫吉托:Mojito,一款以朗姆酒为基酒,加入蔗糖、青柠、薄荷和苏打水调制的鸡尾酒,口感冰凉。

说服行长的理由才行。"渡真利一针见血地说，"那个理由，借着这次金融厅的听证会自己送上门来啦。"

"不过我还是不明白啊。费了这么大劲，就算真的如愿换掉了负责人，一旦放弃债权，我们不是照样损失惨重吗？我可不觉得这对我们银行来说有任何的好处。"近藤追问道，"这么做又是为什么呢？"

"真是个谜啊。"渡真利小声嘀咕道，"半泽，你知道吗？"

"唉，谁知道呢。想必总有让他不得不赞成的理由吧。"

听了半泽的话，渡真利扬起脸却欲言又止，最后说了句"但是搞不懂那到底是个什么样的理由"，便又把视线收回了手里的玻璃酒杯上。

"对了，金融厅的那份意见书，听说内容会相当严厉啊。"近藤换了个话题。

"也许吧。"参加过听证会的渡真利答道，"根据事态的发展情况——不，事情发展到现在已经可以肯定，半泽的'下一次'可是要受到影响了。"

在银行，人事大于天。所有的工作回报，都在下一次的人事安排上得以体现。评价高就荣升，升迁无望就只能外调。如果在次长的位置上栽了跟头，则意味着出人头地的路基本上已经到头了。

"我想，金融厅在媒体面前下达意见书的同时，一定打算把里面的内容概要也透露出去。按照我的推测，那一定是些把我们银行贬得一文不值的内容吧。如果放任不管的话，那些媒体会怎么写我们可就难说了。所以，有没有办法可以巧妙地掌握相关信息，避免那样的情况出现呢？"

"总之，你的意思就是想办法让报纸或者电视不要说那些批判的话，是吗？"

看渡真利点头确认，近藤也不禁低声夸赞。作为宣传部次长，他的日常工作就是和媒体打交道，具体业务包括制作银行的宣传广告、新闻公告，应对媒体的采访等林林总总、不一而足。

"从结果上来说，我们就是要把影响降到最小。"近藤说道，"你们也知道，我们银行每年都向电视、杂志支付相应的广告宣传费用，所以也不是没有机会让部分媒体停止直接的、批判性的报道。但是，话说回来，也肯定有部分媒体不吃这一套，比如说《周刊潮流》之类的。"

"没什么不好的呀，让他们报道去好了。"

听了半泽的话，渡真利刚吞进去的一口酒差点儿喷出来。

"说什么呢，我还不是因为担心你啊。"

"多谢啦。但是，最终该来的不还是会来嘛。"

"现在是这么悠然自得的时候吗？"渡真利吃惊地说道，"这可是关系到你作为银行职员未来的大事啊。"

"又不是什么了不起的未来。而且事先说明，我这可不是什么悠然自得。如果你这么觉得，那一定是你的错觉啦。"半泽说道，"我这个人啊，能做的事情一定会努力去做。但是，我能做的事情也总是有限的。"

"你不会是打算举手投降了吧？"

面对满腹狐疑的渡真利，半泽笑了起来："怎么可能。"

"我说你真的没问题吗？"这次，渡真利非常认真地问道，"这回可是要让咱们行长在媒体面前当众出洋相啊。而且现在整件事情的起因又都指向了你，变成是因为你处置不力才造成的恶果。无论如何，情况都非常不妙啊。"

　　"也许吧。"

　　半泽怔怔地看着昏暗酒吧里空空如也的某一点，沉默着继续喝完杯子里的酒。

8

　　审查部的曾根崎给帝国航空的山久打电话，说"想拜访您一下"时，已经是在金融厅的听证会结束后的第二天。

　　电话里没有说什么事。本来嘛，这种事也不方便在电话里讲。

　　下午两点，按预约的时间前往拜访山久的曾根崎，被带到了他还是负责人的时候就已经熟门熟路的财务部接待室。

　　真是个好天气，窗外东京湾上往来航行的船舶以及港湾里的作业设施一览无余。如果不是俗务缠身，这样的美景看上一整天也看不厌。

　　"好久不见。一切都还好吗？"

　　走进接待室的山久，对曾根崎这位前负责人的到访稍微感到有点儿意外，但还是不动声色地打着招呼。

　　"托您的福，还算过得去。您今天能在百忙之中拨冗接见，真是万分感谢。"曾根崎一边低头寒暄，一边寻思着如何开口。

虽然他自己打死不承认窜改数据，但典型窝里横的个性，让曾根崎在行内一向横行霸道，到了顾客面前却温顺得像一只猫。

两人开始聊一些漫无目的的闲话。山久讲的大多是一些行业整体情况之类的内容，似乎在刻意避开特别调查委员会有关的话题。对他来说，现在的曾根崎是"不在其位则不能谋其政"，能如此精准地把握好分寸，不愧是大公司的财务部长。

"其实今天来，是有特别的事情想要拜托您。"

也不知道这些虚与委蛇的场面话还要说多久，眼看着山久丝毫没有主动询问来意的意思，曾根崎决定不再等什么话头，终于直接说明了来意。

"曾根崎先生一说有什么特别的事情，我可是相当紧张啊。"山久半开玩笑地说道。

但是，实际上真正心里紧张的却是曾根崎，连脸上的笑容都有些僵硬了。

"前几天，金融厅就与贵社有关的敝行业务举行了听证会，这个过程中发现敝行上次在金融厅检查中提交的数据有些问题。"

"那是怎么回事？"

听到有问题，山久收起了一直挂在脸上的和蔼表情。

"不知道怎么搞的，似乎我把数据给填错了，结果造成提交给金融厅的内容与实际的重振方案内容有些出入。"

真是满嘴跑火车的托词。不过，就曾根崎而言，自己恶意窜改了重振方案这样的话，是打死也说不出口的。

"金融厅对这方面的指摘让我们非常头疼。经过银行内部的充分讨论，最后拿出的意见是希望帝国航空这边能鼎力相助。"

"是什么样的帮助？"

在山久的催促下，曾根崎终于说到了重点："能不能当作是由于帝国航空的失误，把重振方案定案前的草稿交给了我们呢？"

山久并没有马上回答。他面无表情地盯着曾根崎，兀自陷入了沉思。至于他在想什么，曾根崎是不可能知道的。

"是希望我们向金融厅这么解释吗？"好一会儿，山久方才语气生硬地问道，"既然是权宜之计，也不用特意过来跟我们打什么招呼吧，你们自己看着办就行了。刚才的话，我就当没听到。"

"不是不是。"曾根崎一双手掌伸在胸前连连摆动，"我们是有苦衷的。金融厅要求我们附上贵社的情况说明书，所以务必请你们帮忙出具。"

"情况说明书？"山久皱起了眉头，"那是什么东西？"

"就是以贵社的名义出具一份报告书，就说由于各种各样的原因，错把重振方案的草案交给了敝行之类的——"

"请等一下。"山久有些震惊地说道，"那时候，我的的确确已经把重振方案交给你了啊。怎么，里面的内容有错吗？"

"那没有。"曾根崎心下惭愧，但还是觍着脸皮答道。

"明明没错的事情，肯定不能硬写成有错啊。"

山久的话合情合理，但是曾根崎听得脸色铁青。

"您说得当然有道理。但是，我们万万不能向金融厅报告说，我们提交了错误的数据啊。"

"那也是你们自己的事情吧。再说了，那些数据怎么能搞错呢？没道理会弄错啊。"山久满脸不解地问道。

"为了应付金融厅的检查，我们也是搞得焦头烂额。如果傻傻地照原样提交数据，说不定对贵司的贷款就会被打入'分类'一列。我们这么做也都是为了保护帝国航空啊。"

"真的是为了我们吗？"山久怀疑地问道，"难道不是为了你们自己吗？你们到底是故意窜改还是失误出错，这个我不知道。但是，就算是失误出错，放在谁身上都会有不小心的时候吧？错了就是错了，干吗不能大大方方地承认错误呢？"

"干吗不能……那是因为……"

"真是搞不懂。"

面对充满反感的山久，曾根崎真是骑虎难下。

山久继续说道："承认自己的错误不就是一个很好的选择吗？你说的那份情况说明书是要提交给金融厅的吧，也就是说那是一份正式公文。如果出具那样一份文书，就变成了是我们公司造假。我们不可能做那样的事情啊。"

心下焦躁的曾根崎，绞尽脑汁寻找着可以让山久改变主意的办法。最终他说道："你们正在找我们要贷款吧？我们希望今后还能继续给你们提供贷款支援，我想贵公司也一样希望吧。"

山穷水尽的曾根崎说出了一句难以启齿的狠话。

终究还是一个小气的男人。或许正因如此，所以才会在关键时刻沉不住气，说出一些极端的话来。

果然，山久闻言脸色大变。

"你这不是赤裸裸地仗势欺人吗？"

但是，此时的曾根崎已经失去了理智，"随便你怎么理解。"他火上浇油地回了一句。

"不错，是否提供支援确实还要通过会签文件来决定。但是，如果在这件事情上帝国航空能够仗义相助，那么贵司在行内的好感也自然会提升的，对吧？如此一来，今后的贷款支援不就能顺畅地推进了吗？"

"哦？"

山久原本探出的身子又重新靠回了扶手椅中，看向曾根崎的眼神中充满了愤怒与轻蔑。

"有件事情想请教一下呢。曾根崎先生，您什么时候又重新担任敝公司的负责人了吗？"山久郑重其事地反问道。

"不，那倒没有。"

"那么，你刚才说的贷款支援之类的话岂不是很奇怪吗？贷款支援这些事情，应该是半泽先生负责的吧。这并不是你该出面的事情，请半泽先生来谈。"

听到半泽的名字，曾根崎就心下着慌。

"不不，请等一下。这件事情，不是半泽，而是由当时的负责人我来全权处理。所以和半泽没有关系。"

"和半泽先生没有关系？"山久脸上露出诧异的神色，"那刚才说的贷款支援之类的话是什么意思？"

"啊不，这个——那是——"

曾根崎一改刚才的蛮横霸道，开始惊慌失措、支支吾吾起来，"我不是说要作为贷款支援条件的意思，所以，那个——"

　　"我真不明白你到底在说什么啊，曾根崎先生。"山久摸不着头脑，他"啪"的一声拍了下自己的膝盖说道，"算了，无论如何，那种文书我们是不会出的。请回吧。"

9

　　走出帝国航空本部大厦的曾根崎，神情恍惚，一副失魂落魄的样子。

　　他深一脚浅一脚地走向车站，就像踩在棉花上似的走得非常吃力。每踏出一步，脚下的地面仿佛都在源源不断地吸走他身体里的能量。

　　坦白说，曾根崎过去真是太小瞧帝国航空这家公司了。在他看来，那只不过是一家业绩恶化的企业罢了，没有银行的支援根本就撑不下去。所以原本以为自己只要一声令下"给我写"，一两份文件这样的小事还不是手到擒来吗？大意了。

　　万万没想到，事情竟然变成了现在这样。

　　如果不能拿到帝国航空出具的情况说明书，那么他曾根崎——这位人们口中的救世主，可就要颜面扫地了。不，如果那样就能收场也算是万幸了。万一被发现在金融厅的听证会上所说的都是谎话，可不是简单受几句叱责就能够了结的事情。最坏的情况，是要承担刑事责任的。

糟糕透顶。

原本一片光明的银行职员前途，现在却被可怕的乌云笼罩着。陷入绝望境地的曾根崎，现在能依靠的，只剩下一个人。

回到审查部，曾根崎立刻致电董事办，确认纪本在办公室之后，脚不沾地地冲了过去。

"常务，您现在方便吗？"

看见曾根崎进门，纪本一言不发地站起身来，随手往沙发上指了指。

"其实，是关于那份文书的事情。刚才去了一趟帝国航空，不过山久部长不愿意写那份说明……"

纪本眼中的神采一下子消失得无影无踪，只剩下令人糟心的无尽空洞。

"我讲得嘴巴都快干了，可他就是不松口。"

纪本吊起眼梢抢白道："事到如今，你说这些还顶什么用啊？"言语之间充满着盛怒。

"这些事情，在听证会上放话之前就该搞定啊。"

"对不起！"

曾根崎从沙发上弹起来，腰立刻弯成了九十度。

纪本没有理会。

曾根崎战战兢兢地抬起头，看到面向窗户阴沉着脸认真沉思的纪本。他鼓起勇气看着纪本的侧脸继续往下说，"百忙之中打扰您真是过意不去，常务。能否借您金口帮忙跟对方交涉一下？"

然而，纪本仍旧跷着二郎腿，用手撮着下巴，没有回答。对曾根崎说的话置若罔闻。

终于，传来了纪本沙哑的声音："别再跟我说这种混账蠢话了！"

听到这冷冰冰的回答，曾根崎像被子弹贯穿了身体一般，整个人僵在了那里。

"你是要我跟你合伙骗人吗？"

神经质似的纪本太阳穴上的血管根根暴起。

"今天跟山久部长交涉，我感觉他认为我是在越俎代庖。无论如何，恳请常务能够亲自出马——"

若在以往，曾根崎早就识趣地退下了，今天却一反常态死咬不放。因为除了靠纪本以外，他真的已经走投无路了。

纪本满心愤懑地沉思苦想。

曾根崎在金融厅听证会上的应对表现，被纪本到处宣扬，成了为东京中央银行力挽狂澜的壮举。假如这一切最终被戳穿，大家发现那只是无凭无据的谎言，那么费力抬举曾根崎的纪本自己，又将颜面何存？纪本虽然气得暴跳如雷，但是如果弄不到情况说明书，他也一样头痛。

所以，就算在这里被骂得狗血淋头，最终纪本还不是得出来为山久活动吗？曾根崎就是吃定了这一点。

"山久部长是怎么说的？"

果然，短暂沉默后纪本开口了。

"假话是不会编的，他说——"

纪本挥起右手拍着椅子的扶手，发出"嗒嗒"的声响。

"真是的，平时白白给了他们那么多关照。"

"可是山久部长似乎怎么都转不过弯来呢，估计就是个顽固的家伙。我为他指明和银行之间的利害关系，他却反而好心当成驴肝肺，根本说不通。"

听完曾根崎为自己说尽好话的报告，纪本心下开始拿着主意。

大概在衡量着如果前往说服山久，会得到什么样的结果之类的吧。对于纪本来说，随机应变的处世之道原本就是他的强项。

"这些话如果跟神谷社长提，未免太唐突了些。看来，还是要说服山久部长才行啊。"

"拜托了。"曾根崎再次低下了头。

只要纪本肯出马，就总会有办法。他长年在审查部门摸爬滚打，在修罗场中千锤百炼。再加上有东京中央银行常务这顶帽子的威力，这样的纪本，就算是帝国航空也没有人敢轻易忤逆。

纪本仍旧侧着脸，只是用目光斜视着曾根崎，命令道："现在马上给我约时间，快！"

* * *

半泽被内藤叫走，正是曾根崎和纪本密谈的时候。

内藤的办公室设在同一层，也只有这里的空气充满了厚重的宁静，令人仿佛置身于静谧的森林。而烘托这种氛围的，则是那厚厚的地毯和书架上并排的一本本书籍，这些光景在众多董事①的办公室中可谓绝无仅有。按常理猜想那一定都是些艰深晦涩的书籍吧，可是仔细看去，就会发现在众多经营学、市场营销学领域的泰斗原著中，居然还夹杂着艾柯的《玫瑰之名》等一众海外悬疑大作，透露出房间主人的个人兴趣。这一切无不彰显出这位文雅的银行家，这位叫作内藤的男人深刻的内涵和广博的兴趣。

"我们部准备的答复书草案可以就那么定稿了。"

向金融厅提交的文件，拟订得比预想的要快，今天早上就已经交到了内藤的手上。"剩下的，就只差帝国航空的文件了。那边准备得怎么样？"

"正在等审查部提交上来。"半泽答道。

他已经觉察到，内藤找他来一定另有其事。

"我就开门见山了。一旦金融厅的意见书下来，说不定就会更换帝国航空项目的负责人。理由你也知道的。怎么说呢，如果这样能了结倒也罢了。"

内藤说了几句，却一反常态地欲言又止。

"是关于人事方面的事情吗？"

面对抢先直说的半泽，内藤满脸苦涩。

"董事里面有人指责说，在金融厅的听证会上你的应对太糟糕了。"

---

① 在日本企业，有些重要部门的部长也兼任董事。

即使内藤没有点名，也很容易知道所谓的董事就是纪本他们。

"部长您是怎么想的？"

"曾根崎君在会上的说明，的确让我们摆脱了最糟糕的困境，但那又能怎么样呢？"

内藤的话里暗藏着不满，"不过，现在他可变成董事会的英雄了。"

"那只不过是表演作秀罢了。"

"不错。但是，却造就了一位英雄。"内藤的语气透露出些许焦躁。

这份情绪不是因为半泽，而是出于对眼前的东京中央银行，不，或许更多的是出于对这家企业组织的性质变味所产生的焦虑吧。

"然而，照这样下去，肯定是要有人出来承担责任了。"

内藤敢把话说到这个份儿上，想必银行一定已经有什么具体的安排了吧。

"这些只是我的个人感觉，作不得数。只不过先给你提个醒。若天降灾星，切记防患于未然。当然——一切只能靠你自己了。"

半泽默默地站起身来，向内藤轻轻地施了一礼，退出了那间安静的斗室。

10

纪本和曾根崎两人这次来的待遇和昨天不同，他们被带到了
董事楼层的接待室。

"好久不见了，山久部长。"

山久一进门，纪本立马站起身来，深深地低头致意，嘴上一
边寒暄道。

"好久不见。今天纪本常务亲自移驾光临，不胜感激。您看起
来依然很精神啊。"

随着帝国航空项目移交到营业二部，纪本就不再是负责这块
业务的董事，所以今天的面谈多少有点儿不伦不类，但是山久脸
上却丝毫不动声色。说到底对方毕竟是多年的老交情了，在山久
心里这点儿敬意还是有的。因此，相比昨天的曾根崎，山久在态
度上就明显不同。

"特别调查委员会的事情进展得怎么样？"

纪本单刀直入，直接从帝国航空的悬案切入正题。

"如您所知，快被他们玩死了。"

山久虽然脸上波澜不惊，但是言辞之中却也不忌讳表达不满。

"虽然行业不同，但是都有一个难对付的官老爷啊。然而，为了生存下去，还得打起十二分的精神应对才行。"

纪本忽地前倾身体，定定地盯着山久说道："今天百忙之中占用您宝贵的时间，是有一件不情之请。还是昨天曾根崎跟您提过的那件事情——希望贵公司能够委屈替我们当一次恶人。"

真是赤裸裸的说话方式，这下就连山久也倒吸一口冷气，一时说不上话来。

"您是说，要敝公司出一份造假文书吗？"

"正是如此。"纪本点头说道，"作为报答，你们可以提出任何想要我们帮助的要求。现在对于我们双方来说都是艰难的非常时期，本该如此互帮互助才对。"

说着，纪本双手撑在桌面上，忽地低下了头。

"我想这也是在帮我个人的忙——喂，曾根崎！"

在纪本的催促下，曾根崎从公文包里取出一份文书放在桌面上。

"情况说明书我们已经代为拟好了。只要在上面敲上贵公司的印章，我们双方都皆大欢喜。拜托了，部长！"

纪本说着手中一推，文书就势滑向了山久。

不过，山久却并没有想要伸手接过来的意思。

"部长——"

纪本正打算再加一把火，这时山久出人意料地松口了。

"情况说明书，我们这边已经拟好了，就不劳烦了。"

纪本目不转睛地盯着山久，似乎一时半会儿还没理解这句话的意思。

"已经，拟好了？"代替纪本询问的是曾根崎，"这是怎么回事？"

"谎言我们是不会写的。所以，文书里面写上了正确的东西，包括提交日期以及提交文书的内容。至于用不用，那就由贵行自己来判断好了。"

这样的文书，毫无意义。

当着万念俱灰的曾根崎的面，山久从一旁的文件夹中取出一份订好的文件，递给了纪本。是情况说明书！

"副本？"纪本低声嘟囔道。

曾根崎也闻声望去。在文书的右上方，赫然印着"副本"的字样。纪本的表情眼见得越来越僵硬。

"这份原件到哪儿去了？"

"原件，不久前刚刚提交出去了。"

"提交出去了？"

面对突如其来的事态发展，纪本脸上写满了惊愕。"但，但是，向谁提交？"

"半泽先生啊。"

目瞪口呆的纪本，眼睛一眨不眨地看着山久。不过，瞬间回过神来的他，又慌里慌张地翻起那份说明书来。看着纪本的侧脸越变越青，曾根崎也仿佛被猛地捏住了胃部一般，疼不可耐。

"为什么要交给半泽？"

从声音里可以听出，纪本已经怒不可遏了。

"只不过他偶然来访，所以顺手就把它给带走了。"

文件从纪本手中无力地滑落到桌面上。

"失礼！"

曾根崎伸手捞过文件，迫不及待地看了起来。

* * *

关于敝社的重振方案，已经完整提交给了客户银行。本次贵行询问的文件，也已经通过正常的手续，以正式文件的方式，交付时任负责人的贵行审查部曾根崎雄也次长。对于其中的内容，并无特别修改的必要。另，至于向金融厅提交的数据有误一事，敝社亦概不知情。

在记载了交付日期的情况说明书里，还特地附上了代替正式收据的曾根崎的名片复印件。

看到这里，曾根崎从位置上跳了起来。

怎么会这样——

等到飞散的魂魄重新聚拢起来，曾根崎终于明白了眼前的处境。

是半泽。

这份文件，一定是半泽让他们写的。他早就知道了一切，这是要故意羞辱我曾根崎啊。

　　坠入绝望深渊的曾根崎，胸中气血翻涌，那是对半泽无以复加的憎恶。

11

"你这浑蛋，到底什么意思啊？！"

冲动地闯进营业二部的曾根崎，看着办公桌前的半泽粗暴地高声怒吼道。

"什么什么意思啊？"

听到半泽不咸不淡的回答，曾根崎怒不可遏地嘶吼着。

"帝国航空的情况说明书。交出来！"

场面变得剑拔弩张，营业部楼层全体人员鸦雀无声，大家都在旁观事态的发展。

"你让我交出来，我也交不出来啊。那份文件，已经不在我这里了。"

曾根崎怒目圆睁，看着半泽的双眼仿佛要滴出血来。半泽迎着他的目光说道："我已经交上去了。"

"开什么玩笑，半泽！"

曾根崎拳头砸在桌上砰砰作响，眼看着就要扑上去扭打一番，"你这家伙，就不顾我们银行的死活了吗？山久他，是不想承认自己的错误，所以才写那份文件的。这不是明摆着的吗！"

"你可真会开玩笑啊，曾根崎。"半泽嘴角露出了愉快的微笑，"这到底是怎么回事，能不能请你说明一下？"

"帝国航空只是不愿承认自己的错误，以免在金融厅留下污点啊！所以，他们才弄出这么一份内容纯属子虚乌有的说明书，而且还不敢交给知道真相的我，而是给了你。难道你这家伙就这么当真了吗？"

这是在返回银行的路上，纪本一手杜撰的故事。当然，纯粹满口胡言。

"然后呢，还有什么？"半泽故作正经地问道，"你是说山久部长写了一份假的说明书？是这意思吗？"

"当然是啊！"眼前的曾根崎，顶着一米九、一百公斤的庞大身躯咆哮道。

但是，半泽丝毫不为所动，他拉开抽屉，从里面取出一件东西放在桌面上。

刹那间，曾根崎的视线呆呆地落在了上面，像被大头针钉在那里一般一动不动。

一支录音笔！

曾根崎咕嘟咽下一大口口水，喉结随之夸张地上下蠕动。

"你刚才说的，都是真话吧？"

端坐在椅子上的半泽眼中精光四射，直逼曾根崎。那是一种决不允许任何狡诈欺骗的坚定目光。

曾根崎嘴唇动了动，但是声音却像粘在了嗓子眼里一般，怎么也发不出来。只有一些不成言语的微弱气息在空气中流淌。

"好吧，我知道了。"

半泽缓缓地拿过录音笔，在整层职员的注视下，按下了播放键。

* * *

"那是怎么回事？"

从播放器里最先传来的，是山久的声音。但是，紧接着出现的毫无疑问就是曾根崎自己的声音了。

"不知怎么搞的，似乎我把数据给填错了，结果造成提交给金融厅的内容与实际的重建方案内容有些出入。金融厅关于这方面的指摘让我们非常头疼。经过银行内部的充分讨论，最后拿出的意见是希望帝国航空这边能鼎力相助……能不能当作是由于帝国航空的失误，把重振方案定案前的草稿交给了我们呢？"

不用看也知道，曾根崎的脸已经抽成了一团。

他慌忙伸手想要抢夺录音笔，电光石火间半泽早已先他一步夺了过来，用冷静而透彻的表情对着曾根崎。

四周静得出奇，所有人都屏住呼吸等待着事态的发展。

"为、为什么？"

曾根崎的嘴唇开始瑟瑟发抖。现在，他那一双瞪得浑圆的眼中，无疑只有恐惧。他脸色苍白，在开着空调的室内，豆大的汗珠布满了额头。

"我呢，一向都愿意与人为善。"半泽对已经快要说不出话来的曾根崎开口道，"但是，对你这样的恶人我一定会奉陪到底，绝不放过！"

众目睽睽之下，曾根崎双唇紧咬、僵立不动。可以看出，他内心对半泽的敌忾仇恨之意正在经受剧烈的冲击而动摇。

"你刚才不是说，山久部长为了掩饰自己的错误所以才写了那份文件吗？"半泽猛然怒目圆睁瞪着眼前的曾根崎，"你说里面的内容都是无中生有、胡编乱造？开什么玩笑啊。到底是怎么回事，敢不敢当着大家的面说个明白？"

在半泽的怒喝之下，曾根崎庞大的身躯一阵哆嗦，眼里充满了恐惧。

"啊不，这、这中间一定有什么误会。一定有什么——"

"真有意思啊。既然这样，到底哪里有误会你倒是给大家说清楚。如果你还以为可以敷衍逃避，那就大错特错了。"

但是，已经脸色铁青、狼狈不堪的曾根崎，哪里还说得出什么像样的反驳来。

"你也欺人太甚了吧。"半泽说道，"这件事情，我一定会一五一十地向上报告。别以为就可以这么算了。在算账之前，现在，就在这，先给我向全员好好谢罪，曾根崎！"

此言一出，原本在远处围观的田岛，还有曾根崎曾经的部下纷纷聚拢过来。再往后，是半泽在营业二部的部下们，他们个个抱臂而立，把这里包了个里三层外三层，全都对曾根崎怒目而视。

曾根崎表情痛苦，仿佛要陷入窒息似的扭曲着脸，双手拳头紧握。

他那张脸上已经大汗淋漓，巨大的压力压得他简直睁不开眼睛，最终挤出了一丝比哭还难听的声音。

"对、对不起——"

"开什么玩笑。这件事可不是轻轻松松一句对不起就能打发的。谢罪，就要有谢罪的样子！"

在半泽的怒火之下，曾根崎被压得几乎要站立不稳，终于支撑不住"咚"的一声双手压在桌面上，垂下头来。

"真的，非常抱歉。"

像个疯子发作似的喊出来的谢罪，谁也没有承这个情。看着他那副样子，曾经的部下们眼里带着无尽的轻蔑和愤怒返回了工作岗位，留下曾根崎独自开始抱头饮泣。

"就是因为有像你这样的败类，银行——我们这个组织才会腐朽败坏。你给我记牢了！"

听完半泽这句教训，曾根崎逃也似的一路狂奔着离开了营业二部的楼层。

眼看着曾根崎消失的半泽，糟心地咂了咂嘴，而后又像什么事情都没有发生一样，回到办公桌前看起了那份打开的文件。

第四章　谋士们的失策

1

"下达业务改善命令。"

金融厅官员刚亮出文书，立刻就被淹没在媒体强烈的镁光灯下。垂头站立的中野渡，形单影只地暴露在层层叠叠的长枪短炮之中。

所谓业务改善令，说起来就是金融界的警告黄牌，一般是企业在金融厅的检查中被挖出丑闻之后招致的结果。尽管如此，比起被认定为逃避检查，还算是不幸中的万幸。不然，可就要发展为需要接受刑事诉讼的严重事态了。不管出于什么理由，这次行政处罚对东京中央银行现行的审查体制带来的影响是不可估量的。更为雪上加霜的是，社会信用的丧失更可能导致银行形象一落千丈。再者，这样的一纸改善命令，对于生性高傲的东京中央银行的职员们而言，无异于奇耻大辱。

"我们诚恳接受命令。给大家造成的麻烦，在此深表歉意。"

随着中野渡生硬的声音从麦克风里传出，媒体的闪光灯再次铺天盖地地闪起。看着行长被淹没在闪光灯中的样子，一阵世事无情的荒凉在半泽心中泛起。

在世人看来，这次事件或许只不过是金融厅因为东京中央银行的管理混乱和轻视检查而施以惩戒罢了，从某种角度来说，这兴许还是再正确不过的事情。然而，这件事情背后所隐藏的种种意图，恐怕就不是单纯通过善恶可以区分清楚的。

这些隐情，从这次异乎寻常的快速处分就可见一斑。而且人们有充分理由相信，这次恐怕是先有了周密的事前调查和金融厅内充分一致的意见协调之后，才有了之后那场所谓的听证会。

如果这些都是事实，那么在半泽看来，躲在背后推波助澜的人物只有一个，那就是黑崎。

被对银行的怨气所驱使的黑崎，其目的无疑就是要让东京中央银行臣服在他的脚下。或许可以说，黑崎就是打算通过这样的方式，来成就和满足始终缠绕在他心中的那些自欺欺人的官僚主义、阶级意识以及选民思想。

刚才发布业务改善命令的官员，现在正准备继续向中野渡递交其他新的文书。那都是与向帝国航空进行一系列贷款支援有关的意见书。

如果说下达业务改善命令是黑崎的执念的话，那么这些完全一反常态的意见书，则是特别调查委员会、白井国土交通大臣为了不择手段地迫使东京中央银行放弃债权而耍的花招。要这样的手腕可是他们的拿手好戏。

意见书的内容早已通过金融厅的渠道传得沸沸扬扬，半泽也已经有所耳闻。

主要有三点——对关于帝国航空的债权是否列入"分类"进行的探讨、银行内部授信体制的重构、从社会立场重新探讨对航空行政的影响等等。不用说，这些内容无不反映了国土交通省的意志。

"居然让我们反思对航空行政的影响。究竟从什么时候开始金融厅成了国土交通省的派出机构啦？"

这是田岛刚听到消息时的第一反应，他的不解很能说明其中的问题。

在银行的会议室里盯着电视屏幕的半泽，心中再次泛起一丝苦涩的挫败感。

* * *

"真是没用啊，太不像话了。"从自己领导的箕部派聚会中脱身出来的箕部，一落座就大声训斥起纪本来。

不是因为在业务改善命令的事情上丢了丑，而是因为特别调查委员会的债权放弃方案，在东京中央银行至今依然久拖不决。

这是在平河町一家日本料理屋的包厢里。店铺外观看起来颇有百年老店的风范，是艺人和政客们常聚的老店铺。菜色虽然二流，但价格却是一流的，不过这并不妨碍它成为讲究吃喝的大款们趋之若鹜的人气旺店。

箕部边上坐着总是一身深蓝色套装的白井，正满眼不善地看着纪本。

"实在是无颜面对您。"在坐垫上落座的纪本，双手撑在榻榻米上，低头谢罪，"不过，多亏了金融厅的意见书，我想对帝国航空的授信判断一定很快就会重新评定。眼下请再稍等片刻。"

实际上，中野渡在众目睽睽之下被金融厅传唤，并接受业务改善命令和意见书的情景，对董事会造成了很大的震动。所以，纪本才如此笃信，今后董事会的风向会转向接受放弃债权的安排。

"这话说的，太过分了。"箕部一旁的国土交通大臣白井，吊着一双三角眼说道，"长久以来连自身的贷款事项都搞得这么不清不楚，却还在找各种借口抵制重振方案，我想知道你们葫芦里到底卖的什么药啊？"

"实在是惭愧至极。"纪本深深地低下了头，"但是，多亏了您，事态正在慢慢地好转。"

先不管是不是黑崎有意为之，在金融厅的指摘内容里，特意批评了营业二部，这对于纪本来说更是乐见其成之事。

"托各位的福，如今终于赢得了对帝国航空的授信进行重新评估的机会。谢谢，谢谢！"

"太迟啦。"对于低头致谢的纪本，白井毫不留情地说道。她那紧锁的眉头、怒青的脸色，活脱脱一个玛丽娅·特蕾莎女王①。

---

① 玛丽娅·特蕾莎：奥地利女大公，匈牙利和波希米亚女王，于1740—1780年在位，执政四十年，被誉为女性力量的代表。

"至今都不能进行科学管理的银行，却一味地抵抗特别调查委员会的提案，扰乱航空行政，结果怎么样？这些日子，帝国航空的飞机可是照样在天上飞啊。你们这些银行的人究竟有没有意识到这些啊？"

这个女人虽然贵为大臣，但是年龄上却比纪本还要年轻近二十岁，说起话来就这么毫无顾忌地居高临下，也不知道她究竟以为自己有多了不起。她这番疾言厉色的指责却充其量只不过是急火攻心的摆谱罢了。

强忍一肚子火的纪本，丝毫想不到这一层意思，只是一味地诚惶诚恐地赔着小心。

"这回，那个叫中野渡的行长也该明白了吧？乃原先生可是说了，在这个月末的限期答复之日，要召集相关银行搞一个联合报告会之类的活动，今天应该已经通知到各家客户银行了。"

这件事情，纪本当然也有所耳闻。

"当然了，到那时候如果还拿不出合适的结论来，那可就伤脑筋了。"纪本低着头小声嘀咕道。

马上邻近营业二部提交正式会签文件的时候，此时特别调查委员会也打算一鼓作气了结此事。

如果不是曾根崎身上出了纰漏，说不定早就把半泽踢出局外了。实际上，借着这次金融厅的处分，纪本已经明里暗里要求撤换项目负责人，但是，中野渡却说"既然已经任命了，姑且再看看情况"，并未买账。收到金融厅的意见书后，究竟半泽会提交怎样的会签文件呢？

"我一定会办妥这件事情。"

　　立下军令状的纪本表情严肃，他知道事情已经到了决定生死胜负的关键时刻了。

2

"次长，拜托了。"

在田岛的提醒下，从思索中回过神来的半泽抬起头，看见所有人都在盯着自己。

此时已经是晚上十一点多了。

会议从下午一直开到现在。营业本部楼层的会议室里，帝国航空项目负责小组全体人员聚在一起，针对各自负责的领域汇报分析结果，并反复研究探讨。冗长耗时的讨论，刚才也由田岛做了总结收尾，之后，就只差部门负责人做出最后的综合判断了。

"对于这件案子，已经足够做出判断了。讨论就到此结束吧。"半泽果断地总结道，"关于特别调查委员会的提案，是时候拿出我们小组的最终结论了。"

半泽稍作停顿，看着正在注视自己的部下继续说道："对于放弃债权的提案，我们拒绝接受。我想根据这个结论起草正式的会签文件。"

全体人员都向半泽投来直视的目光，那里面有奋不顾身、背水一战的慨然。

很明显，这份会签文件，是对金融厅意见书针锋相对的违逆。违背金融行政监管部门的意思究竟意味着什么，在场的全体人员心里都一清二楚。

如果，半泽直树这个男人是个老于世故的银行职员的话，在这种情况下，是绝不可能做出拒绝放弃债权决定的。"好汉不吃眼前亏"，他一定会选择长袖善舞。

但是，半泽不会那么做。

他摈弃先人为主的探讨，而是从头开始反复论证，直到得出一个直接得有些呆板、且确信唯一正确的结论为止。

"这份会签文件，估计完全不会受到董事会的待见啊。"

紧张的气氛中，田岛故作轻松地开玩笑。

"相比服从，反抗肯定要艰难得多。"半泽松了松紧绷的身子说道，"但是，作为授信主管部门，本来就应该拿出合理、正确的结论，这是工作职责。如果我们故意把歪曲的结论提交给董事会，那就是对我们自身存在价值的否定。绝不能为了谋生的五斗米而做出歪曲结论的事情来。"

没人提出异议。

通常，银行的贷款会签是走线上流程进行的，但是这份会签文件却是特例，将全程采用手写、手签方式完成。既不是贷款案子，也不是条件变更事项。也就是说，由于"债权放弃"案子的极端特殊性，那套为一般业务所设计的流程框架根本用不上。

就这样——

半泽把整理好的会签文件提交给内藤，是在第二天的下午。

内藤让半泽坐到沙发上，他拿起放在面前厚厚的一沓探讨资料，开始默默地翻阅起来。阳春三月的午后，整个部长室都沐浴在和煦的艳阳之下，然而内藤的表情却始终不苟言笑。

直到全部看完，也不知到底过了多久。

翻完最后一页的内藤，就势闭上眼睛陷入了沉默。良久，他才抛下一句话："知道了。就这样吧。"

3

　　东京中央银行的董事会，固定每周二上午九点召开。

　　以前的董事会，原本是固定每两周召开一次。后来，为了促进行内融合而煞费苦心的中野渡提出了自己的方案，说是不管有没有议题，董事们都每周碰头一次并交换意见，所以最后才演变为现在的样子。

　　就这样，原本试着召开的董事会不知不觉形成了公司的惯例。久而久之，董事会被冠以"周二例会"，就这么固定了下来。

　　虽然有时候董事会为了决议重要案件，也会因为争执不下而拖延到下午，但是在周二例会之外的时间里——就像这天早晨一样，在周四紧急召集会议是非常罕见的，除非有十万火急的议题。

　　这也足以证明，中野渡认为今天的议题异常重要。

　　"关于上次提交的帝国航空议案，由我向大会进行说明。"

确认到会人数后被指名汇报的内藤亮明了议题，便直接开始说到会签文件的内容。

董事会上一片肃静，充满令人窒息的紧张感。

简要说明一结束，首先跳出来的便是一直强忍着满腔怒火的纪本。

"你们营业二部到底在想什么啊？"纪本满脸愤怒地紧握着拳头，"你们把金融厅的意见当成耳边风了？探讨来探讨去，如果拿出来的就是这样一份东西，我看这么重要的案子也不必再交给你们了！"大放厥词的纪本盯着内藤咆哮道："叫你们的负责人给我重写！"

"恕难从命。"气急败坏的纪本面前，内藤反而出奇地平静，"如果是内容出错，我马上就改。但是，如果内容没错，万万没有修改的道理。"

"简直没法沟通。"纪本气得脸直发颤，"帝国航空的重振，如今可是政府的意思。你这是打算无视金融厅的意见吗？"

"我没有无视。作为授信主管部门，我们坚信这是最正确的结论。"

内藤毅然决然，毫不退让。

"那么做就等于在公然忤逆金融厅的意见。难道这也无所谓吗？"纪本突然从位子上站起来，伸出食指指着内藤。

"我说过，这是我们诚心诚意探讨后的结果。"内藤迎着纪本的视线说道，"希望这份文件，在董事会上也能得到光明正大的讨论。除此之外，我们别无意见。如果讨论之后，认为其中的结论有误，那么请会议否决这份文件。"

"纪本君的心情我能够理解，但是内藤所言也不无道理。如果授信主管部门受政治偏见影响而得出结论，则难免误判形势。"纪本正准备反唇相讥，却被中野渡压了下去，"那么，也听听大家的意见吧。"

"能允许我说两句吗？"举手示意的是审查部长前岛。

在同是审查部出身的纪本的光芒下，这个男人存在感不强，但是因为在任何方面都跟着纪本亦步亦趋，因此也被称为"小纪本"。

"欠债还钱天经地义，如果单从这点出发，这份结论或许不错。但是，现在我们面对的是已经成为社会问题的帝国航空。如果不顾一切地要求对方还钱，这样的做法很难得到社会的理解。甚至，还可能由此损害银行的形象，为我们带来长远的不利影响。所以我认为，在这件事情上，我们更应当有所觉悟，把赢得社会的信赖放在最优先的位置，即便遭受一点儿小损失，也一定要支持帝国航空完成重振。"

"恕我直言，五百亿也算是一点儿小损失吗？"

内藤直言不讳。

"话不能这么说。前岛君提到要站在社会的角度考虑问题，他的看法不是很有道理吗？"

立马应声跳出来维护前岛的，是资金债券部长乾。他也是旧T出身，是一个旧派门阀意识相当强烈的男人。

"损失五百亿的确令人感到遗憾，但是金融厅的意见书已经采纳了这一做法。作为授信主管部门提出的正确选择我也理解。然而——就目前的情况而言，不是更应该把银行作为社会公器的立场摆在第一位，大胆做出'断臂求生'决断的时候吗？"

内藤愁眉紧锁。营业二部提交的会签文件，是根据合理的判断做出的结论。但是现在各位董事口口声声挂在嘴上的，怎么全是政治上的考量？像刚才那个舌灿莲花的乾，就在花言巧语地诱导董事会。越是这样冠冕堂皇的道理，越是有杀伤力。

"金融厅的意思，必须尊重。"就在这时，纪本再次郑重其事地开口道。他目光直视中野渡，眼中放射出胜负一举的决心和孤注一掷的威严。

"眼下的损失令人痛惜。但是，这次我们绝不能不顾对航空行政的影响，而只考虑本行的利益啊，行长！"纪本一副不容分说的语气继续说道，"的确，特别调查委员会的成立，其中或许是有些问题，他们处理问题的方式有欠妥当这或许也是事实。但是，现在不是死盯着这些细节不放的时候，而是应该放眼大局。社会舆论明显支持债权放弃方案，以帮助帝国航空实现重振。对此，我们不是应该顺应社会呼声，根据特别调查委员会提出的方案提供支援吗？"

会议方向逐渐向放弃债权一边倾斜。坐在正中央的中野渡一动不动地听着。

"我可以说两句吗？"瞅准顷刻的沉默间隙，内藤要求道。

"虽然你们一直强调让银行放弃债权是金融厅的意思，但真的是这样吗？"

内藤这么说，显然就是在反对纪本了。

"不错，金融厅的意见书里的确提到，要我们再次探讨对航空行政的影响。但是无论如何这也无法和直接赞同我们放弃债权画等号啊。从根本上而言，我们最应当优先考量的，本就不是什么航空行业的保全，而是金融体系的稳定。况且，我们从来就没有说过要对帝国航空坐视不管，我们说的是要出手相助。那么，到底该怎么理解其中的企业贷款？根据授信判断提供贷款，最终回收贷款，这就是原则。现在明明可以坚持这一原则，却要根据对金融厅意见书的表面理解，而自甘放弃金融业本该坚持的内核本质吗？这对于全球性的东京中央银行而言，真的是正确的授信判断吗？我本人，坚决反对放弃债权。"

在慷慨激昂的内藤面前，董事会陷入了一片沉寂。

就在这时——

"这纯粹是狡辩。"内藤的话被纪本横加打断，"这世上除了你，还有谁会这么解释？你回去给我好好看看新闻，所有媒体都在报道金融厅积极看待债权放弃一事，难道你看不见吗？"

"媒体的报道也并不都是正确的。现在媒体对我们的报道不是说我们捂盘惜贷，就是恶意逼款，哪一桩不是脱离现实的胡乱指责？难道常务认为媒体的报道千真万确？"

面对内藤的指摘，就连强势的纪本也哑口无言。

"金融厅一直都在致力于维护金融系统的稳定，这一点想必常务也是知道的。如果说少了放弃债权这一环，帝国航空的重振就进行不下去，那倒也还情有可原。现在明明不需要通过银行放弃债权也能进行重振，难道我们还要用如此巨额的损失来为这明显的政治秀买单吗？"

　　内藤把视线从纪本移到中野渡的身上，继续说道："我们做出的每一项经营判断，正常都必须对银行的收益有所裨益。我们营业二部的意见，是在对现有情报充分分析的基础上得出的。如果我们今天要做出放弃债权的经营判断，则必须足够确信，这么做将会给银行未来的经营带来积极的助益。也就是说，如果现在要放弃高达五百亿的债权，则必须有充分的理由佐证，在五年或者十年之后能够得到相应的收益回报。如果什么都没有，只是白白地放弃债权，试问在座的各位，那怎么可能是正确的经营判断呢？"

　　内藤坦然地直面中野渡，抛出了自己的想法。今天，他抛下平日同事眼中谦谦君子的文雅形象厉声责问，为的是维护自己心中银行职员的那份尊严，别无其他。

　　慑于这动人心魄的气势，原本还在找机会发言的前岛和乾等人，也只能满脸不甘地沉默不语，根本没有反击的余地。正在这时——

　　"我一直在强调，解决这个问题不应该只计较金钱得失。"

　　会场上响起了纪本异常严肃的声音。

　　和看似明智的外表截然相反，现在那粗俗而固执的银行员本性暴露无遗的纪本，隔着桌子瞪着对面的内藤。那是一个穷途末路的男人充满杀气腾腾的眼神。

　　"我，作为债权管理担当董事，敢用银行员的职业生涯做赌注，来坚持自己的结论。"

纪本扔出了这句令人意想不到的狠话。

会议室里的空气，霎时凝固了。

"这是干吗，纪本君？"中野渡扬起眉毛问道。

"我的意思是，如果，一定要按照这份会签文件拒绝放弃债权，除非先解除我身上的职务。"

纪本干脆把狠话撂了下来。

"这个问题早已不是一场讨论就能决定的事情了。而且，就算现在再怎么讨论，也不可能得出什么正确的结论。内藤部长所言或许有他的道理。但是，以我长期在债权回收领域摸爬滚打，一直到如今负责东京中央银行债权管理的个人经验来看，这次我们绝对不能做那个扰乱阵脚的出头鸟，一味为了确保收益而做出鲁莽的行动。绝对不能！当然了，维持金融系统的稳定对日本经济异常重要，银行家的荣耀也重若千金。但是，在此之前，作为整个社会的一分子，我们还有更重要的东西需要守护。这就是我所强调的东西。我坚持否决这份会签文件，接受特别调查委员会提出的债权放弃提案。我们必须这么做。否则，我就当场辞去常务董事一职。"

意识到在和内藤的争辩中无法占领上风的纪本，居然使出了舍身逼宫的策略。

纪本抛出自己的意见后，整个会议室鸦雀无声，静得能听见细针落地的声音。大家的内心都在揣摩纪本的断然决意，并暗自窥探中野渡将作何反应。

"好吧，明白了。"终于，中野渡开口了，"既然你如此坚持，我也没什么好说的。我同意否决这份会签文件，一切责任由纪本君承担。这样可行，纪本君？"

"万分感谢。"

纪本起立，朝着董事们深深鞠了一躬。就在此时，面对突如其来的事态发展，内藤再次举手发言。

"如果要否决这份文件，我希望能附加一个条件。"

内藤的话引起一阵骚动。

"什么条件？"

"照我理解，纪本常务的意见，是建立在其他银行也同样做出放弃债权决定的基础之上的。所以如果——我是说如果，作为主力银行的开发投资银行表示反对放弃债权，那么我们也不能放弃。就是这个条件。"

"还真是不死心啊。"纪本越过办公桌投来刺人的目光，怪笑道，"开投行，已经朝着放弃债权的方向推进了。你所说的也算不上什么条件。"

"真是多此一举。"

同意纪本意见的董事们你一言我一语，对内藤投来冷冰冰的目光。

"好了，我看加一条也未尝不可。"中野渡打断大家的发言幽幽地说道，"虽然目前还不知道开投行到底什么态度，但是如果关键的开投行持反对意见，就算我们表明放弃债权也没什么意义。就这样吧，姑且否决这份会签文件，但是要加上这个条件。这样如何？"

"非常感谢。"

　　纪本一肚子火，对从墙角座位上起身的内藤怒目相向。他满脸通红，仿佛被这场短暂的董事会抽干了精力，憔悴的面容下一双眼睛布满血丝。但此时的内藤分明看见，纪本严厉的表情下那掩饰不住由嘴角泛起的一丝自鸣得意的微笑。那是在生死决斗中占据上风后的男人，面对胜券在握的结局安然陶醉的笑容。

4

"托您的福，今天，行内终于达成一致意见，同意放弃债权。有劳各位大人为这件事挂念担心，真是非常抱歉。"

一进入房间马上正襟危坐的纪本，双手谦卑地撑在榻榻米上打着报告。

"好啊，很好。"坐在上首的箕部满意地连连点头，招手示意纪本坐上前来。箕部旁边落座的白井，今天仍然是一身鲜艳的蓝色套装。按道理没什么好不高兴的，但是她盯着纪本的眼神总有些冰冷的味道。对东京中央银行一直拖到答复期限的最后关头才做出决定，白井一直耿耿于怀。

"我说，为什么花了这么长的时间啊？"毫不理会银行内部实际情况的白井开口问道，脸上仍然一副余怒未消的样子。

倒是一旁的箕部痛快地出来解围道："哎，好了嘛，白井大臣。"

"如此一来，'白井特别调查委员会'主导解决的帝国航空重振这一国民悬案，总算是万事俱备啦。之前的事情就一笔勾销吧。"箕部接着说道。

"银行这地方，还真是难缠得很。"

"今后，你还有的是和银行打交道的机会，这次权当练练手了。哪，对吧，纪本君？"面对仍然难以释怀的白井，箕部故意抛出话题示意纪本应和。

"届时还请大臣多多关照。"

纪本再次低头致意的时候，注意到原本以为只有三人赴宴的桌面上，还另外准备了一套餐具，心下不觉有些纳闷。之前从箕部那里听说的同席者，也只是白井一人。那么，到底还有谁要来呢？正当纪本暗自思忖之际——

只听外面响起侍应生指引的声音："您的朋友已经到了。"

"哎呀，抱歉抱歉，久等了，久等了。"随着一迭声雄厚的喊声，来客"咚咚咚"地走了进来。纪本一见之下，心里暗自打鼓。

"哎呀，这不是乃原先生嘛。百忙之中还把您请来，真是非常过意不去啊。"

对于箕部的招呼，乃原有口无心地应付道："哪里哪里，能得到箕部先生的邀请那可是三生有幸啊。"说完，兀自走到纪本旁边的空位上，盘腿坐了下来。

"我来介绍一下。这位是，东京中央银行的常务纪本君。长期以来，我可没少受他的照拂啊。哦，这位老师就是——"

"我们相互认识呢。"

听乃原这么一说，箕部意外地瞪大了眼睛："怎么这么巧啊？"

"不过也对，要说起银行的同事们，和乃原先生倒是有许多碰面机会的。"

"不不，不是那么回事哦。"乃原伸出双手在面前摇了摇，"我们是小学同学啊，跟这位纪本。"

"哦，那可真是奇遇啊。"

看着深信不疑的箕部，乃原笑了起来。然而他那藏在眼睛深处若隐若现的真意，却只有纪本一人才能明白。

"这家伙，当时可是我们的课代表呢。"乃原故意挑些不堪回首的话题讲，"我这种人，当时就像是纪本的家臣一样的角色啊。"

纪本听了也只能报以暧昧的苦笑。

"实际上我刚刚才从纪本君这里得到一个好消息呢，老师。东京中央银行对特别调查委员会的债权放弃方案已经——"

"嗯，这个我已经听说了。"箕部还没说完，乃原就抢着说道，"这动作够慢的，不过总算还是保住了饭碗啊。"

乃原的话，弄得箕部和白井一头雾水。他们一定在想，你这家伙是来搞笑的吧。或许，他们误以为乃原说的是他自己特别调查委员会一把手的位置吧。

但实际上乃原并非此意。他影射的不是别人，正是纪本的饭碗。

5

乃原主动联络纪本见面，是在马上将近年关的去年十二月下旬。那时候大选正好刚结束，进政党以摧枯拉朽之势大获全胜。

"真是太久没见啦，乃原。看你最近的状态非常活跃，真是太好了。"

对等候在新桥一家乡土料理店隔间里的乃原，纪本打起了招呼。他和乃原已经快十年没见了。

和乃原十年前的那次见面，还是在不知哪个团体举办的派对上。那时候——

"呀，好久不见啦。还记得我吗？一起在池端小学的乃原啊。"

出口打招呼的是乃原。如果不是乃原提起，纪本已经把他这号人忘得一干二净了。

记忆中那个瘦骨嶙峋的少年，如今已经变成端着红酒杯、一身肥肉的中年男。虽然在四十五岁上下的年纪就已经华发早生，但是脸上当年的样子仍然依稀可辨。

在纪本的记忆中，乃原是个性格阴郁的少年，不管身边发生了什么事情，都是一副打不还手骂不还口的样子。他只是一味地默不作声，用冰冷的眼神看着你。纪本非常讨厌他这种不哼不哈、油盐不进的样子，把他视为眼中钉肉中刺，没少鼓动身边的小喽啰欺负他。那时候的纪本，因为擅长体育，长得又清爽有型，还是课代表，很受女孩子喜欢。父亲担任银行的支店长，也成为纪本骄傲炫耀的资本。当时的纪本，不，现在的纪本也同样——坚信银行员是这个世界上最有价值的职业。另一方面，乃原则是一个不起眼的少年，运动白痴、五音不全，总是穿着一身捡来的旧衣服。但，就是这样一个乃原，纪本在学习上却丝毫占不了上风。不管自己怎么努力，也不管怎么欺负捉弄对方，纪本就是比不过乃原。

就在那样日复一日的生活里，有一天，出了一件事。

事情起源于某个早晨，父亲无意中说了一句"乃原先生家的工场啊，倒闭喽"。父亲的话传到了正在一起吃早餐的纪本耳朵里，到学校以后他马上在朋友之间四处宣扬。传言瞬间散布开来。等前一天请假的乃原返回校园时，这个消息已经无人不知了。

"你父亲，都破产了吧？没事吧？哈哈哈……"

至于工场为什么会倒闭，个中原因或许只有老乃原自己才心知肚明吧。每天被同学们的戏谑疑问轰炸的小乃原，也只有红眼以对，挨着一天又一天难熬的日子。

"听说纪本君父亲的银行现在也很困扰呢，都是那个笨蛋的工场倒闭的原因吧。"不知谁说了这么一句，乃原带着仇恨的目光射向站在角落里幸灾乐祸的纪本。

不知什么时候一向温顺的乃原突然暴发的怒火，令纪本有点惊慌失措，他这个散布谣言的始作俑者再也无法龟缩在幕后，于是干脆挑衅地嚷道："看什么看，乃原，难道不是吗？"

话音刚落，乃原"哗啦"一声推开椅子，低着头猛扑过来。纪本一直被顶到教室后排的柜子上，后背一阵剧痛，紧接着又挨了一顿暴揍，直到被打倒在地。一向孱弱的乃原也不知道哪儿来这么大的力气，不管纪本怎么挣扎，乃原都死死抓住不放，最后一口咬住了纪本的手腕。

纪本疼得大哭起来。这时，班主任才匆匆赶到教室拉开乃原，板起脸问道："你们干吗打架？"

"是乃原君突然扑过去打纪本君。"不知事情经过的老师，只凭围观同学的一面之词，就开始不停地训斥乃原。但是那个时候的乃原，不管别人怎么问，就是绝口不提扑打纪本的理由。

"你啊，什么理由都没有就扑上去打纪本君吗？"

"应该是因为纪本君说了乃原君家的坏话。"老师正在继续训斥乃原，这时终于有位女生站出来替他说话，之前还在哭个不停的纪本，终于有干了坏事被当众戳穿的愧疚感。

把事情告诉朋友的时候其实也没想那么多，这时纪本才觉得，都怪自己多管闲事。但是老师却并没有责怪纪本，而是偏心地继续教训乃原道："不管什么理由，动手打人就是不对。"

身为课代表的纪本，向来都是个好孩子。而且也是受老师偏爱的优等生。再加上班主任一进来不分青红皂白地就对乃原一通训斥，这时候再翻回来，岂不是自己下不了台？

乃原那满含怒火看着老师的眼神，纪本在十几年后的那次派对现场回忆起来，仍然鲜活如初，令人不寒而栗。

现在想来，纪本才感觉，乃原那涎皮赖脸的难缠性格，和他那段孩提时代的经历不是正好契合吗？

"哎呀，现在是律师了吧？"

那时候，纪本虽然假装对过去的事情已经忘得一干二净，其实心底还是蛮纠结犯怵的，以致说话的时候带出了关西腔也浑然不觉。

"哈哈，如果有什么需要，尽管吩咐……"

"哈哈哈。"

说话间乃原投来的目光，还是让纪本打心底一阵哆嗦。在那双眼睛里，儿时的怒火穿越岁月的长河，仍在静静地燃烧。唇角勾起的一丝若有若无的笑意，也令人一阵胆寒。

那次派对上，他们只不过交换了一下名片。之后不久，乃原就在企业重振领域崭露头角，而且成了媒体竞相追逐的名人。

* * *

然后，在去年十二月的那个夜晚——

相比十年前更加威风八面的乃原，坐在半隔间内侧的座位上，一边"哪里哪里，过奖过奖"地应付着纪本的客套，一边把他让到了上座。

纪本可不认为乃原找自己见面，只是为了叙叙旧而已。恐怕是有什么生意上的事情吧。虽然猜不透具体详情，但是对纪本而言其实心里也早有盘算，乃原现在是企业重振方面的知名律师，和他保持联系，今后在职场上总有用得着的地方。

虽说是正儿八经的聚餐场所，但是店里却充满了居酒屋风格的轻松氛围。尽管如此，由于店铺坐落在办公街区，所以顾客年龄都比较大，来客也大多低调沉稳。

在上酒之前，乃原说了些天气方面的寒暄话打发时间。终于几口美酒下肚，乃原这才一边仔细端详起纪本的名片，一边感慨道："看来，您现在身份可是不一般啊。"

"你可有接过我们银行方面的业务？"

几杯酒下去，纪本的关西腔也脱口而出。

"业务嘛没接过。在法庭上作为原告和被告，倒是交过几次手呢。"

"那可得拜托你手下留情啊。"

纪本说着，脑海里不由得想起几桩诉讼的案子来。

过去，在和企业客户打官司的时候，银行很少败诉。但是，近些年来，这种倾向正在不断变化。东京中央银行当然也不例外。就算其中有些败诉官司是折在乃原手上的，也一点儿不奇怪。出手让那些本来稳赢不输的对手败诉，从而不断提高自己的律师声望，想必这就是乃原的过人之处。

"其实，还是在东京第一银行的时代，我无意中听到过一个小道消息。"

酒过三巡，菜过五味，乃原抛出了另一个话题。桌上的酒已经从生啤换成了日本清酒，纪本也开始有了三分的醉意。但是乃原却像个无底洞，不管灌了多少仍然还是面不改色，没有半分醉意。而且，他也不管是不是包间，从一进来开始就一根接一根地吸起了香烟。

"什么？什么小道消息？"纪本语气轻飘。

这次来见乃原，他心下原本多少有些忐忑不安，但是酒壮怂人胆，几杯黄汤下肚，精神逐渐放松起来。一开始，两人之间的对话还横亘着律师和银行常务之间的职务隔阂，不知不觉氛围已变成了同窗好友之间的美好叙旧。

但是……

"你原来的那家东京第一银行，可是干了不少坏事啊。"

乃原的一句话，彻底把纪本拉回了现实。

"这种没影的坏话可别乱讲啊。"

纪本原想一笑了之敷衍过去，然而，乃原的眼中没有一丝半毫的笑意。

"到底是谁胡说这些——"纪本不知道乃原葫芦里到底卖的什么药，有些心虚地问道。然而乃原却轻巧地避开了疑问。

"那种事情要是公之于众，你只怕会很难办啊，恐怕到时候就是行长出来谢罪也难收场吧。说不定，你董事的官帽也得弄丢了。"

仍然摸不透乃原的纪本回了句"说什么呢"，试图封住对方的大嘴巴。

"不知道你到底哪里听来的这些话，没凭没据的。你到底想说什么啊？"

"哦？没凭没据？"乃原阴笑一声，居高临下地反问道，仿佛看穿了纪本内心最隐蔽的深处，"你不是一向和进政党的箕部先生关系密切吗？"

一听到箕部的名字，纪本拿在手里把玩的冷酒杯差点儿掉到地上。

"关系好归好，那样的钱也是能随便借出去的吗？要是让人知道了，箕部先生也难逃干系吧？你们啊，是明知不行还硬给对方贷的款吧？真是太不像话啦。"

纪本感到自己的脸色瞬间苍白。

"完全不懂你在说什么。"

就在这时，乃原的眼中精光一闪。

"既然这样，不如我把这些告诉周刊杂志好了。前几天，《东京经济》还问我能不能接受他们的采访呢。到底真相如何，只要记者稍微调查一下就明白了吧。"

"喂，你想干什么？别呀。"此时的纪本只能挤出比哭还难看的笑脸劝阻道。

"这样啊，想让我停手吗？既然这样，你就乖乖听话。有件事要拜托你。"乃原终于图穷匕见，说出了真正的来意。

"私下告诉你一件事，这次我将到政府的某个组织任职。"

只有说这句话时，纪本才用轻细平淡的语气，仿佛生怕隔墙有耳。"您说的政府组织，是不是重振机构之类的部门？"

面对纪本的疑问，乃原摇了摇头："确切地说，不是政府部门，而是大臣私设的委员会。"

"大臣？"

要说大臣可不止一个。当时正巧碰上大选中的政权更迭，新政权刚刚上台，正是忙于组阁的时候。

"是国土交通大臣呀。"

"国土交通大臣啊。但是，由谁出任大臣都还不知道吧——"

"会任命白井亚希子。"

纪本瞪大了双眼。如果这是事实，那可完全属于内部情报了。听到这个消息后首先浮现在纪本脑海里的，是在大选特刊中看到的那道穿着艳丽蓝套装的身姿。她站在选举车上大声疾呼的勇敢女性候选人形象，被称为现代日本版的圣女贞德，在大选中占据优势地位的进政党中，更是被打造成了展现政党形象的领军人物。这些都好理解，但是数年前还只是一介电视播音员，资历尚浅的这位女性议员，为何偏偏会被任命为国土交通大臣？

"绝对错不了。"对于纪本写在脸上的疑问，乃原斩钉截铁地答道。

"白井新大臣一经任命，打算马上着手推进某家公司的重振事宜。她已经私下探询过我的意见，希望我出来扛起这面大旗。目前我还没有答应。至于是否接受邀请，我想先听听你说的情况后再做决定。"

"先等一下。"一头雾水的纪本追问道，"为什么我说的话和这件事会扯上关系？还有，到底是哪家公司的重振啊？"

"帝国航空。"

一听到乃原说出的公司名，纪本惊得瞪大了眼睛。

"为什么？可是他们已经确定重振路线了啊。之前，专家会议已经通过了重振方案的决议，我们银行也刚刚予以了认可。"

"我们打算推翻那份重振方案。"

听到乃原出乎意料的发言，就连纪本一时也惊得瞠目结舌。

"只要是宪民党手上弄出来的重振方案，则坚决不用。这是进政党的一贯方针。"

"如果那么做的话，无论如何时间也来不及啊。"

熟知帝国航空经营状况的纪本心下焦急。该公司的资金链已经命悬一线，如果不早日驶上重振方案的轨道并追加贷款，随时都可能破产。

"那就放弃债权怎么样？"

听到乃原轻描淡写的一句话，纪本一下子僵住了。

"我希望银行能主动放弃债权。根据开投行一贯的授信立场来看，他们应该会接受的吧。你们银行也让出七成，就五百亿吧。怎么样？"

"那实在是乱弹琴啊。"眼睛都吓直了的纪本慌忙补充道，"即使不放弃债权，一样有办法成功重振的。五百亿，怎么说数额都太庞大了。"

"不行！如果那样的话……"

乃原断然拒绝了纪本，"如果仍然在重振方案里研究打转，国民根本就看不出和宪民党做法有何不同。我不做则已，要做就要用任何人都能一目了然的方式完成企业快速重振。所以非选择放弃债权不可。"

"你开什么玩笑啊！"这回就连纪本也忍不住生气起来，"那种事情根本做不到好吧。"

这时，乃原透过缭绕的烟雾，向纪本投来不快的目光。

"既然这样，是不是要我在采访的时候把事情说出来啊？给我好好想清楚。"乃原粗暴地放下了话，"这是小时候被你欺负蹂躏欠下的债，加上这四十年来的利息全部还给你！要是旧产业银行的那帮家伙知道了，一定会伤心死的吧，居然跟这样一群家伙搞了合并，过日子的锅还没热呢，招牌就让你们给砸了。"

连旧银行派系间的倾轧争斗这种东京中央银行的内情真相，乃原都已经提前做足了功课。"对于银行来说，这可是致命之伤哟。"

"拜托了，请您千万不要掀起这样的纷争。"纪本不得不低头认输。

"我掀起纷争？别说这种蠢话啦。这根本就不是那种鸡毛蒜皮的游戏。我这是正义的告发！你们银行干出的那些事情，难道不是反社会的暴行吗？"

乃原双眼熠熠生辉，起劲儿地训斥着纪本。

"我们不是小学的同窗好友吗，乃原？"纪本硬着头皮试图打打温情牌。

"什么狗屁同窗！"乃原反唇相讥道，"把人往死里欺负的同窗？你对我干的那些好事，你可以忘了，但是我一辈子都不会忘！"

"那不都是小时候的事了吗。"

"是吗？小时候的事情是吧！那好啊，我们就来谈谈大人之间的事怎么样？"

乃原脸色一收，把手上的香烟摁灭在装满烟屁股的罐子里，"是顾全大义名分放弃五百亿的债权以配合航空行政部门救助帝国航空，还是现在向公众抖出东京第一银行时期的丑闻，打落银行的社会信用，然后在行内的势力争斗中吞下惨败的苦果。二选一，你自己考虑吧。"

虽然已经被逼到了墙角，但是纪本仍然支支吾吾地挣扎着想要反驳乃原。

"话虽如此——话虽如此，说起来，您刚才不是说要在白井亚希子私设的委员会任职吗？箕部可是白井的后盾啊。你的这些要求，不是前后矛盾吗？"

"所以啊，我不是说过了嘛，我要先听一听你说的话，才决定是不是接受咨询机构的任命啊。"乃原继续说道，"如果你的答案是'NO'，那我就把所知道的情报公开。至于什么箕部呀，白井呀，他们会怎么样对我而言根本无关痛痒。说到底，我本来就非常讨厌那些所谓的派系领袖之类的人物。那些家伙，只会腐化败坏日本的政治。总之，我不会让你好过的，你就看好了。"

"你到底是什么目的，乃原？"纪本问道。

"我要得到'一举挽救帝国航空的灵魂人物'这样的社会评

价，仅此而已。"

毋庸讳言，那样一来，乃原作为一名越来越可靠的重振律师，必将身价倍增，这无疑又可以为他招揽到更多愿意支付天价报酬的顾客。

乃原心心念念想要得到的评价，简而言之无非就是金钱和名誉罢了。为了达到目的，他甚至不惜采用近乎威逼胁迫的下作手段。这就是那个叫作乃原正太的男人。现在，乃原面前的纪本，已经无计可施，只好乖乖束手就擒。

"明白了。我会尽量想办法让银行接受放弃债权的方案。"

当醒悟到自己已经无路可退，纪本举起了认输投降的白旗。

"尽量想办法？开什么玩笑。放弃债权的方案，必须接受！"

"知、知道了。"面对乃原不容置疑的口吻，纪本也只有缴械点头的份儿了。

6

　　眼下，乃原对个中的故事曲折只字不提，一心和箕部、白井两人舒舒坦坦地喝着美酒。

　　"特别调查委员会的'联合报告会'是明天早上吧，乃原老师？"白井提高嗓门问道。

　　虽然是在和食店用餐，但是白井手里却握着玻璃杯，里面加满了特意带来庆祝的香槟酒。据说，平时她在箕部面前是不沾酒的，今天大概是由于事情有进展心情不错的缘故吧。

　　"如果不是要开内阁会议，我还真想参加呢。"

　　"不敢不敢，那种粗俗鄙陋的地方，怎好让大臣您亲自出马呢？再说了，明天内阁会议上审议的法案，对我们来说可是相当重要啊。"

　　"重要的法案？什么重要的法案？"白井问道。

"开投行的民营化法案。"乃原答道,"就是田所大臣极力反对的那个。"

"啊,如此说来……"

白井刚想说什么,或许觉得不是什么大不了的事情,所以没再继续说下去,也没再往下多问。

"政治上的事情就交给您了。"乃原回到原来的话题,"我们这边的话,早上的联合报告会结束后,下午五点左右,会在酒店举办一场记者招待会。白井先生忙完国会的事情后,就请移驾莅临出席吧。我们打算请白井大臣在记者招待会上,直接宣布银行削减债权和重振方案。"

关于参加记者招待会的事,当然已经事先通过白井的秘书列入了当天的日程。乃原的安排可谓算无遗策。

"那将会是一场盛大的记者招待会啊。"

"我也很期待哟。"看着笑意盈盈、志得意满的乃原,白井也不禁心驰神往起来。

"特别调查委员会本来就是白井大臣的私人咨询机构。虽然正式的重振方案要到后天才能出来,但是我想不如尽早把这项成果向媒体公布,这对进政党而言一定会有特别的意义。"

"不愧是乃原老师啊。"

对箕部的盛赞,乃原莞尔一笑。碰杯之后的纪本,一边往嘴边送着香槟酒,一边窥视着乃原的侧脸,心下暗忖"真是个可怕的家伙啊"。他心下不禁打了个寒战。

箕部也好,白井也罢,乃原对这些政治家表面唯命是从,暗地里却根本嗤之以鼻，为了满足自己的私欲，游刃有余地在他们之间游走周旋。在一旁将这些花招伎俩尽收眼底的纪本，一方面为自己总算完成了在对方胁迫之下接受的任务而心下宽慰，另一方面心中对乃原的那份嫌恶感却不由得更加增添了几分。

不过，忙到这份儿上，总算是万事俱备了。

剩下的，只要顺其自然应该就可以了吧。想到这里，纪本心下一松，酒劲突然袭上头来。邻座的老烟鬼乃原还在一根接一根地吸个不停，乌烟瘴气熏得料理也没滋没味。席面上说的也尽是些酸不溜秋倒胃口的话，纪本一时觉得如坐针毡，巴不得这场聚餐赶快结束。

7

"拿自己的职务进退做赌注绑架会议决定，这不是耍流
氓吗？"

之前来过的新桥居酒屋内，在角落里一张粗糙的桌子边，渡
真利从一开始就牢骚满腹。不，不只是渡真利，就连半泽也怒上
心头，沉着眼一个劲儿地闷头喝酒。

董事会上纪本的发言，以及允诺放弃债权的决定，当天就迅
速传遍了设在本部的授信主管部门。

"这哪里还是正常的讨论啊？硬把自己的职务进退和会签决
定绑在一起，这完全不合逻辑嘛，根本就是胡闹！"渡真利生气
地骂道，"还有那个曾根崎，那种货色除了溜须拍马丢人现眼之
外，还能干什么啊？"

那个曾根崎，在金融厅下达业务改善命令的当天，就因为人

事调动到人事部报到去了。说是到人事部报到，其实根本没有安排具体的工作岗位，而是等待进一步的去向通知。

"纪本常务就这么希望推动放弃债权嘛！为达目的甚至不惜满嘴谬论、大放厥词啊。"半泽一边说，一边将视线从渡真利身上转移到了店内吧台里的小电视机上。

那里正在播放九点的整点新闻。

他听不到声音，但是，可以看见一身深蓝色套装的白井，正一脸正经地对着麦克风喋喋不休，所以很明显电视里正在说关于帝国航空的话题。

"向那个女人低头屈服，真是让人很不爽啊，半泽。"回头看了一眼电视画面的渡真利忍不住抱怨道，"所谓政权更迭，说起来好听，我可是只看到一群外行在那指手画脚、为所欲为呢。"

半泽心下烦闷，沉默不语，端起满满一大杯的烧酒往嘴里送。看起来有点儿不耐烦的渡真利继续抱怨："还有啊，半泽。虽然这么说有点儿对不住内藤部长，但是他提的那个，什么在开投行拒绝放弃债权的情况下我们也必须跟进的条件，还有什么意义啊？根据我得到的情报，那个什么民营化法案，虽然明天会拿到内阁会议上讨论，但是财务大臣却是一向持反对意见的，已经跟废案没什么两样。也就是说，相当于已经昭告天下，开投行作为政府系银行的身份仍将得以保留。"

这就意味着，开投行的判断必将向接受放弃债权一侧倾斜。

"那个条件，是我拜托部长提出来的。"

听到半泽的回答，渡真利吃惊得睁大了双眼。

不管是不是无谓的挣扎，要说哪里还会有一星半点的可能性的话，眼下也只有在这点上赌一把了。

半泽从电视屏幕上收回视线，又低头喝起大杯里的烧酒来。听到董事会的结果后，半泽和开投行的谷川通了电话。如果内阁会议能够通过民营化法案，或许开投行还有可能拒绝放弃债权，但是看起来这种可能性几乎等于零。

虽然进政党一向标榜去官僚化，但是由于田所财务大臣是原班的老财务官僚，所以从一开始就强硬地表明了反对民营化法案的态度。大势已成，任谁也无能为力。放弃债权一事虽然在开投行内遭遇了阻力，但是对于现在的形势发展，谷川似乎已经越来越力所难及了。

"不管怎么样，就是明早了，特别调查委员会的联合报告会。大概他们已经黔驴技穷了吧？还有啊，整出这么一场垃圾报告会来，除了垃圾以外还能弄出什么结果呢，是吧？"看来渡真利对这次的事情到底意难平，于是他尽情地发泄起来，"白井那个女人，为了自己的前途，眼都不眨一下就让我们的五百亿打了水漂，还真是敢干啊！"

"简直了！"半泽也皱起了鼻子，"反正，她在记者招待会上肯定要吹嘘自己的功劳了，是自己降服了令人讨厌的银行之类的。"

"总之，就是我们败了嘛，败在那个白井的手下。"

渡真利有点儿自暴自弃了。

电视画面切换，屏幕上已经不见了白井的身影，此刻字幕上正在播放有关国会的新闻。

"就这么束手待毙了吗，半泽？"渡真利仰天长叹道，"你倒是想想办法呀。"

　　半泽仍旧一动不动地盯着电视上的政治新闻，始终没有任何回应。

8

联合报告会当天，星期五，上午九点前。会场笼罩在一片异常的氛围之中。这是内幸町一家一流酒店的豪华会议室。

"不是说没钱吗，干吗还找这么气派的地方啊？"

听了田岛满含质疑的话，半泽干巴巴地说道："乃原的恶趣味吧。"

事前半泽已经从山久那里得到了消息，他说："我们的意思是就在公司举办就行了，可是乃原却坚持说届时有媒体采访，还是搞得隆重一点儿好。说得倒轻巧，钱可是我们掏的。这脸皮厚得真是没有边了。"

在电话里怒气冲天的山久，现在则作为一名工作人员站在接待台，对前来参会的相关银行人员忙不迭地连连点头相迎。

看到半泽和田岛两个人进来，山久说了声"今天有劳两位了"，便深深地低头致意。然而他的脸上分明萦绕着一丝挥之不去的悲怆感。"事情发展到今天的地步，真的非常抱歉。"

会场里数十名相关人员已经就座，大家相互之间没有交谈，气氛凝重。

在指定位置落座的半泽，看了一眼隔壁直到现在还空荡荡的开投行座席。"我想确认一下今早的内阁会议决议结果后再过去。"刚才谷川打来电话说道。内阁会议从早上八点开始，估计九点左右就会有结果吧。

现在山久他们脸色焦虑，频频拿起电话联络，想必就是因为谷川姗姗来迟吧。

坐在位置上的半泽，抱着胳膊闭目养神，静静地等待着。

上午八点五十五分。还有五分钟，联合报告会就要开始了，届时恐怕将会做出决定，由在座的银行团放弃总额超过三千亿日元的债权。

既然这样，现在的我，还在这里等什么？

睁开眼睛的半泽，一边盯着仍然空无一人的主席台，一边徒劳无功地胡思乱想起来。

是等待这场会议的开场，还是等待谷川的到来？抑或是迎接自己作为银行员惨败时刻的来临？

就在这时——

"次长，次长——"

耳边传来田岛的叫声。

一下子从思绪的边缘被重新拉回现实的半泽循声看去，只听田岛低声说道："刚才，您的手机响了。"

"刚才正在想事情。不好意思。"

从包里掏出手机，看到刚才收到的短信，半泽不禁大吃一惊。
"喂，你看——"说着把手机上的消息递到了田岛面前。

是渡真利发来的。

——"速报。田所大臣缺席内阁会议。"

"怎么可能！"田岛吃惊地抬起头，说了声"次长，这，不会
是——"后面的话没再说出来。

为了今天早上的会议，渡真利似乎通过霞关的熟人，一直在
打探着内阁会议的最新进展。

——"后续消息，拜托了。"

渡真利的回复只有两个字——"了解"。

"哈"地吁了口气的田岛正在发愁之际，会场上有了新动向。

入口处由帝国航空社员排成的一堵人墙裂开了一道口子，大
约十名男子步入了会场，是特别调查委员会的成员们。

带头的乃原在主席台上甫一落座，便首先开口说道："关键的
开投行迟点到场，在此之前我先说两句。我们帝国航空重振特别
调查委员会，在历经数月的核查和探讨基础上，向国土交通省的
白井大臣提交了有效的帝国航空重振方案。在此之前，我早已拜
托各客户银行就重振方案中有关放弃债权一事进行研究。今天的
会议，就是想在现场确认各行赞成意见的基础上，把重振方案的
目标向广大国民公布。"

说完，乃原将手中的麦克风递给了邻座的副手三国，自己则

点燃手中的香烟，身子往椅背上一靠，泰然自若地吞云吐雾起来。

"好了，由于时间关系，首先请出席的各位依次报告情况吧。事先声明一下，今天不是讨论会，而是纯粹的听取各位的情况报告。大家听明白了吧？"会场响起夹杂着不满的叹息声，但是三国对此完全充耳不闻，"下面，就从大东京银行开始吧。"

坐在后排的一名男子站起身来。

"经过行内探讨，已经正式决定接受放弃债权。"

"放弃债权的额度和我们提出的数额一致吧？"

眼前的三国锐利的眼神越过半泽看向后排，那里传来一声"是的"，算是回答。乃原的脸上丝毫不动声色。这也难怪。大东京银行的授信额度微乎其微，对大局而言根本无关痛痒。

看来，发言是按照授信额度从低到高的顺序安排的。

"下一个，白水银行。"

毫无敬意，对银行直呼其名。明明是放弃债权的请托方，可是不管乃原也好三国也罢，却根本没有一点儿是在拜托别人的样子。仰仗着政府的威势狐假虎威，靠着耍威风摆架子逼迫金融机构做出让步，不用说讲究什么生意原则了，简直无异于在践踏做人的原则。

坐在半泽后排的白水银行相关人员站了起来。

"敝行将参照主力以及准主力银行的应对情况办理。"

白水银行的负责人叫水野，这个男人半泽也认识。因为他们的授信额度也将近百亿，所以为了这件事，曾多次前来询问东京中央银行的应对之策。

"什么叫参照别人的应对情况办理？"乃原毫不掩饰心中的不满，闷声质问水野，"为什么不做出放弃债权的正式决定？"

"在贷款客户业绩恶化的情况下，可以参照主力银行的应对情况采取相应的措施，这是金融界不成文的规矩，我们只是依规行事。"水野回答得干脆利落，"主力和准主力银行如果不放弃债权，那么贷款额度较低的我行也不可能放弃债权。这么说可能不中听，但是还请您能够理解。"不用回头，水野也知道刚才表明放弃债权的大东京银行负责人肯定满脸嫌弃。

"真是一点儿独立性都没有。"乃原轻蔑地说道，"就是因为这样，才会发生一旦泡沫破裂全体遭殃那样的蠢事。你们都给我长点儿记性吧。"

说完，乃原重新点燃一支香烟，身子倨傲地往椅背上一靠。乃原虽然生气，但是脸上仍然还能气定神闲，因为他确信开投行以及东京中央银行必然会响应放弃债权的方案。

没想到——

"我们也将遵从主力银行做出的决定。"

听了下一位东京首都银行负责人的发言，半泽忍俊不禁。会场居然三三两两地响起了"啪啦啪啦"的掌声。那是银行团发出的一丝奋力抗争。

"我不想听到再有这样的意向了。"

乃原的暴怒之声回荡会场，然而东京首都银行的负责人依旧淡定地重复他的意见，"虽然您这么说了，但那是我们董事会的决定……"

"怪不得，银行这种地方真是已经烂透啦。下一个在哪里啊？"乃原气得脸颊抽搐，双眼像要喷出火来。

"按照贷款额顺序的话，下一个应该是我们，第一信托银行。"半泽感觉站起来的人位于自己的斜后方。

"很抱歉，我们银行也是同样的意见，以主力、准主力银行的——"

"够了！"

乃原气得大发雷霆，会场紧张的气氛压得人喘不过气来。乃原一声咆哮，四周顿时陷入死一般的沉寂，令人不寒而栗。也就是这一刻，半泽手里的手机振动，收到了一条短信。

半泽的邻座上，高度紧张的田岛"咕嘟"一声咽了下口水。现在，手握麦克风的乃原正瞪着一双死鱼眼盯着半泽。

"东京中央银行的半泽先生啊，请把你们的报告向会场的银行员们通报一下吧？"乃原用宣告的语气说道，"这样也省得再听那些什么和主力、准主力银行一样之类的蠢话啦。"

帝国航空的山久忙不迭地把话筒递给半泽。半泽起身直视正对面的乃原。

"那么，接下来请允许我向各位阐述一下东京中央银行的意见。就您提出的放弃债权要求，昨天，我行董事会已经正式做出了应对决定。在宣布之前，我想就上述毫无明确依据的放弃债权要求——"

"这里可不是你发表意见的地方！"

乃原预见接下来必定是针对特别调查委员会的批评之词，所以赶忙出言制止。

此时，随着一阵"踢踢踏踏"步履匆匆的脚步声，数名男女走进了会场，打断了半泽的发言。来人以谷川为首，是开投行的行员们到了。

朝半泽瞥了一眼的谷川，一边走向指定的最前排座席，一边向在场的人简单致歉："抱歉迟到了。"

"然后呢？"等谷川他们入座，乃原再次向半泽问道，"我是问你们的结论啊，结论！"

刚入场的谷川，或许是从乃原的态度里嗅到了现场的事态，心下赶忙摆开了迎战的架势。现在，她那双把情绪紧紧锁在深处的双眸，又从乃原身上看向了半泽。

"那么我就直接宣布结论。"半泽把视线从谷川转向了乃原，"东京中央银行，对于放弃债权的要求是——拒绝。"

整个会场先是屏息静气，瞬间又像炸开了锅一般淹没在一片嘈杂声中。

"怎么会说出这种混账话！"盖过会场喧嚣的是乃原声嘶力竭的怒喝。他从主席台上站起身来，涨得满脸通红，傲然地俯视半泽。

"你们东京中央银行董事会明明已经做出了放弃债权的决议，你少给我在这里胡说八道！"乃原情绪激动，满嘴唾沫横飞。

"我可一点儿都没有胡说八道。"半泽平静地答道，"我们的决议里附有一个条件，那就是只有当开投行同意放弃债权的情况下才能生效。"

"什么！但是，开投行都还没——"

怒目圆睁的乃原话音未落，最前排一个身影"唰"地站了起来。

是谷川。

从半泽手里接过麦克风的谷川，用平静而坚定的语气，开始发言。

"我们迟到了，对此非常抱歉。我是开发投资银行的谷川。刚才乃原大人有言在先，要求我们直接说结论，所以我就简洁地直接宣布敝行的结论。开发投资银行，对于特别调查委员会提出的放弃债权要求，做出了不予采纳的决定。"

愕然失色的乃原，眼睛一眨也不眨地看着谷川，呆立在座位上一动不动。

邻座的三国，脸色苍白。

遭受剧烈震撼的两人，被摆在眼前的结论打了个措手不及。正在这时，门被突然推开，一个男人快步走了进来。

仿佛被会场内异样的气氛所震慑，那个年轻的男子顿足犹豫了一下，旋即又立马走上主席台，在乃原和三国之间弯下腰，小声地报告着什么。

只见听完消息的乃原，仰头看着天花板，仿佛泄光了全身的力气一般，"扑通"一声瘫坐在椅子里。

三国则双手抱头。

到底发生了什么——

"好了。"

终于，乃原的喉咙里挤出了沙哑的声音，"就这样吧。今天，到此结束。"

说完，乃原站起身跟跟跄跄地奔下主席台，径直朝出入口的大门走去。大家眼睁睁地看着他那胖墩墩的身影，穿过帝国航空社员"唰"地向两旁让出的人墙通道，然后消失在大门后面。

"大家的意思，我们完全了解了。"脸色苍白的三国缓缓地开口说道，"今后，要是哪天发现自己做出了错误的决定，可别后悔。"

三国说这些，不过是竭尽全力想挽回点儿面子。之后，他带着剩下的成员们，快步离开了会场。

"我的心脏差点儿从嘴巴里蹦出来了。"田岛一边擦着额头上的汗珠，一边抬起仍旧苍白的脸对半泽说道。

"真的是。"

半泽边说边重新打开紧握的手机界面。刚好渡真利又发来了一条新消息。

"开投行民营化法案，内阁决议通过！"

半泽立即回复过去。

"我知道啦。多谢了。"

"哈？"

字里行间仿佛可以听见渡真利的失声怪叫——你怎么会知道？

"听'撒切尔夫人'说的。"

"撒切尔？！"

看到这里，半泽重新打开了谷川之前发来的短信。

"民营化法案通过。我们不会采纳放弃债权方案。"

正在这时，半泽看见准备离开会场的谷川对自己回头致意。

她向这边招了招右手，半泽也扬手回礼。

"那个女的，很能干啊。要在开投行里力排众议，可真不是件容易的事啊。"田岛感叹道。

"谁说不是呢。不过，她一直坚持到最后也没有放弃。"半泽赞同道，"不愧是'撒切尔夫人'。好个'铁娘子'！"

9

　　纪本赶到的时候，议员会馆内白井的房间里，塞满了令人窒息的凝重气氛。

　　怒气外露的白井坐在靠背扶手椅子里，看见纪本进屋，仍然生气地一言不发。平常总是一身鲜艳蓝色套装的她，今天却身着一反常态的暗色调。桌子对面坐着乃原和三国两人，同样绷着脸一声不吭。

　　"我来迟了。"纪本一鞠致歉。

　　"附加条件的放弃债权，是怎么回事？这样的事情，可从没听你提起啊。拜你所赐，记者招待会也白费劲啦。"

　　乃原首先发难。

　　"那，那是——"纪本紧张得喉咙打战，"其实，是行长听取了负责小组一方的意见——"这说出来，连自己听着都觉得有点儿像小孩胡乱找来敷衍的借口。一时，纪本吓得额头汗如雨下，忙不迭地从口袋里掏出手帕频频擦汗。

"为什么不告诉我？"乃原步步紧逼，"有重要的事情一定要事先向我报告，我没跟你说过吗？"

在乃原的盛怒压迫之下，纪本连像样的反驳话都快组织不起来了。

"但，但是，我以为开投行一定会赞成的——你也是这么说的啊。"

乃原皱起鼻头，满脸不悦。

"开投行的民营化法案通过内阁会决议，完全是出乎意料的事情啊。说起来，大臣您为什么会投票赞成法案？只要大臣反对，应该就万事大吉了啊。"

内阁决议遵循全员一致的原则。虽然一向持反对意见的田所财务大臣出现了生病请假的异常状况，但是只要白井投票反对，必然能让法案胎死腹中。对于乃原的非难，白井颇感意外，她震惊而气愤地瞪大了双眼。

"我说你是怎么回事？"白井语气生硬地说道，"没错，我是投了赞成票。但那只是接到上级的命令遵从首相的既定方针而已。有什么问题吗？"

"问题大了！"红着双眼直愣愣盯着白井的乃原怒不可遏地抱怨道，"搞得开投行态度一百八十度大转弯的，正是你们进政党。自己亲自动手断了自己的路，你们到底是在干什么啊？"

白井眉毛微挑，脸上浮现出对乃原无比厌恶的神色，只不过瞬息之间便一闪而过。

乃原仍在喋喋不休地抱怨："开投行正是因为担心被民营化，所以才愿意和我们通力合作。现在倒好，你们这一手简直是釜底抽薪啊。真不明白你们到底是怎么想的。那个田所大臣专挑关键的时刻请病假掉链子，真恨不得掐死他。"

在乃原伶牙俐齿的轰击下，白井又羞又怒，眼看着一张脸变得苍白起来。说实在话，即便知道这一层利害关系，议员资历尚浅的白井有没有能力站出来反对，本身就要打个问号。

"那么重要的事情居然没有一个人来向我报告。老师您也是，为什么不跟我说呢？"现在，轮到白井怒声责问了。

"那种事情根本没必要特别说明啊。"乃原不由分说地继续说道，"这回连官僚们都被摆了一道。这是对喊着去官僚化口号，把一切主导权都掌握在议员手中的进政党政权，一次巧妙的反击啊。有远大的理想当然好，但是，如果对现实一无所知的人却去空谈什么理想，到头来只能落得个自取其辱的下场。"

白井扬起头，一双瞳孔因为恼怒而微微颤抖。

受命运垂爱，大谈理想主义却不知世事艰难的女议员，终于败在了丑恶的现实权谋之下，明白了自己的无能与肤浅。

"那么，帝国航空的重振方案——"

"我会尽量想办法的。"面对阵脚大乱的白井，乃原毫不理会地说道。

这时他才再次看向纪本："对你真是相当失望啊。再也不能指望你什么了。"乃原不假思索地把怨恨投向了纪本。

"到、到底想怎么样，乃原……"

面对惊慌失措的纪本，乃原什么都没有回答。

"事到如今，无论如何，也要让银行同意放弃债权。"

怒目圆睁的双眼燃烧着熊熊执念的乃原，用低沉沙哑的声音一字一句地说道："让我们颜面尽失这笔账，我一定要找他们算！"

10

"首先为这次旗开得胜干杯。恭喜！"

渡真利高高地举起手里的啤酒大扎杯，用力地和半泽、近藤碰了杯，一口气喝掉了大半。

"特别调查委员会的记者招待会，不是也没掀起什么风浪来嘛。"

渡真利脸上露出意气风发的笑容，"这样一来，放弃债权的事情就已经毫无悬念啦，废案一个。正义还是站在我们这一边啊。"

"话虽如此，但是这并不意味着帝国航空的重振方案就已经定了，还是悬在半空中啊。"半泽心怀忧郁地叹了口气，"转了一圈只不过又回到了原点，白白浪费时间。事态岌岌可危，根本还是老样子。"

"唉，就算你说得有道理吧，但总算度过了眼下的一场危机不是？这可是一次非常有意义的胜利。"渡真利对这次的结果赞不绝口，"而且说起重振，如果要通过让我们放弃债权来实现，那对我们来说根本就没有意义。即使放在为帝国航空着想的大前提下，我们所关注的也应该是不能损害银行的利益，否则就本利全丢，鸡飞蛋打了。就算要耗费时间，最终还是得让帝国航空自立重振。仅此而已。"

"说起来，我们银行现在也有一个人，岌岌可危啊。"

近藤一脸严肃地换了个话题。

"你说的是纪本常务吧。好可怜哇。"渡真利嘴上同情，脸上却忍不住笑了起来，"一手捧起来的曾根崎又是那个熊样，自己赌上前途总算强行通过的放弃债权方案，没想到开投行那边却投了反对票，这下可把老脸都丢尽了吧。听小道消息说，行长对这次事情的结果也是相当失望啊。纪本基本上已经威信扫地啦。大快人心啊！"

"不过，为什么纪本常务，非要同意接受放弃债权方案不可呢？"近藤百思不得其解地问道，"半泽，这背后的内幕你知道吗？"

"不知道。"

半泽轻轻地摇了摇头，视线一下子迷离起来，"我之前以为那就是审查部一贯的做法，不过不用细想，就知道那不可能。其中一定还有别的什么非同意放弃债权的理由吧。就连我们听了，也马上能想通的那种理由。否则，他那么卖力地折腾，实在是说不过去啊。"

"真是咄咄怪事。"

嗅觉独特的渡真利也毫无头绪，只好伸出食指摸了摸鼻头说道："别管他了吧，半泽。"

"那怎么行！"半泽摇头道，"我一定要搞清楚原因，和纪本一决雌雄。"

"既然如此，要干咱们就干个彻底。"渡真利力挺半泽，"毕竟什么像样的理由也没有，却坚持要放弃债权，甚至不惜损失五百亿。如果纪本真的如愿以偿，那么最终获益的恐怕就是白井，还有乃原那些特别调查委员会的家伙了吧。"

"还有一个，箕部启治。"近藤补充道。

"在今天的记者招待会上，有人提到了关于箕部老巢的一些传闻，你听说了吗，半泽？"近藤转向了另一个话题，"有一家报社记者在追问，箕部为了保留本地的航线介入特别调查委员会干预的传闻是不是真的。如果有，那肯定是羽田—舞桥的航线。我私下也听山久部长说过，吓我一跳。也不知道那位记者从哪里打听到的消息，耳朵够灵的。"

看到近藤笑得很鬼，再听他这么一说，渡真利惊得瞪大了双眼。

"不，不会是你干的吧？"

"也就是跟走得比较近的记者打了个招呼。我还特别跟对方强调了一下，说这都是些传闻，听听就好。"

"可以啊。不愧是我们的才子宣传次长！"

"一般一般。"近藤也一副不遑多让的表情，得意地点了点头。

据山久说，那天的记者招待会上，也就数记者追问的白井这件事情，是全场唯一的亮点了。"虽然那天白井一问三不知地装聋作哑蒙混过关，但是听说差一点儿就露了马脚。"半泽补充道。

"真是太可惜了。"渡真利惋惜地打了一个响指。

"虽然嘴上吹得山响，说是为了帝国航空，实际上那些家伙的最终目的，还不都是为了一己之私啊。都是些活该遭人唾弃的政客。"半泽嫌弃地说道，"不管是乃原还是白井，还有那个箕部，全都是拜他们所赐，在这么紧要的关头，帝国航空又白白浪费了四个月。"

"因为人家是'绿色政治，进政党'啊。"

渡真利满嘴讽刺地喊着进政党的口号，一边伸开双臂做着他们的招牌动作，"了不起吧。都快把我给感动哭了。"

"事实上，帝国航空的事情才快要把我给搞哭了。"

半泽恨恨地从鼻孔里呼了口气，对近在眼前的危机看得一清二楚，"你们就看着好了，肯定还会出什么幺蛾子。那些家伙，不可能就这么算了的。"

第五章　检查部和不可思议的贷款

1

"半泽次长，发现一笔奇怪的贷款。"

田岛最近正在埋头核查旧 T 时代帝国航空相关的案子。等到他有所发现的时候，刚好是周一。

"怎么个奇怪法？"半泽问道。

"那居然是一笔针对箕部启治的个人贷款。我们银行和箕部之间有业务往来，这事您知道吗？"

听田岛这么说，半泽目不转睛地盯着他，兴味盎然地问道："到底是什么贷款？"

"为了完成金融厅的那份报告，我查阅了从旧东京第一银行时期以来所有和帝国航空有关的资料。您看，当时的负责人针对数年前亏损的航线做了专门的记录，其中有这么一段内容。"

田岛在半泽面前翻开资料，那是一份附在旧信用文档里的备忘录。

"关于羽田—舞桥航线，虽然自开航以来就持续亏损，但考虑到该航线上的舞桥市，是和本行关系密切的箕部启治议员的大本营，故公司认为，现在谈论撤销航线为时尚早——"

"箕部是我行的重要客户？这个有点儿意思了啊。"

半泽不动声色地说了一句。过去或许两者之间还有些来往，但至少现在银行和箕部之间是不可能有什么往来的。"是什么来往，查到了吗？"

"从箕部启治还是一名年轻议员的时候开始，似乎就和旧东京第一银行开始有所往来了，他以周转资金的名目，向银行贷款好几次，每次涉及的金额都达数千万元。"

名目虽然是周转资金，可对方毕竟是个政治家。所以，不难想象，提供这些钱很可能是出于政治目的。

"这些就是相关资金明细——"

田岛说着抽出了打印好的贷款明细。

"全部都是已经收回的贷款，所以通过一般的网上操作根本查不到。这些是我拜托信息系统部帮忙找出来的。"

"五千万，四千万，接下来还有三千万——"半泽用手指着一行行地往下数，"往来还真是够紧密的啊。"

有意外收获。半泽突然发现一处特别醒目的贷款数额，移动的手指不由得停了下来。

"二十亿？"

"就是说啊。"田岛意味深长地说道。

利息方面，倒是因为面向私人的原因设定得稍微高点儿。贷款日期是十五年前的七月。虽然款子都已经回收，但是当初的贷款期限却是十七年的超长期，资金用途为公寓建设资金。

"不觉得哪里不太对劲吗，次长？"田岛接着说道，"据我所知，一般这种类型的外贷资金，都是直接套用固定的私人借贷模式进行处理。可是，很明显这笔贷款走的是一般的事业资金贷款途径。"

像个人住房贷款这类申请，只要申请方符合一定的条件就会放贷，也就是常说的打包型贷款。这类贷款手续比较简单，所以一般都会采取这种模式。但是，对箕部发放的这笔贷款却并不符合私人借贷的做法。

"是不是不符合固定借款的条件，还是有其他什么原因？"自言自语的半泽，马上注意到了这笔异常贷款的条件，"贷款之日起七年内为本金偿还暂缓期。这是什么玩意儿？到底盖的是哪里的公寓啊？"

一般的暂缓期，有个半年就顶天了。七年时间，长得也太离谱了。

"我从数据库里查到的资料显示，担保物是这个。"

田岛说着把一份打印出来的千代田区麹町附近的土地和房屋明细表，顺着桌面扔给半泽。

"您不觉得很奇怪吗？"田岛问道。

明细表上的土地和房屋被设定了二十亿日元的抵押权。乍看之下，是一份再普通不过的抵押担保了。但是——

其中的一行数据却吸引了半泽的目光——担保设定日期。

"怎么会这样？"半泽将心里的疑惑脱口而出。

也难怪，因为设定担保的日期，居然是在箕部启治贷走二十亿日元之后又过了五年以后的时间。通常的贷款是不可能发生这种事情的。

"真是闹不明白啊。"田岛也摇着头，一脸茫然，"这笔贷款，抵押担保明明是前提条件，居然在长达五年的时间内处于无担保的状态。这管理，怎一个乱字了得。"

"看到过箕部启治的信用档案吗？"半泽问道。

信用档案里，保存了客户的所有贷款信息。所以，里面肯定也会记载延迟设定抵押担保的理由。

然而，田岛的脸上却更加阴云密布。

"其实，我已经找遍了，根本找不到。"

田岛的回答出乎意料。

"找不到？负责部门是个人业务部吗？"

"呃，系统上显示，这件案子是审查部负责的。"

"为什么会是审查部来负责？"

半泽和田岛面面相觑，两人都歪着头纳闷不已。

"我刚才还和审查部确认过了，根本没地方找档案。"

"档案库呢？"半泽问道。

"当然找过了，也没有。"田岛答道，"也没有从合同文件库里借出的任何记录，真是太奇怪了。"

由于银行每年都会产生海量的资料，所以他们会定期将过了一定年限的资料，归档到位于东京都内专门用于资料保存的合同文件库里，进行集中统一管理。

"真奇怪啊。"半泽说道。

东京中央银行会签文件的保存期限是，自回收之后十年，没道理在此之前就废弃。

"负责人是谁？"

"记录显示，这笔贷款是当时审查部的灰谷负责。现在的负责人，貌似没有登记。我曾经也在审查部待过两年，可是给箕部启治贷款的事情，也还是头一回知道。"

"这事你怎么看？"

面对询问，田岛斟酌了一番，小心翼翼地说道："听说旧 T 的贷款一向问题多多，搞不好，这也是其中的一笔违规贷款。"

"贷款回收完毕，并不代表就没有问题啊。"半泽靠在椅背上说道。

旧 T——东京第一银行，当初在决定与产业中央银行合并之后，如何处理贷款部门留下的那些疯狂膨胀的不良债权，就一直是个老大难的问题。

最后，还是在合并前的最终决算中，通过计入该行史上最大的赤字，才总算把那些不良债权一笔勾销。如此一来，东京中央银行这家新银行才得以轻装上阵开启全新的航程——原本应该如此。

可是，刚合并后不久就爆出了客户欺诈事件。旧东京第一银行曾经通过免担保贷出去的数百亿日元资金，被对方挪用为"信用金"，以骗取新的信用贷款。不仅贷出去的全额资金都沦为了不良债权，而且通过不正当手段发放贷款的整个过程也饱受诟病。后来事态甚至发展到，当时深陷事件旋涡中的旧T行长，也就是合并后新银行的副行长牧野治，有可能因为特别渎职罪而遭到逮捕。

对于这件事情，半泽至今仍然历历在目，而心有戚戚焉。

随着事件发酵重新浮出水面的，则是除了身负巨额不良债权之外，旧东京第一银行那不忍直视的经营状态：失控的贷款以及混乱的管理。由于新银行组建以后，仍然存在旧T遗留下来的"黑箱"贷款，造成东京中央银行的股价暴跌，市场上甚至煞有介事地传闻这只不过是黑暗内幕的冰山一角。

不过，正当银行着手准备重新梳理旧T时期的问题贷款时，被保释出来的牧野自杀了，事情的真相也随之永远石沉大海。对于东京中央银行全体行员而言——不管旧S出身，还是旧T出身，那至今仍然是一件如鲠在喉的大事件。

"对了，当时的审查部长正是纪本。"田岛意味深长地说道，"该不会那时候就和箕部启治之间已经有来往了吧？不然，怎么叫作'本行亲密客户'呢？"

田岛看着备忘录上的记录挖苦道。

"现在该怎么办，次长？我觉得可不能就这么算了。"

"不然，再查一查箕部和旧T之间的关系怎么样？如果你的假设正确，说不定纪本如此卖力地跪舔特别调查委员会的理由，也就真相大白啦。"半泽再次盯着资料，说道，"接下来怎么办，就要看其中的理由到底是什么了。"

2

调查后发现，当时箕部的贷款负责人灰谷英介，现在已经是专门负责审查中坚企业的法人部代理部长了。当时，他是在纪本领导下制作会签文件的调查员。之后，随着公司合并，他也升到了如今的位置。

"要不要我过去问问他？"田岛自告奋勇。

"不，还是我去。"半泽说着站起身，来到法人部所在的四层，在楼层的最里面找到了对方。

正是下午四点过后。刚结束一天审查工作的法人部，似乎刚打完一场恶战，每个人都显得非常虚脱疲惫。半泽径直穿过几张桌子，来到灰谷靠窗的办公桌前站定。

"抱歉，能否稍微打扰一下。"

听到招呼声，灰谷从一堆资料里抬起头来，看到半泽，眼中浮现出一丝讶异的神色。

"我是营业二部的半泽。"

半泽简单通报姓名后,将箕部启治的相关资料递了过去。

"关于这笔贷款,想向您请教几个问题。"

灰谷瞥了一眼资料,脸色瞬间僵硬。"贷款?什么贷款啊?"他说着,把右手的圆珠笔重重地搁在桌面上。

"十五年前,你们给当时宪民党中的权威议员箕部启治,批了一笔二十亿日元的私人贷款。旧东京第一银行的系统中登记的负责人,是您的名字。您想起来了吗?"

"啊,有那么回事吗?"面对半泽,灰谷目光躲闪,但是却语气生硬。灰谷顶着一头黑白夹杂的短寸,长长的马脸上架着副眼镜,怎么看都是一张冥顽不灵的脸。

"实际上,这笔贷款在五年的时间里,都处于完全无担保的状态,那是为什么?"

"这个嘛。都过去那么久了,早忘啦。"面对半泽的疑问,灰谷往椅背上一靠,随便敷衍道,"照我看,这应该是一笔已经收回来的贷款吧。现在又翻出来刨根问底,你到底想干什么?"

"刚好碰到点事情,需要详细了解一下情况。说起来,这到底是一笔什么资金?"

"喂,你这人——"灰谷摆出代理部长的威严盯着半泽,"我忙着哪。你所谓的事情,到底是什么事?你干吗要调查这些东西?"

"我正在负责处理帝国航空的案子。"

一听到公司的名称,灰谷就眯起了双眼,脸上浮现出一丝不易察觉的细微表情。但是，这种变化瞬间就被意志力抹得干干净净，取而代之的是一副充满警惕戒备的表情。

半泽接着说道："我想您也一定有所耳闻，由国土交通大臣白井派来的特别调查委员会介入了帝国航空的案子，他们要求我行放弃巨额的债权。在探讨对策的过程中，我们发现了银行曾经向这位箕部议员提供贷款的事情，由于这个人和特别调查委员会有着千丝万缕的关系，所以我想详细了解其中的交易往来情况。"

"箕部先生和特别调查委员会有关系？这是怎么回事？"灰谷用精明老到的眼神看着半泽问道。

"虽说特别调查委员会是白井大臣的私设咨询机构，但据说那位白井大臣的靠山却是箕部启治。所以，帝国航空的重振方案才会掺杂政治因素。我觉得两者之间很难撇清关系。"

"你想多了吧。"对半泽的说明，灰谷根本不予理会，"跟这么久远的一笔贷款能扯上什么关系。这样的蠢话还是少说两句吧。"

"即使没有直接的关系，说不定能从中知道箕部启治到底是个什么样的人。同时也可以知道，一直大肆宣扬解救帝国航空大义名分的特别调查委员会，究竟是个什么情况——里面一定有揭开其真实面貌的线索。这就是我想知道的。"半泽并不理会对方表露无遗的反感，追着他穷追猛打，"这到底是一笔什么资金，能请您告诉我吗？"

"是什么资金，里面不是写得很清楚嘛。你不认字还是怎么的？"灰谷爱答不理。

"公寓建设资金。系统上的确是这么登记的。可是——"

"我不是说了吗，写的什么就是什么。"灰谷烦躁地打断了半泽，"不多不少。我很忙，不要再拿这种无聊的问题来烦我了。"

"那好，只请您回答我一个问题。为什么这笔贷款，在最初的五年时间里，没有设定任何担保？按道理，如果当时客户已经取得了土地，那设定担保就是理所当然的手续了吧。"

"土地房屋买入晚了，那完全是因为卖方不够爽快造成的啊。"灰谷不厌其烦地说道，"我不知道你到底在瞎猜什么，总之这些没意义的事情就不要再说了。烦不烦！"

"卖家都还在犹豫，这边就先把钱给借出去了？"

半泽一下抓住了灰谷话里的前后矛盾。二十亿日元的借款，按照百分之一的年利率计算，光利息就是两千万日元。如果没有必要，哪个混账会这么花冤枉钱。

"你是要对我们当时的做法挑刺吗？"

或许是觉得自己的贷款立场遭到了挑衅吧，灰谷压低了声线，"哪有到现在还拿出这种已经回收的贷款案子说三道四的。"

"我没有要挑您毛病的意思。"半泽注视着对方继续问道，"但是，如果真有什么问题，希望您能现在说清楚。那样对谁都省事。"

"当然没有了。怎么可能有。"满脸通红的灰谷断然否认，"你说话可别太过分了！"

半泽静静地看着有点儿恼羞成怒的灰谷，半晌，他终于平静地说了声"好吧"。

"打扰您工作了。我们走，田岛。"半泽说完轻轻地一鞠施礼，转身快步离开了法人部楼层。

"什么跟什么嘛，那种态度！"田岛一路愤愤不平。

"说到底，只是个小角色而已。我们去一趟检查部。"

"检查部？"

田岛一愣，旋即明白了半泽的用意，心领神会地笑了起来，"对呀，原来如此。"

3

"富冈先生，在吗？"半泽站在检查部的门口扯着嗓门一喊，不知道从哪个角落传来一声"哦，在啊"。接着，就只见大概楼层中央位置的办公桌前，一个男人举起手来。

圆乎乎的脸上，一口被烟熏的黄牙参差不齐，头顶毛发稀疏，像一堆稀稀拉拉的条形码。白衬衫最上边的扣子也没系好，领口松松垮垮地系着一条领带，手部袖口高高卷起。一副典型不顾形象的中年大叔的样子。

"干什么啊？搞突然袭击。要来也提前知会一声啊，害我都已经叫了寿司外卖了。"

东京中央银行的检查部可是个大部门。这里采取开放式的工作模式，私人物品一律寄存在靠墙的柜子里，整个楼层统一放着几张大桌子，大家可以随意选择自己喜欢的位置工作。被挪揄为

"大象墓地"① 的检查部，可以说是那些已经没有前途的银行员等待下放的落脚点。

不过富冈先生，也就是这位富冈义则，已经担任检查部代理部长长达七年的时间，可以说是部里一个特别的存在。

"你还在这里，真是太好了。我还一直担心，你是不是早就被发配走了呢。"

"说什么呢，半泽。人事部恐怕早就忘了还有我这号人存在啦，肯定是打算让我在这待到退休了吧。"

富冈，是个就算清醒也带半分醉的人，平时说话很难听，态度也很恶劣。虽然最不擅长的就是拍上司的马屁，但是却精通所有业务，工作能力也不错。当年曾在八重洲路支店融资课任职的富冈，还对当时尚为新人的半泽照拂有加。两人关系密切，一天的工作结束后，富冈总要带上半泽一起到酒馆里喝上几杯。

"开玩笑啦。我只是担心，如果哪天你真被调出了检查部，那我才头疼呢。到时候去了地方，过上个三四天，你嘴巴吃到了好吃的，铁定乐不思蜀了。"半泽死命地调侃。

"你这家伙，把检查部当什么了。"佯装生气的富冈，脸上却是乐呵呵的。富冈倒是真心喜欢到地方支店开展到店检查这样的工作。

检查部分为好几个检查组。富冈率领的小组，实际上每周都

---

① 大象墓地：据说大象有自己固定的秘密墓地，它们在临死前都会离开象群前往墓地度过最后的时期。

有好几天要出现场检查，所以也只有这种空闲的时候，才能在大楼里找到他。

"行了，就坐那吧。"

富冈招呼半泽他们坐在空椅上，问了句"喝不喝咖啡"，说着抬腿就要往外走。

田岛慌忙劝止，自己跑到走廊尽头的自助贩卖机上买回来三杯咖啡。

"不过真是稀客啊。你那么忙，怎么还有闲工夫特地跑我这里来晃荡呢？"富冈美滋滋地喝了一口咖啡问道。

"其实是有件事情想调查一下。"

半泽说完，翻开箕部启治的文件，"就是这件事。"

"箕部，不就是进政党的那个老爷子吗？"富冈探头看了看，饶有兴致地一边说，一边用手摸着下巴，看起了文件中的内容。他这人虽然外表看起来放浪形骸，但是查看起文件数据的那副派头还是有模有样的。也难怪，其实富冈向来都是半泽内心相当敬佩的一流银行家。

"你看，这里有一笔二十亿日元的贷款对吧？"半泽用手指着相应的内容说道，"名义上是用于公寓建设资金的贷款，但是长达七年的本金偿还暂缓期就已经很奇怪了，担保设定还是在五年后，这更是令人匪夷所思。"

"这二十亿，该不是被挪作他用了吧？"

富冈显示出他的犀利独到。

"也有这种可能啊。"半泽说道。

俗话说"金钱本无色彩"①，赋予其色彩的是银行。

"由于如此这般的缘故请贷款给我"——对这种需求做出回应才是贷款的题中本意。如果，把原本作为公寓建设资金的贷款挪作他用，光这一点就足以构成重大的合同违约。

"但是，如此规模的贷款居然在五年时间内，都放任它处于无担保的状态，很难想象这只是一起简单的失误。"

"是因为在检查中故意瞒天过海了吧？"

富冈轻轻的一句话，就点出了半泽两人此番前来的目的。

对于银行一线来说，各种各样的检查每隔一定时间就得来一次。如果真的存在什么违规贷款，肯定会在检查中被发现的。

"通常情况下，一经检查发现，就应该马上设定担保，但是这笔贷款却没有。不对，兴许根本就没有被发现——"

言辞之中充满了对旧 T 时期贷款行为的不信任，半泽边说边拿眼睛认真地看向富冈。

"看过信用档案吗？"

"那东西，根本没地方找。"一旁的田岛回答道，"审查部，还有地下资料库都找过了，哪里都找不到。"

"连档案也没有……"

"嗯……"满腹狐疑的富冈往上推了推鼻梁上的老花镜，"有点可疑啊，这个。总感觉是有人因为那件案子，故意把它给拿走了。"

---

① 金钱本无色彩：这是一句日本俗语，意思是金钱本来无所谓好坏，无特定的意义。

"现在系统中根本没有登记负责人。按理说如果还在会签中的话，应该会在电脑上登录才对，然而也没有。"

听完半泽的话，富冈也觉得有道理，不由得再次拿起资料看了起来。

"是不是这个人呢？"

他用手指了指负责人一栏里灰谷的名字。

"我们刚才还在灰谷代理部长那贴了冷屁股回来呢。他应该是知道其中详情的，但就是不松口。"

"当时的上级是谁，有没有调查一下啊？"富冈问道。

"应该是纪本常务。因为，那时候他正好是部长。"

听到纪本的名字，富冈扬起了脸。

"——原来是纪本先生啊。"

或许是在衡量事情的轻重，富冈靠在椅背上陷入了沉思。

"莫非，就是在旧 T 时代搞出了不可思议贷款的那个家伙？"这回就连富冈也压低了声音，"如果是他，那你的调查可要长点心了。"

"所以啊，我这不是向你求救来了嘛。这种事情，我也只能找你了。"

"你又给我戴高帽。"富冈笑了起来，随即又收起了笑容，"虽然我也不想惹什么风波，但是如果真有问题那也没办法。你想什么时候要结果？"

"越快越好，拜托拜托。"

半泽话音刚落，富冈就瞪大眼睛"喂喂喂"地叫了起来。不过一听半泽说这事"跟帝国航空有关",他又立马心领神会地点头答应了。

"知道了。一有消息，马上联系你。"

半泽低头致意一声"拜托了"，便转身离开了检查部。

"行不行啊，刚才那位老爷子，总感觉有点儿老态龙钟了。"

刚迈出走廊，就听到田岛忧心忡忡地小声嘀咕。

半泽大笑起来，"虽然其貌不扬，但能力可是出类拔萃的。工作起来也相当利索。"

"真的吗？"

田岛还是半信半疑的表情。

果不出半泽所料，没过几天，富冈的电话就打过来了。

4

那天晚上——

新桥铁路高架桥下的居酒屋里，半泽和田岛坐在一张简陋的桌子旁边，他们的对面是富冈。

桌子上，摆着烤鸡肝、鸡心还有烤鸡皮。富冈说这家店的食材都是从专门的签约农场采购的走地鸡，也不知道是真是假。

"我说，现在是什么情况？"半泽喝了口啤酒润润喉，便迫不及待地问道。

"查是查了一下，但事情说来有点儿诡异啊，半泽。"低声回答的富冈，目光变得锐利起来，"那笔贷款，是在十五年前由当时东京第一银行总店审查部的灰谷英介经手制作的会签文件，后经当时的上司纪本同意，最后由部门领导批准执行。但是，对该笔贷款的检查记录却只有一次。贷款执行后的第二年，该行对审查部进行了贷款检查，指出了未设定不动产担保的问题。但也仅此一次而已。"

"请等一下，那不是很奇怪吗？"半泽邻座的田岛问道，"如果检查的时候指出了问题，肯定会及时补救设定担保啊，一般来说。就算真的一时忘了，贷款检查也应该至少是两年一次，所以下次检查也一样还会指出未设定不动产担保的漏洞才对。"

"说得没错。我在调查中发现，就像你所说的，初次检查以后，审查部在两年后和四年后又分别接受了检查。奇怪的是，那两次检查却没有留下任何关于那笔贷款未设定担保的问题记录。不，应该是压根儿就没有将其列入检查对象的范围。"

事实，出人意料。

"金额高达二十亿日元的个人贷款，居然没有列入检查对象范围？"目瞪口呆的田岛不禁反问道，"那样的事情，要是放在旧S，简直不敢想象啊。"

"不光是旧S，不管哪家银行，也不可能干出如此荒唐的蠢事。"

富冈说的一点儿也不夸张。

"也就是说，他们直接无视检查指出的问题，没有采取任何对应措施了？"半泽问道。

"对啊。不仅如此，之后的事情更是匪夷所思呢。"富冈一口气喝干了杯子里的啤酒，从桌上探出身子，继续说道，"记录里有一份和事实完全不符的报告，说是'担保设定完毕，指摘事项解除'。在提交给金融厅检查的报告中，也坚持咬定担保已经设定完毕。"

"不会吧——"田岛惊得目瞪口呆，"这不是搞虚假报告吗？"

"就是啊。但是居然还就蒙混过关了。"

富冈一时无言，似乎在观察半泽和田岛的反应，"怎么样，半泽？是不是连你也吓一大跳？"

"何止吓一跳，简直吓呆了。"

富冈对半泽的反应很满意，嘴角勾起一丝微笑，接着侧过脸去点燃了一支香烟。头上传来列车"哐当哐当"呼啸而过的响声，那声音渐渐远去，店里又恢复了原有的喧嚣嘈杂。富冈眯着眼，"呼"地喷出一口烟。

"交朋友和搞合并，都得选对对象啊，我的半泽。"富冈终于幽幽地开口道，语气虽然调侃搞笑，脸上的表情却越发严肃认真起来，"合并前的旧 T，打死也见不得人的贷款肯定数量庞大，估计都堆积如山了啊。给反社会势力的贷款、涉及诈骗渎职之类行为的贷款，甚至还有这类和政治家勾搭在一起状态不明的人情贷款，一桩桩一件件，全是那些被金钱欲望捕获的肤浅家伙，随意曲解规则，甚至扭曲人性搞出来的肮脏贷款。其中或许有一部分也像这笔贷款一样已经回收完毕，但是肯定还有一些仍然外贷未还的吧。或许，它们表面上挂着冠冕堂皇的正经名目，背地里却还在源源不断地把钱贷走也不好说。"

不用说，那些贷款在合法合规方面肯定是有问题的，而且其中一旦见光必将招致社会哗然的案子肯定也不在少数。

"看来，这件案子也是其中之一啊。"半泽说道。

"现在就下结论或许还为时过早吧。"富冈慎重地拿捏着词句，

"不过，如果情况真是那样，那么信用档案不翼而飞的事情也就好理解了。"

"比如为了避人耳目特地收管在哪里——之类的？"半泽幽幽地问道。

"嘿，应该就是那种地方吧。如果没有登记负责人，就算知道有这笔贷款，要想找出来也根本无从下手。"

"然后，就这么等着哪天被遗忘在时间的角落？"这回是田岛发问。

富冈仍然一副严肃的眼神，端起送上来的冰凉日本酒一饮而尽。

"这么干也不见得就高明哇。"

听语气，富冈这话与其说是在对着半泽和田岛说，更像是在自言自语。"贷款成功回收，虽然表面上似乎已经遮掩过去了，但是曾经动用过贷款资金的事实却始终存在。而且，不知道哪一天，这些事情会以什么样的方式暴露在大庭广众之下。这笔贷款，也是如此。"

富冈犀利地断言道："当然了，如果能用问题贷款四个字一笔带过固然容易，但是天下可没有不过大脑就把银行的钱随便贷出去的道理。执行贷款的毕竟是人，是我们的银行职员啊。也就是说，腐朽败坏的不是钱，而是办理贷款的银行职员。这些腐败分子现在却身居高位，在银行系统里胡作非为，想想就让人生气。有句话说得好，**人间很拥挤，地狱空荡荡**。"

"我也深有同感。"田岛赞同道，"新银行合并以后，还顶着旧银行的各种羁绊，这本身就是大错特错啊。"

"**对银行的经营状况而言，问题贷款是一柄双刃剑。一旦曝光，就会砸了银行的招牌，或许还会导致银行信用尽失**。"富冈说道，"不过，即使能够瞒天过海也不见得就是好事哦。内幕会生出更多的内幕。而且，内幕说白了只是既成的结果，原因还出在组织的体制本身。不克服这些原因，就不可能建立真正的银行信用。"

"富冈先生还是原来的那个富冈先生，一点儿都没变啊。"

听了富冈热情洋溢的发言，半泽颇为感同身受，"一眨眼都快十五年了，我又想起了当年还是富冈先生徒弟时候的事情啦。"

"和你共事的那段时间，我也着实开心啊。"往事悠悠涌上心头的富冈开口道，"你这家伙当初可是相当狂妄呢，管你什么上司不上司，只要不合理的事情，都要一根筋地跟人家理论到底。你这样的愣头青居然能混进银行来，我暗地里可别提有多高兴了。"

"说起来，富冈先生以前也和中野渡行长一起共事过吧？"半泽忽然想起这茬儿，不由得脱口问道。

中野渡曾经在营业本部大显身手时，富冈应该也正好在他的手下。

"都是陈年旧事啦。现在的中野渡可是行长了，而我只不过是一介代理部长罢了。"

半泽瞥了一眼富冈的表情，正在此时，他突然想起什么时候听到的一件传闻。

"当然这只不过是我的个人猜测，不过你调到检查部来，不会就是中野渡行长的意思吧？"

田岛听到这出人意料的消息，惊得瞪大了双眼。半泽继续说道："以前大家都在传，说是银行内部有人奉中野渡行长的特命，调查旧T遗留下来的问题贷款。那个人，不会就是你吧？"半泽半开玩笑地试探道。

"喂喂，你看我像是那块料吗？"富冈否认着，脸上却神色一凛说道，"那些，都是银行内的传闻罢啦。"

"抱歉，是我多嘴了。"

半泽没有继续追问下去，而是再次低头致意，说了句"非常感谢"。

"接下来，你准备怎么做，半泽？"富冈问道，"就这么束手无策，放手不管了吗？"

"不。"店内烟雾缭绕，半泽扬起脸说道，"我一定会彻查到底。有一样东西是警察那里有，而在银行这里却没有的——"

"什么东西，那是？"富冈问道。

"追溯时效啊。"半泽答道，"就算是十五年前的贷款，就算款子也已经收回来了，但是对于银行员来说时效却永远不会过。丁是丁卯是卯，是非分明才是银行员应该遵守的铁律。曾经，这么教导我的，不就是你嘛。"

"我说过这话吗？"

揣着明白装糊涂的富冈，愉快地笑了起来。

5

"原来是旧 T 的问题贷款啊。"听完情况的渡真利,表情闪过一丝乌云,说道,"听说合并前都已经处理得很漂亮了啊。如此一来,可就麻烦了。"

这是一间位于新桥的酒吧,靠近乌森神社,面朝小巷。在旧民居基础上改造而来的店堂内,有一方长条形的吧台。二楼也有可供多人聚会的包厢,但是现在里面还是空无一人。吧台的一端坐着三名白领,正在热切地跟熟识的酒保谈天说地。没人注意半泽和渡真利的谈话。

"那些家伙,绝对不希望有人抓着这件事情不放的。法人部的灰谷,估计迟早也会跟纪本说你找他问话的事情。如此一来,你可就更成了纪本的眼中钉肉中刺了。"

"那些家伙,要是一早就能老老实实、认认真真地做贷款,事情也不至于搞得这么复杂。或许是因为德才有亏才导致了恶果。"半泽毫不客气地说道，"但是错误面前不先好好反省，而是想着掩盖丑事，这样的态度首先就让人很不爽啊。"

问题贷款和一般的不良债权，可是本质完全不同的两个概念。

不良债权，是指那些履行正常手续合规借出的贷款，由于借贷方业绩恶化而难以收回所产生的债权。与之相对，问题贷款却是那些一开始就存在道德风险的贷款，和最终会不会变成不良债权没有任何关系。

"我说你，准备怎么处理那笔旧T的问题贷款？"渡真利问道，"准备把它公之于众吗？如果这样，我还是奉劝你及早停手。因为即使你那么做了，行里也顶多就是哼哈敷衍两下，最后照样不了了之。因为对中野渡行长而言，他应该也不会希望自己好不容易推进的行内融合大计，被横生枝节而打断吧。"

"公不公开，这个以后再说。"半泽答道，"在此之前，先查清楚这笔贷款的真相再说。"

"你打算怎么查？"渡真利问道，"准备继续追问那个叫灰谷的浑蛋？我可不认为那是一个会开口配合的善主。还是说，你要直接向纪本本尊发难，质问他这一切到底是怎么回事？抱歉，我也不觉得这样能解决问题。"

"那样应该是行不通吧。"半泽一边说，一边左右摇了摇手中的冰镇单一纯麦苏格兰威士忌，任由冰块在杯中发出"咔啦啦"的声响，"不过，不那么做也有办法厘清事情的前因后果吧。"

"所以说咯，要怎么弄？打算在当时的涉事人员中找一个口风不严的家伙？"

"找单据啊。"

渡真利盯着半泽的侧脸，一时有些不明就里。半泽继续说道："箕部当时从东京第一银行借走的金额是二十亿日元。田岛调阅了微缩胶卷里的记录，上面显示全额现金借出。"

"如果是现金借出，那钱的去向岂不是更加追踪不到了？"

渡真利有点儿泄气。

"不，我觉得并没有用现金。"

听了半泽的话，渡真利一脸蒙圈。

"什么情况？你刚刚不是还说了全额现金借出吗？"

"我是说了。"半泽没有看渡真利，而是盯着眼前并成一排的酒瓶，说道，"但是，用现金借出二十亿日元，并不现实。"

闻言，渡真利也认真琢磨起半泽的话来。

"没错。而且，根本没法操作啊。金额太大了。"

在银行，因为资金管理和收益上的问题，总是尽量减少持有现金额度，这是常识。因为捏在手上的现金，也不会带来任何利息收益。

再说了，一亿元的现金钞票，大人两手才刚好可以合围环抱，绝对是不小的一捆。二十捆这样的大钞——也就是说一次性支付二十亿，光光搬出来都够喝一壶了。再加上安保上的问题，根本没有现实可操作性。

要支付如此巨大的数额，出于安全考虑，银行负责人都有义务提醒并说服对方"打到银行账户里"。想必，当时的负责人也一定是这么做的。如果通过转账，既不用担心途中盗抢，也不用担心意外丢失，能够确保万无一失地把钱打进对方的账户。更重要的一点，银行无须耗时费力地准备巨额的支付现金。

"也就是说，这二十亿，只不过账目名义上走了现金支付，实际上却并没有支付现金？"半泽用推测的口气说道，"想必，那笔资金应该是同时转进了某个银行账户。你明白我说的意思吧？"

"明白。"渡真利满脸严肃地点头道。

"总之，我觉得，是箕部故意不想留下这二十亿资金的流向记录。"

这些都是半泽的假设。

"他有什么必要非这么费劲折腾不可呢？"

"莫非那些钱并非用作公寓建设资金，而是有其他见不得人的资金用途？"渡真利慢悠悠地说道，"看样子，很有可能牵扯出政治丑闻啊。不是吧，你，想动箕部那家伙——"

"没有没有。"半泽意兴阑珊地说道，"我的目的，只是通过自主重振拯救帝国航空，并没有其他目的。"

"都已经说到这份儿上了，你不是妄想要把他们一竿子都打倒吧？"

渡真利满腹狐疑。对此，半泽只是笑了笑，没有回应。

6

"什么？半泽找你问贷款的事情了？你怎么不早说！"

面对突然发作怒气冲冲的纪本，灰谷一张脸涨得通红。

"对不起。我不知道，您会这么在意这件事——"

"这不是在不在意的问题，关键是那个男人。虽然他真说了什么也没什么大不了的。"

纪本盯着头压得低低的灰谷，余怒未消。

这是一场旧 T 出身者的聚会，参加的人全是纪本的追随者。聚会名称叫"棺之会"，由已故行长牧野治的亲信纪本命名。

在长年对自己谆谆教诲的牧野的葬礼上，纪本和死者的家属一起扶柩守灵到最后一刻。他发誓永志不忘牧野遗志，故而为聚会取了这么个名字。聚会每年都开好几次，每逢月忌日的六号那天举行热闹的会餐。

这次聚会的地点选在了赤坂的中华料理店的一间包厢内，共有五人出席。现在，所有人都大气不敢出一声，向灰谷投去同情的目光。

"话说，你是怎么回答的？"纪本问道。

"没，那个——我对他说，时间太久了，我已经不记得了。"灰谷硬着头皮抬起脸，心怀惴惴地答道。

"什么都没有说出去吧？"

"当然没有！"听到纪本仍然不依不饶地问，灰谷壮起胆扬声答道。不过，瞬间又补了一句"非常抱歉"，说着谦卑地把头擦到眼前的桌面上。

"不过——"纪本从部下身上收回视线，呷着嘴一脸厌恶地说道，"那个男人，连我们的地盘也敢冒冒失失地乱闯，实在碍眼得很啊。关于那笔已经回收的贷款，他到底在找什么碴儿？"

"他说是因为与帝国航空的关系。"

"要你讲！我就是问跟帝国航空到底有什么关系啊！"听到灰谷的回答，纪本气不打一处来，厉声怒吼，吓得灰谷缩成一团。

在所有的参会者中，纪本是拥有绝对权威的存在。

对于这些依靠纪本的支持爬上来的一干人员而言，他们和纪本这棵大树之间，早已形成一荣俱荣、一损俱损的关系。

"啊不，关于这个，他没有特别说明——"

灰谷脸颊抽动，紧张得吞吞吐吐。这又是一个见风使舵的货色，在比自己身份低的人面前颐指气使，就像前几天他对待半泽一样，而在比自己地位高的人面前则卑躬屈膝。

"那家伙该不是吃了熊心豹子胆，想整垮我们吧？"在一旁听完事情经过的另一个家伙开口说道，是审查部长前岛，"估计他是打算从旧 T 时期的贷款中鸡蛋里挑骨头，趁机弄出一些混淆视听的反驳意见。谁让他原本就是个品性低劣的人渣。大和田① 前常务就是前车之鉴。半泽这个男人，不得不防。"

完全无视事情的本质，只是一味地为对方套上恶人之名，这是前岛的拿手好戏。这回他刚好现卖，直把自己的小团体领袖纪本撩得更加怒火万丈。同样旧 T 出身的大和田晓是纪本的前任，因为某些事情纷争和半泽成了死对头。从那以后，属于大和田一派的行员党羽们，内心深处就和半泽彻底结下了梁子。

"是要以防万一。你管理的那些档案，包括关于箕部先生的那些，给我认真确认一遍，看是不是都妥当。"

得到纪本的指示，差不多已经面如土色的灰谷，就像一个被抽干了润滑油的铁皮人一般，艰难而生硬地点着头。

---

① 大和田：东京中央银行前常务。详情可参看《半泽直树 .1，修罗场》。

7

　　一大早处理完手上几件紧急要务后，灰谷遵照纪本的命令，离开了东京中央银行本部。时间已经是上午十一点多。

　　在白色的去向牌上写下拜访的客户姓名后，他便径自来到东京站，在那里坐上了中央线。

　　他拐到位于西新宿的客户那里，走过场地聊了几句便告辞出来，直接前往位于东新宿的某处大厦。时值五月，空气中已有初夏的气息，到目的地需要徒步走上十五分钟左右。

　　和灰谷急切焦灼的心情相反，抬头望去，片片白云在蓝色的天际闲庭信步。

　　穿过车站东侧嘈杂的繁华街道，看到信号灯对面一座连窗户也没有的不起眼建筑，灰谷这才终于放缓了脚步。他抹了一把额头上渗出的汗水，在一处狭小的管理事务所前的入馆门禁处，刷

通了行员证。 ·

里面站着个保安。保安身后的事务所内还有一名办事员，但是并没有人特别注意到访的灰谷。

没有人上前来询问访客的来意。不过，即使有人问，只要回答一句"来查阅一下老档案"，也不会有任何的问题。

这座大楼的正式名称，叫东京中央银行资料中心，建于大约三十年前的旧东京第一银行时代，是一处日渐老朽腐败的建筑，从地下二层到地上十层，全部用于资料存储，主要保管东京都内各支店送过来的各种老旧文件资料。

灰谷乘着古旧的电梯直达七层，电梯门一开，一股陈年旧纸独有的味道扑面而来。

那里堪称文件的海洋。四周万籁俱静，令人顿生错觉，仿佛迷失于经年废弃不用的古老图书馆。楼层里只有异常放大的脚步声四处回荡，几重并排摆放的高耸书架给人带来沉重的压迫感，不管什么时候，也不管来几次，都压得人喘不过气来。

灰谷熟门熟路，直接走到北侧靠墙的地方，在一排书架前停了下来，确认了一下上面贴着的标签。资料的保管，是按照各家支店来分割不同区域的。

——荻漥西支店。

灰谷就近取过靠在墙上的脚架，撑好，爬上总共六层的书架，从最上层抱下一个硬纸箱扔在地上。他打开纸箱，抽出里面的东西。

他打开会签文件，确认里面夹着的资料没有异常，整个过程并没有花费太多的时间。

接下来，他数了数书架上的纸箱，一共是十三箱。确认完这些，用了还不到十分钟。灰谷此行的目的也算达到了。

通过入馆门禁再次来到户外的灰谷，总算舒了一口气。他一改来时的步履匆匆，迈着悠然松快的步子离开了。

保管的文件无异常。

本来嘛，半泽也不太可能追查到这个地方来，这一点他大体还是心中有数的。

纪本这个人一向小心谨慎，不过这份小心谨慎有时候也让灰谷不胜其烦。

"都快忙死了，还搞这一出。"灰谷一边穿过拥挤熙攘的人群，一边心下嘀咕道。

这份牢骚，或许出自对纪本的微词，也可能是对这暑热天气的抱怨，其实灰谷自己也搞不太清楚。或许，两者兼而有之。

* * *

直到灰谷的身影消失在红绿灯的另一边，事务所深处的那个男人才不慌不忙地拾起桌上的话筒，拨通了一串心中谙熟的号码。

"刚才，法人部的灰谷来了一趟。就这事。"

"哦，太感谢了。"

电话那头传来的男子声音，和往常一样放松，"那，知道他去了哪里吗？"

"七楼吧。具体位置可以看监控，随时都可以带您过去的。您什么时候过来，富冈先生？"

"现在就过去。反正今天也没什么事。"富冈答道，"晚点一起吃个午饭怎么样？犒劳犒劳你呀。"

"既然这样，站前那家寿司店不错哦。"男子半开玩笑地说道。

"喂喂，别顺着竿子乱爬啊。好吧，那也行。你等我一下。"

和富冈聊完简短的对话，大楼内的事务所再次陷入了往日的沉寂。

有句老话说，银行，是由人和纸构成的。东新宿这栋大楼里的文件，一过保存年限则难免被拉走销毁的命运。其实倒想回来，作为工薪阶层的银行员的命运，在这一点上也并没有什么分别。

8

"喂，半泽，还在银行吗？"

检查部的富冈往半泽的手机打来电话，正好是一天的工作马上告一段落的晚上九点多。

"还在办公室死磕啊。"

"我这有些很有意思的东西，过来看看吧。"

电话的另一端安静得出奇，既不像在居酒屋，似乎也没有大街上的喧嚣热闹。半泽心下疑惑对方到底在哪儿。

"我在地下三层的电梯口等你。"富冈倒是说了个出人意料的地方。地下三层，是东京中央银行的资料库。见面的地点选在了如此奇怪的地方，如果不是真的必要，富冈也不是随便玩这一套的男人。

"我马上过去。"

"那个，半泽——"半泽正要挂断电话，这时富冈又特意叮嘱了一句，"就你自己一个人过来。好吧？"

　　时下大部分的部下都还没走，半泽瞥了一眼自己的地盘，对着话筒回了一句"了解"。

　　东京中央银行本部大楼包括地上二十层，还有地下五层，出于安保的考虑，其构造的确够复杂。离开办公楼层后，不管是金库还是资料库，只要踏进这些保管重要物件的场所，不仅那些令人晕头转向的通道让人顿时摸不着东西南北，而且那里还有防止外来人员擅自闯入的各种安保措施。

　　半泽乘电梯从办公楼层下到地下三层，富冈正在那里等他。

　　腰上挂着钥匙串的富冈，朝半泽轻轻地扬了扬右手，便熟门熟路地带头进入了资料库。通道两侧森然并列的书架上，整齐地塞满了装着各部门保管文件的大纸箱，每一个纸箱上都注明了部门名称和保管期限。一般的文件先在这里放上一段时间，然后再被分送到散布在东京都内的几个合同文件库，超过保管期限后，则会被销毁处理掉。

　　地下三层的资料库，腾出了一片相当于宽敞的体育馆大小的空间用于保管资料。整个空间都被一种压倒性的闭塞感和静谧所支配着。

　　半泽跟着富冈直接走到了楼层尽头，富冈在那里打开专用电梯的按钮盖，输入了密码。

　　地下四层，是专门用于保管那些被认定为特别重要文件的特殊场所，电梯的密码只有各部门的次长以上人员才会知道。还有，地下四层以下，也就是地下五层的董事专用资料库，则只有董事们和秘书长才能进入。

富冈带头下到了地下四层。打开楼层灯，富冈穿过两旁高耸并排，压得人喘不过气来的层层书架，轻车熟路地走到最深处，在靠墙的某个书架前停下了脚步。

书架上贴着检查部制作的标签，看来平时也是富冈在管理。

显然，那个书架上的某份保管文件就是今天来这里的目的了，半泽心下思忖道。但是，就在这时，富冈做了个奇怪的动作——他开始伸手横向推起其中一个书架。

半泽刚想说什么，发现书架后面居然出现了一道门，慌忙把到嘴边的话又咽了回去。那是一整块结实的钢铁大门，乍一看，还以为是墙壁的一部分。

"隐藏密室吗？"

在目瞪口呆的半泽面前，富冈拿出随身的钥匙插入锁孔，开门进去，打开了电灯。

晃眼的灯光下，是一处大约十块榻榻米见方的空间。

"银行这种地方啊，指不定这检查那检查的，总会遇到需要把一些麻烦资料隐藏起来的时候，对吧？"富冈说道，"作为银行的最高机密，这处场所据说是在设计本部大楼之时，由当时的领导高层秘密敲定的。不用说上级机关了，就连银行内部的人也知之甚少。现在这里由我管理，这么说吧，行内知道这个房间的，总共只有五个人。当然了，现在又多了你一个。"

富冈嘴上插科打诨，眼神里却没有一丝笑意。

房间的四周配置着一些看起来特别结实的书架，但是架子上基本空无一物，只有房间中央的地板上，堆放着十多个大纸箱。

　　富冈走上前，打开其中一个纸箱，说了声"你看"，并从中抽出一份文件递给了半泽。

　　那是一份信用文件。古旧的纸质封面上，贴着旧东京第一银行的 logo，上面有手写的客户名字。

　　——箕部启治。

　　"这就是你要找的东西咯。里面的内容，确认一下吧。"

　　"从哪里找出来的，这东西？"半泽吃惊地问道，"从一开始，就放在这了？"

　　"怎么可能嘛。"富冈微笑着摇头答道，"是东新宿的合同文件库里啊。"

　　"合同文件库？亏你还能把它给找出来。"半泽由衷感到佩服。

　　"也有你小子的一份功劳。"富冈出人意料地说道，"你之前不是说去找过法人部的灰谷嘛，所以我就寻思，如果灰谷和这件事有瓜葛，那他应该会再确认一下信用文件的安全吧。所以，我就交代合同文件库里信得过的线人，给我死死盯着。果然，今天就有人来电说，下午灰谷去过。"

　　"也就是说，这些东西原本放在东新宿的合同文件库里咯？"

　　"是的。"富冈点头说道，"你看这个。"他让半泽看挂在纸箱上的老旧标签。那是在合同文件库中，为了标识各店区域而设置的塑料铭牌。

　　"荻洼西支店？"半泽嘴里念着上面写着的支店名称问道，

"意思就是说，这东西还是由这家荻洼西支店管理了？"

"并不是。"富冈摇头答道，"我在检查部也待了很久时间了，对各支店的情况都还了解。如果是荻洼支店的话，无论旧产业中央银行还是旧东京第一银行都设立过，但是这个荻洼西支店嘛，两家旧银行都压根儿不曾设立过，现在也没有。到底怎么回事，你应该明白了吧？"

"虚构的支店吗？"了解到事情始末的半泽，低声咕哝道，"还真是瞒天过海啊。"

"在虚构支店名下保管的资料都在这里了。一共有十三箱。果然不出所料，全是令人触目惊心的糊涂贷款。"

"都是旧 T 的问题贷款吗？"

半泽说完朝那些堆在地上的纸箱看去。

"要是全部曝光的话，银行信用的脸面可就要丢到月球上去了。"

虽然嘴上说笑，但是富冈的眼里却全是忧伤，"伪装成向一般企业贷款，实际上却是对大型暴力集团的巨额贷款，迂回贷款，账外放贷，一流企业董事请求付给情人的分手费，上市公司的内部交易。还有，向政治家输送的人情贷款——"

富冈一边说，一边指着半泽手中的信用文件，"具体内容，你自己看吧。"

半泽很快找到了自己苦苦寻找的会签文件。

那笔十五年前借出去的二十亿日元贷款。负责人是灰谷，在领导签批栏里盖着纪本的印章，还有时任董事的同意章。

"应该有负责人记的备忘录吧。把那个拿来一看，就知道整个贷款项目的全貌了。"

富冈说得没错，文件里果然夹着一张手写的备忘录。制作人，正是灰谷。

半泽读完一遍，先是深深地吸了口气，然后长长地呼出来。

"也就是那么回事。"富冈说道，用同情的目光看着半泽，"那，你接下来打算怎么办？"

"总之，先确认一下这上面记录的事情。"

"也是。不过在真相大白之前，这件事情还是就你知我知的好。我想你应该会明白。"

富冈说到这里，突然又说："对了对了，装订在那份文件里的，还有一张转账委托书的复印件呢。箕部把二十亿转到了一家叫作舞桥 STATE 的公司。"

"请等一下。舞桥？"

听到公司名称的半泽，猛然抬起头来。

"有头绪了吗？"

"嗯，有点儿眉目。"

看着转账申请书复印件的半泽，盯着上面记录的公司名称一动不动，"这是一家和帝国航空的关联企业有生意往来的公司啊。一开始指出这点的，还是——金融厅的黑崎。"

"黑崎？"富冈扬起眉毛，满脸惊讶的表情，"快说说详细情况。"他急不可耐地催促半泽继续说下去。

"在上次金融厅的听证会上，讨论到帝国航空关联企业的时候，黑崎提到了这家舞桥 STATE 公司。"

"原来如此。不过，作为金融厅，连这样的事情也拿来讲，是不是太琐碎了点儿？"听完和金融厅的交涉情况，富冈直言心里的感受。

"简直就是鸡蛋里挑骨头的指责啊。经过调查发现，我们的舞桥分行的确跟那家公司存在业务往来。不过最终结论是并不存在什么财务状况上的问题，所以直接原样报告了金融厅。"

一直默然静听的富冈，此时心怀疑虑道："真实情况，又会是什么样的呢？"

"真实情况，是什么意思？"

"即使帝国航空这家客户分量再重，金融厅的官员们，居然会关注到它的关联企业，甚至点名道姓指摘旗下关联企业的某家客户，怎么看都觉得不正常吧？"

"那时候，光顾着考虑黑崎的不怀好意了。"半泽坦白回答道。

"但是，我们还可以从另一个角度去想这件事情吧？"

富冈意味深长地说道。

"另一个角度？"

"比如说，会不会黑崎其实一早就知道，箕部和这家舞桥 STATE 公司的关系，之类的？"

富冈的想法出乎意料，半泽闻言不由得倒吸一口冷气。

"你是说，他事先知道，所以故意暗中提点我们？"

"说不定，其中还含有对箕部的——不，是对进政党的复仇之意在里面哦。当然，这样的猜测或许太过牵强。"富冈继续说道，

"那次金融厅的听证会，是在国土交通大臣白井的淫威下强行召开的。站在金融厅的角度看，不就等同于颜面尽失了嘛。因为在垂直领导意识强烈的霞关那种地方，自己部门居然要听从毫无隶属关系的国土交通省的差遣。而且，之后在金融厅出具的意见书里，居然还特地加了一句'需重新检讨对航空行政的影响'。想必，这句话一定让金融厅的官员们内心不爽到了极点吧。对于进政党的那些做法，黑崎难道不会想趁机报上一箭之仇吗？"

真是意料之外——而又情理之中的指摘啊。

对于金融厅而言，承诺放弃巨额债权，无异于是对自己为了保证金融系统稳定而殚精竭虑付出的努力的践踏。黑崎对此强烈反弹，也并不奇怪。

"如果是这样的话，黑崎一定事先从哪里获得了关于舞桥STATE 公司的情报。"

"那个男人，身为检查官，肯定是要到各家银行去检查的。所以，很有可能在检查某家银行的时候，得到了关于舞桥 STATE 公司的内部情报。"

"明白了。总之，先查查看吧。"

半泽回答完，深深地呼了口气，重新把视线转向地上堆积如山的纸箱，"不过话说回来，这笔问题贷款之后要怎么处理？"

"嗯，到底怎么弄好呢？"富冈换上一副慢悠悠的语气说道，"这事，还得容我慢慢想来哈。不过半泽，箕部启治的案件，因为和帝国航空连在一起，就拜托你了。没问题吧？"

"明白了。"

半泽说完，又开始埋头看起装订在文件中灰谷写下的备忘录来，"这东西要是一见光，估计纪本常务也差不多要玩完了吧。"

然而——

"或许吧。"

富冈的回答却出乎意料，"那份灰谷写的备忘录，你再仔细看看。"

不得要领的半泽，又从头到尾看了一遍备忘录。

这时，富冈继续说道："纪本的阅览印章，压根儿就没在上面啊。"

的确如此。

"真是个狡诈的浑蛋啊，那个叫纪本的男人。这样一来，他就可以假装对真相一无所知了。"富冈眼神凌厉地说道，"先从舞桥STATE 着手看看吧，肯定会在哪里找到突破口的。"

第六章　隐蔽的游戏

1

半泽和田岛从羽田起飞，大约一小时的航程。

帝国航空的机舱内，如果不去在意那些空座位的话，总体而言还是感觉相当舒适的。

由于是雷打不动的定时航班，所以才上午九点多，他们从舞桥机场大门出来就转乘了机场巴士，前往有三十分钟左右车程的舞桥市内。

二人在位于市中心的市政府门前下车，来到就在近旁的舞桥支行二楼，他们告知来意后，马上有一个相识的男子，从位于楼层里端的办公桌旁站了起来，是支行的行长深尾。

半泽和深尾曾因某个项目共事过一段时间。那是个作风不花哨，工作扎实可靠的男人，这一点令人印象深刻。

"让你们久等了。来，请坐，请坐。"

善良的气质写在一张堆满温厚笑容的脸上。深尾忙把半泽二人让进了接待室兼支行长室。

"我可是听说了，半泽先生。帝国航空的事情，够呛吧。毕竟，对方的负责人可是那个乃原律师啊。"

深尾的话令人感到很意外。

"您也知道吗？"半泽有些惊讶地问道。

"我在这里也待很久了。以前，这里有一家叫作舞桥交通的地方企业破产了，乃原律师在公司破产前一年左右，成了舞桥交通的顾问律师。当时，他赶在破产之前，非常巧妙地帮公司和社长个人转移了财产。他在专业领域或许的确有些厉害的手段，但是在我们这里却是恶评如潮啊。"

这件事半泽倒是第一次听闻，不过如果放在那个从债权回收场子里拳打脚踢爬上来的乃原身上的话，也就不难理解了。虽然在债权者圈子里，那是一个人见人厌的货色，但是作为客户方的舞桥交通来说，他们未必能找得到更靠谱的律师。

"对了，你之前说想调查一下舞桥 STATE 的相关情况对吧？"

半泽事先已经就此行目的向深尾打过招呼。

"是在金融厅的听证会中，出了点儿问题。"

深尾表情一下凝重起来。

关于旧 T 的问题贷款，还有半泽在地下资料库看到的备忘录详情，因为富冈有交代在先，他都暂且按下不表。就连对田岛，也没有透露过多的详情。

"明白了。请稍等一下。"

深尾说着走出了房间，不一会儿就带回了一名年轻行员。是一名三十岁左右的男性，身材颀长。

"这位是舞桥STATE客户的负责人，江口。"

面目和善的江口微微施了一礼，拿出夹在腋下的舞桥STATE相关的信用档案。

他最先打开的是公司概要表。舞桥STATE总部设在舞桥市，创办于昭和三年（1928年），是一家老牌的不动产商。从业人员八百名。年销售额约七百五十亿日元，当期利润三亿五千万日元。这样的规模，在当地企业中也可谓凤毛麟角。

"当然了，对我们来说也是屈指可数的重要客户。而且，他们的社长野川先生，在舞桥经济界也算是有头有脸的人物。"

"进政党的箕部议员，想必你也知道，他和这家公司之间有什么关系吗？"半泽问道。

"野川社长，是箕部先生的外甥。"深尾的回答不出所料。

"有件事情想要麻烦您帮忙调查一下。"田岛挺直身子说道，"十五年前，箕部议员向这家舞桥STATE汇入了一笔二十亿日元的款子。您知道这件事吗？"

"不知道。"江口摇头否认，"我还是第一次听说呢。"

"不好意思，如果可以的话，我们想确认一下当时的财务资料。"半泽说道，"那二十亿日元资金到底用在了哪里，我们想弄明白。"

虽然根据法律规定，经营资料有一定的保管期限，但是很多实业类的公司都会保存着以往的资料。

"正好他们现在正向我们申请新的贷款，只要说是为了制作会签文件需要参考过去的决算内容，让他们拿过来看一下我想应该问题不大。何况我们和这家公司的关系很不错。如果没有相关资料，到时再直接问问他们的社长。您觉得怎么样？"

"百忙之中，实在抱歉。"半泽轻轻地低头致谢，"如果能有所发现，那就太好啦，支行长。"

得到深尾的爽快应允，江口一行三人立刻离开舞桥支行，只有徒步五分钟的距离，也用不着特意出动业务专车。舞桥 STATE 的总部大楼是一栋十五层的建筑，小有气派。除了一楼用作营业厅，十层以下都租给了一些大型企业的派出机构，十一层到顶层则是公司自己的办公楼层。

半泽和田岛在入口处和江口分开后，拐进附近的一家咖啡店，等候消息。消失在公司大楼里的江口，再出来的时候，已经差不多过了将近一个小时。

"让你们久等了。"江口走进咖啡店，手上提着个袋子，上面写着舞桥 STATE 字样，"那些老资料都存进了资料库，所以找文件费了点儿时间。您看一下是不是这些？"

江口从袋子里掏出的资料，是在对箕部提供二十亿日元贷款前后三年时间的决算书。并且江口考虑得非常周到，还要了一套五年时间内的决算书复印件。干得非常漂亮！三人又立刻返回舞桥支行。深尾热情厚意，特地空出了一间会议室，三人在那里铺开资料看了起来。

"刚才核对了一下借贷对照表，箕部先生那边汇过来的二十亿日元，计入了借款一栏。"江口一边铺开决算书，一边说道。

所谓借贷对照表，就是一家公司所持有的资产和负债一览表。通过这张表，对这家公司持有什么资产、有多少资产，以及都有哪些负债等情况，可以一目了然。日本的企业大多选择三月作为决算月，舞桥STATE也不例外。

"有了，就是这个啦。"

在田岛找出的借款明细里，一个名字赫然在目。

借出方，箕部启治。金额，二十亿日元。

上面的借入日期，与旧东京第一银行放出的贷款日期完全一致。

经过负责人江口的进一步核查发现，十五年前记录的从箕部那里借入的二十亿日元，此后一直存在决算盘子里，直到过了五年，偿还以后才最终消失。

"这笔资金的用途，知道吗？"田岛问道。

"刚才不动声色地问了一下负责经理，对方只说是作为周转资金借来的。"

"周转资金吗？"听了江口的话，田岛惆怅地说道。光一句周转资金，那背后可能的使用途径可就多了。"不管怎么说，看来以建设名目从旧T贷出来的钱，被偷偷地直接转到了舞桥STATE的账户上，这点跑不掉吧？"

"当时，这家公司因为亏损，银行贷款收得非常严格，公司经营陷入了困境。听说就是在那时，箕部先生一次性砸了二十亿借给它，才帮助其摆脱困境。"

的确，当时的舞桥STATE财务报表显示的是赤字。再加上时值经济泡沫破裂，房地产公司普遍陷入苦苦挣扎的经营困境。

　　田岛默不作声地看向半泽，眼神里充满了疑问：这些话可信吗？

　　"这不太可能啊。"半泽平静地打断对方。

　　"为什么？"

　　"如果是你，肯借吗？"半泽向提问的江口反问道，"看这份决算书就知道，当时的舞桥STATE收益和利润双双下滑，经营状态每况愈下。就算经营者是再亲的外甥，也没人会把二十亿的资金借给这样一家公司。万一公司倒了，这二十亿的巨款可就得自己扛啊。只要是正常人，都不可能去冒这么大的风险。"

　　"还真是这样……"江口小声咕哝道。

　　"尽管如此，实际上箕部的确把二十亿日元的资金借给了这家公司。"

　　越听越迷糊的田岛不解地问道："为什么这么说？"

　　"我能想到的，也就这么多了。"

　　半泽说道："或许因为箕部启治就是个难得一见的大好人，或许因为他有什么致命的把柄抓在舞桥STATE社长的手里，再或者——是因为无利不起早？"

　　听到最后一句话，田岛和江口同时抬起了头。

　　半泽一边仔细核查决算书的内容，一边说道："我说，江口君，这份决算书，做得着实不错啊。"

　　不知道半泽想表达什么意思，江口一时愣在那里。

"里面还逐年附上了那几年买入的土地明细。比如，箕部借他们二十亿的那年八月买入的大量土地——"半泽读着上面记载的土地番号。

"能不能帮我拿份地图来？尽量旧一点的——能有当时的版本那就最好了。"

江口离开房间，很快就拿着银行备存的地图回来了。半泽把那张久经岁月的地图，放在会议室的桌子上铺开。

"这家公司过去的主要业务就是房屋买卖对吧。有了，在这里。"

地图上显示的，是一处靠近山林的地方，附近连一条像样的路都没有。"那一年，舞桥STATE集中买入了周边的土地，难道是打算建一个小区？慎重起见，再看看现在的地图吧。"

江口的脸色明显一变。

同时，看着新打开的舞桥市地图的田岛，不由得"啊"地失声叫了起来。曾经的荒郊野地已经被开发出来，现在已经矗立着新的建筑物。

"这是舞桥机场吗？"田岛喃喃自语，用惊愕的眼神看着半泽。

2

　　"也就是说，舞桥 STATE 当时购买的土地，实际上是机场建设规划用地？"在神宫前那家熟悉的烧烤店内，渡真利压低声音说道。

　　时间是晚上九点多，凵字形的原木吧台上，挤满了客人，热闹非凡。喝完第一杯生啤后，半泽还是像往常一样，要了杯冰镇单一纯麦苏格兰威士忌喝着。

　　"不，准确地说，当时甚至还没有被列入规划用地。"半泽回答道，"当时，机场建设的话题正讨论得热火朝天，赞成派和反对派正在扯皮拉锯，互不相让。不过，在第二年的市长选举中，箕部派支持机场建设赞成派的候选人当选，于是一鼓作气推进了机场建设项目。公布机场建设规划用地，就是在那之后发生的事情。但是话说回来，那次赞成派能以压倒性优势赢得市长选举，恐怕本来就是大概率事件。"

"也就是说，在知道选举走向之后，想办法把机场项目定在了自己购买的土地？"渡真利用无比厌恶的语气说道，"真是腐败的炼金之术啊。"

"由于购买的土地转手高价卖出，所以舞桥 STATE 也实现了V字形的起死回生。简单来说，就是赚翻啦。不但一举还清了欠下的一屁股债，还利用丰厚的利润急速扩张业务规模，甚至在这十年间，还和帝国航空的关联企业做上了生意，一跃成为舞桥市内首屈一指的房地厂商。不管怎么说，那些生意，箕部肯定也没少插手吧？"

听完半泽的说明，渡真利脸上那目瞪口呆的表情，倒是恰如其分地展现出了对日本政治的某种彻悟。

"就算再明白那块地将成为计划建设用地，箕部本人也不可能自己出手购买土地。所以，舞桥 STATE 正好成了绝佳的幌子，帮助箕部施展他的炼金之术，该公司自己也由此得以摆脱了经营危机。可是，这么一来——"

渡真利突然目光凌厉。

"事情性质就变成了政治丑闻。"半泽平静地目视前方，断言道："进政党，是靠标榜彻底切断金钱和政治之间瓜葛的清新形象，才在大选中取得了压倒性的胜利。这件事情一旦被曝光，舆论的口诛笔伐肯定是逃不了的。如此一来，当初因为嫌恶宪民党而改投进政党一票的国民，肯定会有一种被愚弄的感觉吧。旧T的那帮家伙，明明一开始就知道资金的用途，还闭着眼睛贷出去。"

"所以，那些家伙才要死死捂住这笔贷款啊。"渡真利终于明白过来的样子，点头说道。

"如果在政治和金钱的问题上，旧东京第一银行也牵扯其中的话，那对于银行来说就是信用问题了。就算从与箕部之间的关系考虑，除了掩盖下来，银行也别无选择了。"

"真是头疼啊，半泽。"

渡真利一边用食指用力地抻了抻前额，一边整理着思路。

"旧东京第一银行那帮家伙，想极力隐藏这笔贷款的理由，现在已经搞懂了。纪本作为当时的部长，点头通过了那笔贷款，这件事情对于他来说也算是个污点吧。但是，要说纪本因为和箕部启治关系密切，所以同意特别调查委员会放弃债权的提案，却总觉得太过牵强啊。就算关系再怎么亲密，也比不过五百亿日元的损失吧。"

"我也是这么想的。"半泽认真地点头赞同道，"所以，我总觉得，纪本那么积极地促成放弃债权，除了和箕部的关系以外，会不会还有什么其他理由。"

"别的理由啊……"渡真利一边努力思索，一边念叨道，"比如，能够借此从箕部那里得到其他一些赚钱机会之类的？"

"再怎么赚也赚不过五百亿啊。"半泽不假思索地否定。

"那，到底是什么原因呢？"

听了渡真利的疑问，半泽凝视着烟雾缭绕的店内某处，说道："这件事，说不定乃原也知道呢？"

"什么？"渡真利吃惊地问道，"这是到底什么情况？"

"这笔贷款，可以说是箕部和旧东京第一银行那些家伙的共同秘密。但是设想一下，如果乃原本身也知道这桩丑闻的话，事情又会怎样呢？乃原一定会抓住这个把柄，要挟纪本同意放弃债权。这么一想，一直以来乃原的态度和纪本的那些动作，也就对得上了。"

"这么想，倒也不是不行。不过呢，半泽，就算真如你说的那样，乃原又是怎么抓住对方把柄的？"

为了回答渡真利的疑问，半泽继续自己的猜测：

"乃原曾经是一家濒临破产的地方企业，也就是舞桥交通的律师顾问，若恰巧听到箕部收购土地的消息也并不奇怪。估计还不只乃原，说不定，金融厅的黑崎也得到了这个情报。"

"黑崎他……"渡真利眼神突然变得无比认真，看着半泽，"怎么办，半泽？你准备拿这件事，和旧 T 彻底摊牌吗？"

"既然要曝光这件事，这点儿决心总是要有的。"半泽毅然决然地说道。

"决心啊？"渡真利揶揄道，"到底是谁的决心哟？纪本的，还是你的？"

"都不是。"半泽摇头否认道，"是中野渡行长的决心。"

渡真利瞪大了眼睛，半晌说不出话来。

3

　　"让百忙之中的中野渡行长特地移驾前来，真是惶恐万分啊。"

　　在约定的银座一家意大利餐厅，先到一步的乃原，堆出满脸和煦的笑容迎接中野渡的到来。

　　"帝国航空的案子，有劳您费心了。"中野渡礼节性地问候道。

　　"哪里，实在不敢当。不过，今后还请多多关照啊。"

　　乃原嘴上说得落落大方，但是一双小眼后背，却深藏不露地算计着什么。

　　"您习惯喝什么酒？这里有啤酒、发泡酒、红白葡萄酒。不然来点雪莉① 怎样么样？"乃原打开酒水单，絮絮叨叨地询问着对方。

---

　　① 　雪莉：Sherry，一种西班牙产的白葡萄酒。

"不了，不了。还是给我来一些无酒精啤酒就好了。"中野渡谢绝道，"因为待会儿还有一场会谈。最近有些反常，比起一般行员来，我这个行长倒是忙得晕头转向。"

"行长您可真会开玩笑啊。"乃原面无表情地说道。他为中野渡点了无酒精啤酒，自己则点了发泡酒。

前菜嘛，要了当季的白汁红肉和蔬菜什锦拼盘。

菜品应该是乃原早就事先预订好了的。门店格调看起来还蛮高，不过料理却毫无特色。而且，从用餐习惯观察就可一目了然，这个叫作乃原的男人，对吃饭一事根本毫无兴趣。中野渡实在提不起任何兴致，不过他原本也没抱任何能够和乃原一起轻松愉快地吃这顿饭的期待。

"不过，能收到乃原先生如此盛情的邀请，说实话，还真是有些意外啊。您是有什么话要说吗？"

吃完意大利面，趁着主菜鱼料理上桌的当口，对于迟迟不切入正题的乃原，中野渡终于主动起了个头。乃原已经毫无顾忌地接连抽了许多烟，此时又准备抽出一根，同时将冰冷的目光投向中野渡。

中野渡是不抽烟的。在不抽烟的人面前，而且还是在包厢里抽个没完，乃原的行为真是让人生气。不过，此时中野渡也只是微微皱了皱眉，嘴上什么也没说。

"那还是差不多两年前的事情，我曾经在舞桥市经手过一家公司的破产事宜。"乃原不急不慢地开口说道，"那是一家旗下拥有巴士公司和出租车公司的企业，名叫舞桥交通，社长是地方财界的大佬。他还担任出身当地的箕部启治后援会会长职务，的确是个人物。舞桥交通这家公司的名字，不知道您是否听说过？"

"没有，没听说过。"中野渡不咸不淡地答道。

"是吗？实际上，受这家公司破产的影响，当地第二大的地方银行舞桥银行也破产了。这么说，您应该有些印象了吧？"

的确知道。但是，中野渡并没有开口，而是用沉默示意对方继续说下去。

"当时，我正在负责处理破产事宜，从当地的财界人士那里听到一些十分有趣的事情。有一家银行，以公寓建设资金的名义，贷了二十亿日元给箕部启治。但是，实际上那笔钱似乎并没有用于公寓建设，而是被挪用作为购买舞桥市内林野山地的资金去了。那片林野山地，后来成了舞桥机场的建设用地，箕部则借此大赚了一笔土地出让收益。这件事，您怎么看？"

乃原面无表情地看着中野渡。

果然，乃原醉翁之意不在酒。现在，一丝令人厌恶的笑容在他那张脸上荡漾开来。

"正常来说，如果资金的实际使用和申请贷款时候的资金用途不一样，那么银行就该追究问题。不过，那家银行却并没有这么做。您知道为什么吗？因为据说那家银行，从一开始就心知肚明，箕部准备通过买卖即将成为机场计划用地的土地而大发横财。您不觉得，那家银行成为政治家不干不净挣钱牟利的帮凶了吗，行长？"

中野渡没有马上接口说话。

乃原对那家银行并没有指名道姓。不过，他说的到底是哪家银行，已经不言自明。

　　眉宇间刻满皱纹的中野渡直视乃原，说道："如果你说的确是事实——"

　　"很遗憾，那就是事实。"还没等中野渡说完，乃原就插嘴道，"这要是在社会上曝光，那结果一定会很有趣吧。因为，有人胆敢为了帮助个人搜购具有升值预期的机场计划用地，将如此巨额资金借贷出去，而且还是用无担保的方式。贷款的对象，就是进政党的箕部启治。这是政治和金钱的勾结，这是银行和政治家道德沦丧的腐化。对这样的新闻，估计媒体全都会闻腥扑上来吧。"

　　乃原的眼中，开始闪现出疯狂的热切。他视线中射出不合时宜的笑意，仿佛要撕裂中野渡心中的大门。

　　"你到底想说什么？"中野渡开口说道，仿佛是对那种视线的抗拒。

　　"作为银行，肯定不希望这样的丑闻公之于众吧。"乃原没有正面回答，而是继续顺着自己的思路说，"搞不好，行长也得引咎辞职。银行的信用恐怕也要一落千丈了吧？"

　　乃原盯着中野渡的眼睛，咧嘴一笑。

　　"事实如此，根本没办法辩解啊。既然这样，还不如和我们特别调查委员会合作，用实际行动回报社会，这样不是更好吗？"

　　"事已至此不如接受放弃债权，这就是你想说的吧？"

　　听到中野渡的询问，乃原收起脸上的笑容，眼中放出犀利的光芒。

"我只是在为您分析，到底哪条路更有利于社会大众啊，行长。丑闻这东西要是声张出去，毕竟对谁都没有好处。大丈夫能屈能伸嘛。您不觉得这才是为人处世之道吗？"

中野渡默默地盯着对方，一言不发。

"是丑闻曝光，还是放弃债权。孰轻孰重，您不妨好好考虑一下。"乃原阴阳怪气地说道，"估计这也不是马上就能决定的事情，请您带回去仔细考虑吧。事关重大，还是慎重考虑的好。"

"乃原先生。"中野渡拿起膝盖上的餐巾擦了擦嘴，说道，"坦白说，这样的事情根本没必要带回去想。此时此刻，我就可以清楚地告诉你。我们不会同意放弃帝国航空的债权。这是我行的正式决定。"

"哦？那真是太遗憾啦。"乃原死死盯着中野渡说道，"您可别后悔呀，行长。还是说，您已经不想当这个行长了？"

"本人无意贪恋权位。"中野渡坚定清晰地答道，"如果过去本行的贷款真的存在问题，在调查事实的基础上，我会谢罪。但是，这件事情和对帝国航空的授信判断，完全是两码事，不能混为一谈。"

"您真的以为，这是两个完全不同的问题吗？"乃原轻蔑地说道，"无论哪件事情，都发生在同一家银行。舞桥机场，是在帝国航空确定开通定期航班的前提下，获得民意支持才建起来的。为了获利而不惜利用帝国航空的银行，却心疼口袋里的钱而拒绝救助这样的帝国航空。在国民看来，这一定是极度自私自利的行为吧？"

"乃原先生，看来，我们之间的想法从根本上就不一样。"中野渡沉着冷静地说道，"我看也没有必要再说下去了。虽然饭也才吃了一半，不过我对烟过敏，就先告辞了。"

中野渡不慌不忙地站起身，迈步离开包厢。

"行员们也是同样的意见吗？"乃原对着离去的背影大声问道，"您如果那么做，旧T那帮家伙一定会恨死您吧。引来外部的调查委员会把银行搜个底朝天，弄得银行信用扫地。您是说过，自己不贪恋权位，可是，身后的行员们怎么办？您辞职走了，但是他们却还在，而且还必须一直背负着你留下的沉重包袱。所谓行内融合，难道只是嘴上说说而已吗？"

没有任何回答。但是中野渡僵硬的表情却没能逃过乃原的眼睛。

"理想和现实并不能直接画等号，行长。现实的问题不是光凭讲讲大道理就能解决的，身为一流的银行家、经营者的您想必对此深有体会吧。这是关系银行未来的大问题。还是请您多花点儿时间，认真考虑一下吧。不如我们约个时间，就定在一周之后的下午五点好了。"

乃原单方面定下了答复期限。

"地点就在帝国航空的特别调查委员会本部。届时就在那里静候佳音，如何？"

乃原脸上浮现出猥琐的表情，嘴里重新叼上一支烟。

"我想听到的不是您个人的判断。就像刚才已经问过的，我要的是你们银行的判断。"

隔了几秒钟的停顿。

"明白了，我问问看。"中野渡答道，但没有转身。

聚餐就这样意外地不欢而散。

＊　＊　＊

接到召唤的三国走进店里的时候，乃原已经到了，面前的烟灰缸里烟屁股堆积如山。

店里摆着一条 L 形的长条吧台。可能时间还早，店里只不过稀稀拉拉的三五位客人。时间刚过晚上九点。

"这也太快了点儿吧，和中野渡的晚餐已经结束了吗？"三国一边找了旁边的空位坐下，一边问道。

"说好下周给我答复。"乃原答道，随即他把刚才晚餐上的情况说了一遍。

"那个中野渡会不会答应放弃债权啊？"

"理亏的人，哪有资格摆谱讲什么大道理啊？"乃原说着，双眼盯着笼罩在琥珀色灯光下的酒瓶子，"这个道理，中野渡心里比谁都清楚。"

"您的意思是，比起拒绝放弃债权来，他们会选择遮盖丑闻？"

"银行最怕的，就是信用扫地。"乃原断言道，"如果选择放弃五百亿的债权，随便找个冠冕堂皇的理由就能搪塞过去，但是丑闻可就没那么好对付了。信用这东西，累积起来需要花费几年甚至几十年的时间，但是失去却在一瞬之间。而且，一旦招牌上

316

沾了污点，可就没那么容易洗白恢复了。"

乃原重新点上一支香烟，吸了一口，从嘴里喷出烟雾。

"中野渡虽然态度强硬，但是一旦丑闻曝光，对银行带来的冲击是难以估量的。他应该清楚，与其那样，不如选择放弃五百亿债权更划算得多。这点儿道理他不可能不明白。"

"原来如此。"点头同意的三国稍微想了一下，继续说道，"不过，万一，中野渡还是拒绝这个提案，到时候该怎么办呢？"

没有回答。

乃原双眼看着从指间升腾、在空气中缠绕不休的紫色烟雾，但是视线的焦点却停留在别处。

不知过了多久。

"到时候，事情或许会变得让人更加愉快吧。"

乃原低声笑了起来，一丝扭曲的愉悦之色在乃原的瞳孔中荡漾开去。

"不管是东京中央银行还是进政党，到时候都会由于丑闻缠身而成为众矢之的。国民对新政权的期待彻底落空，不管是箕部还是白井，一个个都将从得意的天堂跌落到失意的地狱之中。"

"可是，如此一来，我们不是一样遭受池鱼之殃吗？"

"怎么会。我们当然是受益者啊。"面对神色不安的三国，乃原干笑道，"在急功近利的白井大臣的粗暴干涉下，再加上一心考虑自身利益最大化的自私银行，我们一心维护的公共利益被无情地践踏。尽管我们特别调查委员会已经竭尽全力，但是无奈遭到愚昧之人的横加阻挠，最终所有努力和风险付诸东流，只好悲壮收场——"

　　语气既不像在开玩笑也不像当真的乃原，突然怒不可遏地爆发出来，"一个一个，全都是白痴蠢货！"

　　乃原那肥嘟嘟的浅黑色皮肤油光发亮，眼窝深处的瞳孔泛着沸腾翻滚的精光。刹那间，被这股激烈爆发的怒气吓破胆的三国，好不容颤颤巍巍地回了一句：

　　"但愿不会如此吧。"

4

　　"常务，对不起！"

　　这是异常忙碌的一天。趁着纪本会商暂休间隙，好不容易约上了一点时间的灰谷，脸色苍白地一溜小跑，刚迈进纪本的办公室，就深深地低头弯腰致歉。

　　一看他那副态度就知道，肯定是出了什么大事。

　　"怎么了？"

　　纪本鼻梁上架着老花镜，脸仍然朝着手里的资料，视线上翻地看着心神不宁的部下。

　　"其实，那个——"灰谷一脸焦急，"咕咚"一声咽了口唾沫，"上午的时候，我收到了这份行内邮件。"

　　说着，灰谷掏出了一张写着荻洼西支行的塑料标签。

　　只看了一眼，纪本就明白了灰谷的来意。

"收到这个后，我急忙去确认了一下合同文件库，之前放得好好的管理资料，全都不见了。"灰谷的话太过突然，"我上下找了一遍，可是哪儿都不见踪影。前几天去的时候明明还在啊。"

两人之间陷入了短暂的沉默。纪本的镜片上寒光一闪。继而，顷刻之间纪本脸色大变。

"到底怎么回事，你说！"压抑的怒吼声，震得房间里的空气微微颤抖，"你到底有没有给我仔细找啊？"

"找、找过了。"灰谷吓得瑟瑟发抖，黑白混杂的头发，看起来像一垛干枯的杂草，"连周围也都找遍了。开始还以为是谁搞错了把它移到了别的地方，所以整个楼层都找了一圈，但就是不见踪影。"

"为什么？"

"不知道。"眼看灰谷就要哭出来了，"怎么会变成这样啊——"

"进出门禁记录都查过了吗？"

纪本马上回到了实质性的关键问题上，"等等，首先得弄清楚这块标签是从哪里寄出来的。如果是行内邮件，应该会写寄信部门。"

"是检查部寄来的。"

"检查部？"

纪本盯着灰谷，仿佛在进一步询问这个词的意思，"检查部的谁？"

"上面没写名字。不过，我确认了一下进出记录清单，从我过去看的那天到今天这段时间，除了我进入合同文件库的人只有一个——"

"咕咚"一声，灰谷再次咽了口唾沫，"是一个叫富冈的男人。"

"富冈？"

"就是检查部第二小组，代理部长富冈义则。"

"是旧 S 吗？"

"是的。"

纪本目不转睛地盯着灰谷，接着双手叉腰，仰头看着天花板。

"他怎么会知道那里？"纪本很自然地问道，但是灰谷忙不迭地摇摇头。

"不知道。该不会是偶然发现的吧——"

"那他又干吗特意把这东西寄给你？那个男人肯定知道了啊。"纪本指着那块塑料标签说道。

纪本可不相信什么偶然。他只知道，有果必有因。

如今，双目充血的纪本怒火中烧，高声叫道："你快去找到那个叫富冈的男人，去坦白招认。"

"那、那个，怎么招认啊？"

"那种事情你自己考虑去吧！"面对惶惑不安的灰谷，纪本咆哮道，"死缠烂打也好，摇尾乞怜也罢，随你便。总之，给我把资料找回来。明白了吗！"

最后一句话音未落，办公室门被打开了，秘书探进头来，估计是来提醒参加下一个议题的，没想到正好撞上纪本激动的时候，一时之间站也不是走也不是。

"马上就来。"答复完秘书的纪本，一边套着上衣袖子，一边对灰谷嘱咐道，"文件是你保管的，你必须给我负责到底。明白吗！"

　　说完撇下灰谷走了。灰谷一个人站在原地，咬着嘴唇，茫然四顾。

5

　　从纪本那里告辞出来的灰谷，思来想去，最终联系了一个人，就是人事部的木原修也。木原是灰谷同窗好友，两人自从学生时代就在一起玩。

　　"有点儿事情，想找你商量商量。十分抱歉，知道你很忙，方便在你那里聊两句吗？"

　　在法人部，难免人多眼杂。直接乘坐电梯来到人事部的灰谷，和木原一起进了楼层深处的接待室。

　　"检查部的富冈，你认识吗？"

　　"名字倒是听说过。"

　　木原负责的是人事部的"高龄者事务"，也就是负责为那些五十岁前后等待调派的行员，安排他们所谓的第二段人生去向。

　　不仅是东京中央银行，基本上没有哪个银行职员能够在银行待上一辈子，一旦同期入行的某个人升上了董事的位子，那么对于没有上位的其他行员而言，等待他们的就只有调任的命运了。

以前调任的银行职员，一般都能到关联企业或者优质客户那里去，仍然不失优雅体面。不过，这些都已经成了过去。

这一切都归咎于泡沫经济时代的大量雇员。甚至像建立在十三家银行基础上的都市银行这样，合并了又合并，最终形成高度集约化的现状，单单它一家银行的调任人员数量就已经异常庞大。这些银行不可能为所有行员都找到优质的去向，现在甚至能够有一家中小微企业落脚就已经不错了。不少人首先调任至银行的关联企业，姑且接受等同于混吃等死的临时安排，一边排队等待轮候至新的去处。另外，对于董事或者分行长这类曾经升任至高层管理职位的行员，和那些没能晋升的行员，从调任安排到年金数额，都存在天壤之别。

在木原的脑袋里塞满了庞大的人事信息，他不仅要考虑妥善安排那些心怀不满或者仍然迷恋现有权位的五十岁上下的行员同事们，而且还要对那些后备军做到心中有数。

"那是个怎样的男人？"灰谷问道。

"想知道准确信息吗？"

"如果可以的话。"

灰谷话音刚落，木原又问道："那么理由呢？"

就算是好朋友，也万万没有无缘无故随意泄露行员人事信息的道理。木原谨慎保守秘密的做法也属理所当然。

"因为这个叫富冈的男人，引起了一些麻烦。现在我还不方便告诉你详情，而且我觉得你还是不知道为好，所以就不多说了。不过这件事事关旧 T 的威信尊严。实际上，这是纪本常务亲自交代我处理的，如果不了解对方情况的话，实在是不知从何处下手。"

一边听着灰谷的解释，木原一边打开随身携带的笔记本电脑。大概是因为听到了纪本的名字，所以才决定帮忙的吧。

"西南大学毕业。最先去了池袋支行，之后在深川支行担任要职。后来作为同期最强出任四谷支行的融资课长。再后来——"

看着屏幕的木原开始闭口不语，只不过眼睛仍然看着上面的文字。

"合并之后调到大塚分行担任融资课长期间，发生了大口破产骚乱。在事件调查中发现，他的部下在担保设定中犯下了错误，富冈也因此被追究责任。七十亿日元的贷款，最后只收回了两个亿，剩下的全部打了水漂。从那以后，就被调到了检查部——"

"怎么了？"看着陷入沉默的木原，灰谷忍不住问道。

"……升职了。"木原呆呆地咕哝道。

"什么？"

"在检查部升职了。直接升到了八级职级。"

木原扬起脸来，吃惊地瞪大了眼睛。八级，根据东京中央银行的人事制度，那可是和支行长同等的职级啊。

"你之前不知道吗？"

"不是，升到八级这件事我是知道的。"木原答道，"不过，当时还以为他是从哪里的支行长位置退下来后，才调到检查部去的呢。被放下来当检查员的时候还是六级，然后一下子跳了两级，一般人是不可能有这个待遇的。"

被揶揄为"大象墓地"的检查部，一个人如果被调到那里，也就意味着被关上了晋升的大门。

"也就是说不可能发生的事情却在他身上发生了？"

"是那样的。虽然不知道个中缘由，但是或许因为有人'关照'吧。"木原似乎也毫无头绪，只能随口猜测。

"不过，以富冈的年龄，他应该早就调走了吧？"灰谷问道，"没有这方面的安排吗？"

"调任后备梯队里应该是排上号了，但是目前还没有具体的安排。因为旧S人员有其他人负责，所以具体详情我也不太清楚。"木原被问得有点莫名其妙，忍不住用手指摸了摸鼻翼。

灰谷探过身子，又小声问道："我就直接说了啊。富冈这人有什么软肋，能不能告诉我？我们有事情要他配合，就算用点儿威胁手段也在所不惜。"

"那样不太妥当吧？"虽然灰谷的话看起来让木原大吃一惊，但是他的嘴角立即又换上了一丝笑意，"不过，好像还挺有意思的。"

"无论如何，这回也要收服富冈。无论如何帮我想想主意。事情就是这样。"灰谷在面前双手合十拜托道。

"那个富冈究竟捅了什么娄子？"

面对忍不住好奇追问的木原，灰谷着实犹豫不决了一番。不过，他似乎很快就决定，还是如实相告比较好。

"他把我们保存在合同文件库里的资料，不知道弄到哪儿去了，我们必须把那些资料夺回来。"

"资料……"木原盯着灰谷的脸，小声嘀咕道。

虽然没再多说什么，但是善于察言观色的木原，肯定瞬间明白了灰谷他们现在的处境。

"的确成问题啊，这个。但是……"木原陷入了沉思。

倒不是犹豫着要不要帮忙的问题，只不过就算是人事部，也不可能一一去掌握每个职员的把柄。他再次低头敲起笔记本，开始浏览关于富冈的各种信息。不一会儿他便小声喃喃道："硬要算的话，债务吧。"

"债务？"真是意外的发现。

"富冈利用住宅获取制度跟银行借的行员债款，还剩两千万没还。再加上还有两个孩子，一个大学，一个高中。靠他现在的工资支付包括教育费在内的开销，还勉强可以支撑，但是如果有调动，根据不同情况的待遇，可就难说了。所以，他应该比谁都希望，能够转到一个好去处。"

"有道理。"

在迎来调任期的行员当中，像富冈这样一边要还房贷，一边又要供子女上学，甚至家里还有老人需要支付日益增加的护理费的，肯定不在少数。对于这些行员来说，调任地的待遇好歹就是一件事关生死的大事。

"先不管资料的内容，擅自将银行资料带出合同文件库，那样的行为就等同于盗窃。但是，如果想要收服对方，首先还得拿到富冈作奸犯科的证据才行。"木原分析道。

"我已经拜托了幕田，让他帮我盯着富冈的一举一动。"灰谷答道。

检查部代理部长幕田健哉，是出身于旧 T 审查部的纪本一派。一直以来，这个男人都潜伏在里面将关于检查合同文件库的消息传递出来，在帮助隐藏资料方面起着至关重要的作用。这次最早调阅到合同文件库的出入记录，并警告同伙富冈很有问题的，实际上也是这个幕田。

　　"我已经请他一发现什么异常，马上跟我联系。"

　　"如果能将富冈和他偷出去的文件一起来个人赃俱获，那就再好不过了，给他按照盗窃现行犯直接逮捕！"木原的眼神里透出一股邪恶的精光，"说不定，到时候他就要在你的面前跪地哭诉求饶了。想想就很有意思。"

　　只要富冈真的是那个盗窃犯，那他就一定会去隐藏赃物的地方。虽然现在还不知道那个地方到底在哪儿，但是我一定会把它找出来——不，是一定要把它找出来。此刻，灰谷在自己的心里立下了军令状。

　　"用不着担心啦，灰谷。那种待在检查部的旧 S 浑蛋，坐着冷板凳，根本没力量掀起什么风浪。如果想要捏死他，还不是分分钟的事情吗？"

　　被木原的气势一鼓励，已经吓得六神无主的灰谷，心里总算一颗石头落地。不愧是人事部的。

　　"非常感谢。到时候就拜托你了。"灰谷双手撑在膝盖上，深深低头致意。

　　"包在我身上。"木原胸有成竹，笑着满口答应。

6

"有些事情不能不让人在意啊。你有没有听到些什么，半泽？"帝国航空的山久来访，低声向半泽问道。

那是五月中旬，某个周二的早晨。自那场报告会之后，一边是无所作为的特别调查委员会，一边是日复一日越收越紧的资金链，被夹在两者之间惴惴不安的山久，脸色越来越差，刻在眉宇间的皱纹眼看着也越来越深。

"什么听到什么？"半泽奇怪地问道。

"这周五的傍晚，特别调查委员会似乎会召集相熟的几家媒体过去。"

山久说的事情，的确出人意料。

"要开记者招待会吗？"

"不，没听说要开记者招待会。"面对半泽的询问，山久的回答含糊其词，"不过，听消息，说是中野渡行长也会亲自参加。"

"中野渡要参加？"半泽猛然瞪大了眼睛说，"完全没听说啊。"

"很奇怪吧？"山久侧着脑袋纳闷，"特别调查委员会的人之前跟我联系，说是中野渡行长要来，让我帮忙准备一张大楼的出入证。还有，箕部议员、白井大臣他们也会出席。"

半泽不由得和一旁的田岛交换了一下眼神。

"你们高层最近没有商议过什么事情吗？"山久问道。

"怎么可能有？"半泽否认道。

但是，山久的情报不可能出错。

会谈结束，在电梯口送走山久后，半泽快步返回营业二部的办公室。

＊　＊　＊

内藤的部长室，平时都是大门敞开的。

半泽往里瞄了一眼，看见内藤戴着老花镜，正在看一份需要签批的文件。

东京中央银行的贷款会签文件，原则上是通过电子签发审批的，但内藤还是习惯先把内容打印出来看。比起在电脑上浏览，纸质打印出来的版本更有利于思考和探讨，这是内藤的一贯主张，而且他很少打破这种惯例。

听到声音，内藤仍然戴着老花镜循声望去。

"星期五，听说行长要去拜访特别调查委员会。您听说过吗？"

内藤用眼神示意了一下，心领神会的半泽关上了身后的大门。

站在办公桌前的内藤把半泽让到沙发上，自己则坐回扶手椅中，交叉叠起双腿，右手拇指和食指托着下巴。

"我也是从秘书室听来的消息，说是行长私下见过乃原。"

内藤一双瞳孔深处，可以看见各种思绪起伏纷扰。

"实在难以理解啊。"半泽平静地开口说道，"帝国航空的负责人是我们。按道理，如果特别调查委员会方面有什么意见的话，应该向部长或者我这里提交才对啊。说到底，指定由我负责帝国航空项目的，不是别人，正是行长自己。"

"你说得当然没错。"内藤语气中夹杂着一丝叹息，"但是，既然行长没对我们提起这些，我想一定有他的道理。"

"虽然这只不过是我的个人猜测，"半泽事先说明道，"但是，乃原，会不会掌握了什么关于旧 T 问题贷款的情报？"

关于向箕部个人贷款的事情，内藤也已经有所耳闻。由于问题比较微妙，所以究竟该如何应对，内藤应该也在研究。

"到底是从哪里知道的我不清楚。不过，作为长年接触债权回收一线员工的乃原，就算碰巧从哪里'捡到'这类消息，也一点儿不奇怪。"

"然后就把那些作为和行长讨价还价的资本？"内藤表情严厉，眉头紧锁。

"目前来看，是有这种可能性的。顺便提一句——"半泽继续说道，"关于那件二十亿不正当贷款的事情，有可能在乃原抛出来之前，行长就已经听说了。"

如果半泽对富冈身份的猜测没错的话，相关情报应该早就传到行长耳朵里了。但是话说回来，这些都还很难确定。现在摆在半泽面前的，可是银行这个庞大组织光怪陆离的幕后舞台。

内藤收起了脸上的表情，办公室里陷入一片虚无的寂静。

或许，内藤也在通过自己的途径获取自己想要的情报——此时的半泽，脑海里突然闪过这样的想法。在银行这种地方，情报的优劣往往决定事情的成败。

完全陷进扶手椅中的内藤，正在思索着什么，绵长凝重的沉闷开始笼罩整间办公室。

7

　　"如果还没吃晚饭的话，不如一起吧？"发出邀请的是宣传部的近藤。时间已经是晚上九点多。

　　近藤还叫上了渡真利，并且提前预约了新丸大厦一间和食餐厅最里面的位置。

　　"其实，是今天接到了几个记者的咨询，所以想要听听半泽的意见。"还在等待生啤上来的当口，近藤抛出了今天话题，"听说，本周五，行长将会前往特别调查委员会和乃原面谈。这件事，听说了吗？"

　　"还没正式接到通知，倒是听说了。也不是什么好消息。"

　　半泽整个人往椅背上一靠，视线盯着手中的玻璃杯不动。

　　"记者都打电话来问，说是不是有什么重大消息要发布。到底是不是啊？"

"可能是乃原想要用曝光丑闻来要挟我们放弃债权吧。"半泽答道。

"可能？那是什么情况啊？"渡真利脸色一变，"放弃债权那件事情，不是早就做出决定了吗？"

"百足之虫死而不僵啊。"半泽愤愤不平地吐槽道，"乃原又让它起死回生了。"

"事到如今，还想搞政治干预那一套啊。开什么玩笑啊！"渡真利怒不可遏地喊道，"哪有这么干的。行长是打算就这么选择掩盖真相吗？"

"唉，行长的心情也不是不能理解啊。"近藤感慨道，"最近一段时间，白井大臣怕是没少在媒体面前踩我们，到处宣扬帝国航空的重振方案毫无进展，都是银行的错。拜这些花言巧语所赐，现在各种认为银行无耻下流的论调甚嚣尘上，不重视已经不行了。"

"既然这样——"渡真利气呼呼地瞪着近藤说道，"那我们银行应该多多发出声音啊，近藤。你不就是干这个的吗！"

"还用你说，我也在做啊。"近藤不甘示弱地反呛道，"你可能还没注意到，《绿宝石周刊》连续几天在头条刊文抨击特别调查委员会的蛮横做法，《东京经济新闻》则对帝国航空的相关事件予以连载，矛头直指进政党政权和特别调查委员会的行事方法存在问题。这两家新闻媒体都是根据我们提供的情报为基础进行报道的。"

以半泽的视角看来，目前舆论正在一分为二。

不过，从本质上属于服务业的银行立场来看，如果一半的舆论都转向对自身的经营判断持否定态度，这样的现状可绝对算不上什么好事。而这些情况难免会对中野渡的决断选择产生影响。

"实际上呢，虽然只是从记者口中听到的消息，但是似乎已经有声音提出，是不是应该将行长列为国会国土交通委员会的审查参考人^①？"

"真的假的！"听到近藤这个消息，渡真利警觉地说道，"把我们行长叫去，这是准备直接搞集体批斗吗？"

"看来进政党也已经急不可耐了。"近藤一脸严肃地说道，"因为如果再这样下去，帝国航空重振事项遭受挫败，那就相当于进政党刚坐上执政党位置便突然跌了一个大跟头啊。什么背后有箕部启治在呐喊撑腰啦，什么因为在开投行的民营化法案中惨遭失败所以需要填坑弥补啦，现在是各种谣言满天飞啊。"

"事到如今，居然还在为白井打掩护啊。"渡真利吐槽道，"真是已经不顾形象，准备孤注一掷了吗？"

"据说，周五的时候，箕部也会到场为特别调查委员会站台呢。"近藤说道，"特别调查委员会的乃原、白井。现在又加上箕部。只要全员上阵，逼迫我们赞同放弃债权，那么接下来就可以故技重演，让其他银行也随后跟进吧。看来他们的战略是首先清除我们这个外围障碍，然后再集中火力拿下主力的开投行。"

"手段还真够肮脏的呀。"渡真利眉头紧锁。"怎么办，半泽？"

---

① 参考人：应议院的相应委员会或者行政厅的要求，为审查或者调查提供意见参考的人。

他开口问道，"就这样任由进政党和特别调查委员会恣意妄为？"

"想得美！"半泽平静的语气下，积蓄着喷薄欲出的怒火，"就算对手是政治家，也没关系。这一次，我要好好地收拾他们。**以牙还牙，加倍奉还！**"

8

　　就在国会边上，位于平河町的某家中华料理店包厢内，除了箕部和白井，还有特别调查委员会的乃原和三国两人，再加上东京中央银行的纪本，他们齐聚一堂。

　　"总之，就是要在众多媒体面前，集中火力炮轰中野渡行长对吧？"白井开口道，"如此强大密集的舆论批判压力之下，就算中野渡行长再了不起，也一定会改变他的想法了吧？"说完，她向坐在一旁的箕部投去了征询同意的目光。

　　不过，箕部一开口并不是赞成，而是质疑："那个男人到时候会同意放弃债权吗？"

　　"会的。"乃原自信满满，"他答应了亲自过来。如果他打定主意拒绝的话，从一开始就没必要跟我们费这么多周折了。"

　　"说起来，真不愧是乃原先生啊。"白井郑重其事地说道，"居然直接找行长交涉，并且说服了对方。"

就在这时——

一阵刺耳的声音响起，只见纪本手中的玻璃杯被碰倒在地。

"真、真的吗，乃原？"顾不上被啤酒弄湿的裤子，纪本颤声问道。

白井张大嘴巴，目瞪口呆地看着纪本失魂落魄的样子，一时间竟忘了顾及自己的形象。

"干吗，你有什么意见吗？"乃原瞪着一双混浊的眼睛，充满挑衅地问道，"当初你要是能好好说服他，也用不着我费这个力气了。"

"不会吧。你、你没把那件事说出来吧？"

面对激动的纪本一脸狼狈相，乃原却无动于衷。他没有马上回答，而是端起杯子喝了一口啤酒。

"说了。"乃原满不在乎地说道。

"为什么……"纪本声音微弱，仿佛已经奄奄一息，"为什么，为什么？不是跟你说过，我担心的就是这一件事吗？"

"你们究竟在说什么啊？"面对两人打哑谜似的对话，白井忍不住开口问道，"能不能说来听听，好让我们也明白点儿呢？"

"是关于箕部先生和旧东京第一银行之间交易的事情。"没想到居然还蹦出了自己的名字来，箕部吃惊得瞪大了双眼，"怎么回事啊，乃原老师？"

"是关于您和旧东京第一银行之间曾经的亲密关系那点儿事。具体地说，就是舞桥的土地购买资金那件事啊。"

听了乃原的回答，箕部脸色越来越难看。

"为、为什么扯到那件事？"箕部突然转而盯着纪本，怒目圆睁道，"难道是你说出去的！"

"怎、怎么可能？"纪本脸色苍白，急忙摇头否认。

"之前呢，我接手处理过舞桥一家公司的破产事宜。不过你们别误会，我并没有违反保密协议，这些事情纯粹是从职务之外听来的消息。貌似在金融界，这些都已经是公开的秘密了。"乃原并没有理会箕部的怒火，从容不迫地继续说道，"唉，没关系啦，箕部先生，我绝没有对其他人提起过这件事情，也没有这个打算。"

面对扬扬得意的乃原，箕部立马收起了脸上的表情。

"如果你还在担心我对中野渡行长说的那些话，那真的没有必要。为什么？因为他自己就是东京中央银行的行长，银行和你做的交易他也要负责的。所以说，你们的命运是绑在一起的。因为跟政治家一样，对于银行来说，丑闻也同样是致命的。如果连信用都舍得拿出来牺牲，那么放弃区区五百亿的债权不更是小菜一碟嘛。没错吧！"

纪本缩着脖子，眼睛盯着桌面不敢出声。

"要说影响的话，应该也就是好不容易在行内站稳脚跟的旧东京第一银行一干家伙们，要招到中野渡的反感而已吧。纪本常务担心的似乎就是这个。"乃原说完嘴角露出了不怀好意的微笑。

"这回我总算是听明白了。"开口说话的是三国，"之前我就一直没理解，为什么这段时间以来，乃原老师一直敢对东京中央银行那么强硬。原来是有这么一层特殊缘由在里面啊。"

"和箕部先生的那笔交易，难道中野渡行长之前并不知情？"白井瞪大了眼睛问道。

"我一开始就觉得，这件事情还是敞开来说比较好啊。可是，这位纪本君，非得坚持隐瞒其中的实情去交涉。"

迫使中野渡当着众多媒体们的面屈服——一开始这个计划显得振奋人心，而眼下却变得越来越人心惶惶起来。不过，乃原对此并不在意，此刻他脸上反倒是一片和颜悦色。

"真是个可怕的对手啊，乃原先生。"箕部悬着的一颗心终于放下，不过却仍然心有余悸地说道，"还好没有与你为敌。是吧，白井君？"

白井仍然还没有缓过神来，一句话都没说。

"不过，既然乃原先生这么笃定地说了，我还是选择相信你。这其中的是非曲直就不去计较了，现在还是全力准备做好最后的交涉吧。你说是吧，乃原先生？"

虽然语调四平八稳，但在箕部的眼窝深处，还是潜藏着精于算计的狡黠。那是一种绝不可能相信乃原的眼神。原本，箕部就不会相信任何人。对于箕部来说，人生而就是一种善于背叛的动物，所以他自己也从来都是宁可我负人，不可人负我。与曾经在一个战壕里的伙伴宪民党割袍断义，带领本派系的议员创立进政党，就是一个很好的例子。

"那是自然。连我这样的人都不相信，那还能相信谁呀？"乃原自我感觉良好地答道，扬声招呼刚好一头撞进来的服务员，

"啊，你。有人把啤酒给洒了，快拿一条毛巾来。"

接过毛巾的纪本虽然擦干了裤子上的酒渍，却依然失魂落魄、眼神空洞，脸上没有一点儿血色。

向箕部提供的贷款，可以说是旧 T 隐藏最深的秘密之一。

不管结果如何，令人痛心疾首的是，现在事情已经发展到连中野渡都知道的程度。这段时间，中野渡肯定已经在着手研究相关对策了。

对于纪本而言，他自认为随便找个借口为自己开脱也并非难事。最让他放心不下的，还是从此以后，旧 T 出身的行员在银行内的地位很可能变得更加岌岌可危。无论如何，这都是与自杀的牧野遗愿背道而驰的。在纪本的算盘里，摆在最优先位置的，并非东京中央银行的利益，而是旧 T 行员们的荣耀和去留，除此之外别无其他。

"我准备让中野渡在众多媒体面前痛哭流涕！"乃原信心爆棚，志得意满地说，"对于箕部先生和白井先生来说，这不也是一个绝佳的宣传平台吗？进政党，万岁！"

"有点儿意思。"箕部意味深长地笑道，端起杯子喝了口酒。

不管是白井还是三国，都对事情的发展充满期待，兴奋得两眼放光。唯独纪本一人，显得心不在焉。

对了，文件！此刻，纪本心里突然想起了这一茬儿，就是被灰谷弄丢的那些文件。虽然无法知道乃原究竟是怎么跟行长说的，但是只要那些文件还掌握在手里，就总有办法搪塞敷衍过去。

但是，自从灰谷来报告了一次文件丢失的消息后，至今都没有再联络。

那小子，到底在搞什么？

在这逼仄烦闷的地方，纪本仿佛被架在火上烧烤一般焦躁万分。

9

　　电话那端，传来检查部的幕田拼命压低的声音："我现在在地下文件库。马上过来一下。正好被我逮个正着啦！"

　　或许是因为一边跑一边打电话的原因，幕田喘着气，通话也时断时续。

　　"知道了。现在马上过来。"

　　一挂断电话，灰谷马上起身。他一边跑，一边用手机通知人事部的木原。

　　此刻，他的内心升起一股无名之火。

　　在这么多年的银行职业生涯中，灰谷自认为一路走来，自己始终兢兢业业地努力，积极主动地付出。或许对箕部的贷款的确存在一些问题。但是，那样做并不是自己的意思，更别提打算从中谋取半分自己的利益。自己只是遵照上级的命令，拼命地在努力做好工作，仅此而已。现在倒好，超过二十五年来的付出和努力换取的地位，却因为这件事而变得摇摇欲坠。

这些不甘和愤怒在灰谷内心深处激烈震荡，令他一时心乱如麻。

电梯刚在人事部停稳，就看见不是别人，正是木原意气风发地走了进来。

"如果真的能够捉贼捉赃，那就太好啦。"

热情满怀、两眼放光的木原，斗志昂扬地来了一句"杀他个体无完肤"，说完面目狰狞地笑了起来。

灰谷哼了一声，依旧紧绷着脸，眼睛却盯着直线下行的电梯里显示的楼层数字。

"哟，木原次长也来啦？这边。"

早就等在电梯前的幕田，穿着陈旧的外套和一件领口泛黄的衬衫，他长得獐头鼠目。

三人马不停蹄地朝着文件库的入口快步走去。

幕田极具特色的脸上，两个鼻孔因为兴奋而向外喷张。

"现在是什么情况？"一起坐进通往地下四层的电梯，灰谷开口问道。

"他们在地下文件库一间奇怪的房间里做着什么。"

"奇怪的房间？"

"去了就知道了。"面对灰谷的疑问，幕田答道。

"不过，你盯得很好。不愧是幕田。"灰谷夸了一句

"我只是背后试探了一下，"幕田这样的反应出乎意料，"我

趁他不在的时候留了张字条，上面写着'你偷偷藏着的文件我拿走了'。我想，他看到字条一定会慌忙行动，果不其然！是个很好骗的笨蛋啊。"

电梯停稳，幕田在唇边竖起一根手指，一闪身进了还没上锁的文件库大门。灰谷和木原紧跟其后，三人顿时被淹没在层层书架里。

一走进书架群，人顿时失去了距离感。也不知走了多久，幕田突然停下了脚步。可以看见书架尽头，一间小房子门开了一条裂缝，时不时从里面传出微弱的声音。

"准备冲了！"幕田小声说道，从书架下走了出去。

"哟，在干什么呢，富冈？"幕田揶揄地大声说道。

没有回应。

灰谷的视线从身后越过幕田，看见正在翻看纸箱的富冈满脸惊讶的表情。

"整理文件啊。"富冈回答，随后他发现幕田身后还站着灰谷和木原两人，不由得警惕地眯起了双眼，"找我，有什么事？"

"我还从来不知道这里有这么一间房间呢。这里的文件，都是你在管理吗？"幕田一边说，一边走了进去，还满脸新奇地左看右看。

"算是吧。"富冈答道，说着快速扫了一眼堆在周围的纸箱。看见里面有眼熟的箱子，灰谷"啊"了一声冲上前去。没错。就是在东新宿的合同文件库内，一直由灰谷管理的那些文件。

"是不是你？居然把这些东西给拿出来了！"一时被愤怒冲昏

头脑的灰谷，等到反应过来时，发现话已经大声出口了，"你开什么玩笑啊！"

他一把抓住富冈胸前的衣领用力往上提，又狠狠地将对方顶到墙角。

"你怎么可以随便就把东西带出来啊！"

"你这样也太暴力了吧？"富冈开口说道。

虽然被顶到了墙上，但他似乎丝毫不觉得疼痛。灰谷还要说什么，这时木原上前拍着灰谷的肩膀，示意他先不要冲动。然后——

"富冈，这个房间里的文件，和你检查部的工作有什么关系吗？"木原语气冷静地问。

"和检查部的工作，应该没有太直接的关系吧。"富冈整了整被弄乱的衬衫，一副假装糊涂的语气答道，"只不过是有点儿没法装作视而不见呢。"

"想必你也知道，文件保管场所和管理人员的选定，在业务规则里都有严格的规定。"木原不由分说，先扣了一顶大帽子下来，"你作为这方面的指导部门检查部的一员，却反而监守自盗。这是非常严重的问题。你马上跟我回人事部，把问题交代清楚，明白吗？"

富冈"哦"了一声，目光注视着木原，什么话也没说。

"还有，你给这位灰谷代理部长造成了很大的麻烦，是不是也应该跟人家谢罪啊？"木原冷冷地说道。

不过富冈仍旧一言不发。站在木原旁边的幕田，一副"有好戏看"的表情，正在幸灾乐祸。

"你这可是盗窃，富冈。"灰谷充满憎恶地说道，"你打算怎么负责？"

"哎，你是在说责任吗？"此时的富冈，终于忍不住笑出声来，"那话应该是我说才对吧？"

突然，富冈扬起视线，向三人的背后望去。

"你听到了吗，喂？"

他到底是在跟谁说话？

灰谷他们一回头，只见这时从书架的阴影里走出一个人来。

"啊，半泽——"灰谷脸上骤然变色，"你怎么会在这里？！"

"因为富冈代理部长打电话跟我说，来这里可以看一场好戏。"半泽在三人的注视下，慢悠悠地说道。

"我要到地下文件库处理一些事情"——富冈故意这么交代幕田后消失在地下室，已经是十五分钟之前的事了。他预料到，幕田肯定会把这个消息报告给灰谷。

"哈哈，就是这样啊。"富冈说道，"那么，接下来这场戏该怎么往下演呢？是继续讨论负不负责任的问题吗？你们说的真是太搞笑啦，简直了。"

"虽然不知道你到底打的什么主意，但是，你的态度是不是应该收敛点儿啊，富冈？"面对笑得毫无顾忌的富冈，木原仍然端着架子批评道，"看来你好像还不知道自己到底在干什么呢。"

"你刚才是在叫我要改一改态度吗？"富冈不屑一顾地嗤笑道，"你知道吗？不如教我一下啊，半泽？"

慢悠悠从书架下走出来的半泽，这时候终于站到了富冈的身边。

"哎呀，我也不是很清楚啊。"半泽一边拿眼睛盯着三人，一边答道，"不过，为了帮政治家赚钱，没做担保就敢把二十亿贷出去，我觉得这才是大问题啊。你觉得呢，灰谷？"

"你、你说什么？"被半泽突如其来的指责打得措手不及，灰谷满脸通红。

"文件的内容，没有任何问题。"幕田大放厥词，"我的意思是，虽说是自己银行内部，但是把其他部门管得好好的文件，擅自偷出来另藏起来，那样的行为才是问题。请你不要偷换概念！"

"那你就当它是问题好了，反正我可是一点儿也不在乎。"

富冈对此居然一笑了之，幕田简直不敢相信自己的眼睛。

"有意思。那不如正儿八经写一份报告上去怎么样啊？"

半泽目不转睛地看着恨不得扑上来撕咬一番的三个人。

"在此之前，你们，有没有听说过这样一个传闻？在这家东京中央银行里，有一个专门负责暗中调查过去隐藏的问题贷款，并且向行长直接负责的特命负责人？"

不、不会吧——

三人内心极度紧张，僵立在当场一动不动。不，是动不了了。

半泽迎着三人继续说道："十五年前，旧东京第一银行受当时宪民党建党议员箕部的请托，批出去二十亿的人情贷款。箕部转手把这笔贷款借给了自己的家族企业，用以购买舞桥市内的某处林野山地。那块地后来作为舞桥机场建设计划用地被收购，箕部也从中赚取了巨额收益。问题是，那二十亿的贷款是在无担保的情况下贷走的，并且还成了检查的漏网之鱼。而那个明知违反会签规定，却仍然全权操办的人——就是你，灰谷！"

半泽伸出手指，笔直地戳向灰谷的鼻尖。

灰谷哑口无言。那张刚才还涨得通红的脸，现在已经血色尽失，只剩下喉结机械地上下蠕动："我、我只是按照纪本常务的指示才写的会签文件。全部都是上面——"

"你以为拿着这样的借口就能蒙混过关吗？"

半泽同情地看着对方，拿出夹在箕部信用档案中的备忘录复印件。

"哪里有纪本指示的证据啊？在你亲手写的这份备忘录里，纪本连圈阅章都没有盖。你说的那些，一点儿意义都没有。"

"我事后向常务口头说明过了。我压根儿就不是这笔贷款的主导者。真的！"狼狈的灰谷情绪激动，说话时嘴唇瑟瑟发抖。

对他的这番辩白，幕田也好，木原也罢，全都木然呆立，不知所云。

这时——

"事到如今，你再怎么挣扎也无济于事啦，灰谷。"富冈从容地说道，"你呀，已经卷进了箕部启治的生意里，而且经手了巨额的不正当贷款。箕部启治呢，不仅通过这一手中饱私囊，而且现在摇身一变，以清白干净的形象，成为了领导进政党的核心人物。真是够讽刺的啊。或许，你一直以来在银行业务上的确足够兢兢业业，但结果呢，只不过是一枚被用来成就一个政治家的棋子罢了。"

现在灰谷的脸，就像被风干的墙壁一样毫无生气，眼神也逐渐变得黯淡无神。

"箕部通过这笔交易到底赚了多少？"富冈不动声色地问道，"赚了多少都无所谓了。倒是你，又得到了什么？名誉？地位？话说回来，那些东西同样也不过是纸糊的道具。你所坚信的那些东西，最后全部都是假的。你所追求的那些东西，全都是虚无缥缈的海市蜃楼。所以，你现在所拥有的地位，也只是堆在沙土上的楼阁！"

富冈突然把目光转向木原严厉地问道："我说你，早就知道这笔贷款的实际情况了吧？"

"怎、怎么可能？"木原慌忙摇头否认。

"要是撒谎的话，很快就会露馅儿的。最好趁现在老实交代！"富冈吓唬道。

"不、不知道啊，我。"

"但是，现在已经知道了吧。"富冈盯着一味撇清关系的木原问道，"是不是想插一脚进来？"

"那个——"木原眼神闪躲，心里还在摇摆不定地衡量怎么做对自己更有利。

"我在问你是不是想进来插一脚！到底怎么样啊？"富冈一逼问，木原赶忙摇头退出。

"既然这样，还不给我滚！"富冈神色凛然一变，当头大喝一声。

木原吓得连连后退，飞也似的转身逃了出去。

"我、我也先走一步了——"说完也打算撤退走人的幕田，被富冈一句"回头我还有话要问你"给吓得身躯一震。

"我知道就是你，把合同文件库的检查情报泄露出去的。你还把这些资料转移到别人找不到的地方去了吧？别以为可以就这么算了！"

脸色蜡白的幕田吓得浑身哆嗦，逃也似的离开了现场。

"好啦，事到如今，你也不要再继续遮遮掩掩的了，灰谷啊。"只剩下灰谷一个人了，富冈开口劝道，"你就算巴结着纪本，他也不会帮你忙的。在他眼里，你不过就是一条可以随时舍弃的壁虎尾巴。如果你还想得到从宽处理的话，就把知道的一五一十都说出来。那样的话，我也多少能为你开口说几句好话。"

灰谷如暗渠一般沉静的瞳孔深处，有一丝情绪在慢慢动摇。

10

一辆货车停在东新宿的合同文件库里，三个大纸箱被抬进去了，接着货车一路行驶，最后开进了位于丸之内的东京中央银行本部停车场。时间是当天傍晚。

开车的是田岛。副驾上坐着半泽。

纸箱被搬到了营业二部的会议室里，富冈正好踩着点过来。后边跟着灰谷。

"箕部启治的资金基本上都交给了旧 T 打理。那些都有相应的资料可以证明。"就在刚才，灰谷脸色苍白地交代了内情，"有了那些资料，应该就可以摸清其中的流程，弄清楚那笔二十亿的贷款究竟是怎么返还的了。"

半泽他们搬来的东西，就是从灰谷口中撬出来，原本藏在合同文件库隐蔽场所中的那些文件。

将纸箱中的文件全部堆在桌面上，按照时间先后顺序重新理顺排好，三人就当着灰谷的面一一核查起来。

　　其中，有很多资料恐怕都是箕部那边提交的，包括舞桥STATE 的土地购买明细和该公司账户活期存款的动向等。相当详细的资料。

　　"还真是的，怎么连这样的文件也收着呢？"翻看着文件的田岛突然问道。

　　"那是用来替代担保的，"灰谷应道，"我们这是无担保贷款。所以，只好通过掌握舞桥STATE 的土地购买明细和公司的账户活期存款动向，才好尽早察觉呆账产生的风险。"

　　"你们是白痴吗？既然那么担心，直接将他们公司购买的不动产设定为担保就好了嘛。"富冈说完，紧接着又问，"为什么不那么做？"

　　"如果设定了不动产担保，那么箕部和银行之间的关系就曝光了。而那正是我们想极力避免的。"

　　"真是处处都在耍小聪明啊。"

　　富冈非常无语。灰谷只是咬着嘴唇，没有做任何反驳。

　　追踪资金的流向，梳理发现的情况，足足耗费了数小时。

　　"基本上，就是这些了吧？"

　　晚上九点多，埋头苦干连晚饭也顾不上吃的富冈扬起脸，凝视着写满了情况概略的白板。

　　从二十亿的贷款如何到手，之后又如何被舞桥STATE 挪用作为机场建设规划用地的购买资金，最后再如何回收银行等环节，都在上面用流程图表示得一清二楚。

"事先买入一文不值的土地，再以不知翻了几倍价格转手抛售，这就是这家原本由于业绩不振、债务高企而奄奄一息的公司，能够一扫困境起死回生，甚至一跃成为地方上首屈一指的房地产商的原因！但是——"

富冈用锐利的眼神看着半泽问道："你有没有注意到，半泽？"

"注意到啦。"半泽平静地答道，一动不动地盯着白板。

"注意到什么？"

一头雾水的田岛旁边，灰谷目光直愣愣地盯着桌子的一角。

"不错，舞桥 STATE 的确通过这二十亿获取了巨大的利益，这点很清楚。但是，从资金流上看，却没有把这份利益向箕部输送的痕迹。"

半泽犀利的目光直视着灰谷。

"那是——"灰谷咬着嘴唇，虽然有话要说，但是看起来仍在犹豫不决。

"事到如今还有所隐瞒，根本就得不偿失。快说！"在富冈的一声呵斥下，灰谷终于下定决心松了口。

"那些，都由纪本常务亲自管理。"

"纪本吗？"富冈问道，"你们还真是不怕麻烦啊。"

"通过分散管理，就算一部分文件被发现了，也不可能抓住全部内容。"

"那些资料放在哪里？"

"在地下文件库。但是凭我们的资格根本进不去。在地下五层。"

因为地下五层实行异常严密的安全管理，只有董事级别的人才有权进入。

但是——

"走吧。"

富冈二话不说站起身来。

"你想干什么？"

没有人回答灰谷的疑问。

灰谷被一路推搡着走向电梯间，在那里换乘另一部电梯前往地下五层。

半泽也是第一次见地下五层的专用文件库，那里正对着电梯口，一扇森严的铁门紧闭。门上有拨号式门禁系统以及传统钥匙锁双保险，仿佛一座坚不可摧的要塞。

但是现在，富冈动手转完拨号盘，紧接着从口袋里掏出一串钥匙，将其中一枚插入锁孔一拧，随手扳开了门上的把手。

沉重的大门缓慢而无声地开启了。

富冈并不理会灰谷讶异的眼神，接着他打开内门，抬脚迈进仓库。

仓库内铺着绿色的地毯，显得悄无声息。不管是说话的声音还是脚步声，全都被脚下的地毯吸收，仿佛一不小心里面的人就会被这份静谧给碾碎。

"这、这要是被发现了，那就不得了了。"灰谷被事情的走向吓得不轻，整个人表情僵硬。

"知道具体藏在哪里吗？"富冈冷静地问道。

灰谷一边抬头看着高得快要顶到天花板的书架，一边移动着步子，直到在某处停下了脚步。他爬上身侧的专用梯子，从书架上抱下一个大纸箱来。

"如果他知道这件事是我说的，那我——"灰谷心惊胆战地挥着豆大的汗珠说道。

"我说你，还真是年轻人不经世事啊。"富冈一副恨铁不成钢的语气教训道，"差不多就得了，不要再啰啰唆唆的。**做人很重要的一点，就是有时候得懂得及早回头。**嗯，还有其他文件吗？"

"都在这里了。"

富冈目不转睛地盯着灰谷，觉得对方也不像在撒谎，于是对半泽微微点了点头，搬着纸箱回到楼上的会议室，把东西从里面拿了出来。

"这里有些东西很有意思。"

没过多久，有了意外发现的半泽，把那些文件摊开摆在办公桌上。

是箕部启治私人事务所的账簿复印件。

"我这里也找到了一份备忘录，半泽。这是纪本的字迹啊。"富冈说完，递给半泽过目。

是关于舞桥STATE给箕部汇款记录的备忘录。

"一定还有一份转账委托书的原件藏在哪个地方吧？"

富冈翻找着桌上堆积如山的资料，之后不久便在一份活页资料里找到了那份转账委托书。是舞桥STATE向箕部汇款的文件副本。估计，是箕部委托纪本帮忙处理的吧。

就像玩拼图游戏一样，现在事件的原貌正在一块块还原。

　　"到底是一笔巨额横财啊。这资金流就够吓人的，每年只怕不下五千万。"半泽说道。

　　"舞桥 STATE 是通过咨询服务费的形式，把钱打给箕部启治的。"正在核查该公司财务资料的田岛补充道。

　　不过，他们在舞桥支行查看该公司的资料时，却并没有发现相应的资料，估计又被巧妙地藏在其他地方了吧。

　　"这已经有点儿类似于某种洗钱行为了。"富冈说着，目光犀利地看着灰谷问道，"说得没错吧？"

　　"因为需要适当的名目，所以只好牺牲一部分利益了。"

　　"如此而已吗？"看着吓破胆的灰谷，半泽问道。

　　"如此而已，是什么意思？"灰谷的喉结微微颤抖，他用恐惧的眼神看着半泽。

　　"这笔资金，箕部都用在了什么地方？"

　　听到半泽的疑问，灰谷大吃一惊，慌忙移开视线。半泽紧追不放道："根据这里的记录，七年前有一笔四亿日元的资金流动。那一年，正好是进政党初创，并首次参与角逐国家政治选举的时期。"

　　"也就是说，那笔钱被用作了选举资金？"田岛抬起头，恍然大悟地说道。

　　半泽将一份箕部启治私人事务所的收支报告书递给了田岛。此外，还有政治资金收支报告书和选举活动经费收支报告书等。通过这些就可以了解箕部的资金内容，因为里面几乎有完整的资料和相关明细。

正当富冈也凑上来瞄着田岛铺开的账单明细时，灰谷的眼神开始不安地摇摆不定。终于，富冈发现了不对头："喂，半泽，这些明细表里，压根儿就没有出现舞桥 STATE 公司的名字啊。"

半泽没有直接回答富冈的指摘，而是转向已经狼狈不堪的灰谷问道："到底怎么回事，你不打算给我一五一十好好地解释清楚吗？"

对于半泽的穷追不舍，灰谷已经失去了任何反抗的力气。

11

　"内藤部长来了。"

　一直等到秘书消失在门后，内藤这才微微鞠躬施礼，然后被中野渡让到了行长室的沙发上。

　中野渡一件白衬衫，脖子上系着领带，只是在领结的地方微微松开。手臂上袖口外翻，袖子撸了上去。这一身不加修饰的打扮，对中野渡来说还是比较罕见的。

　"听大家都在传，说是您明天要去拜访特别调查委员会。"内藤开门见山地说。

　中野渡并没有回答，他定定地盯着墙上的一点，一动不动。

　"我们都没有听您提起过。究竟是什么事情呢？"

　"抱歉啊。也不是刻意要瞒着你们，而是因为我自己心里都还没拿定主意呢。"

内藤没有接话，等着行长继续往下说。

"其实，之前乃原向我提了个意见，希望我们重新考虑一下放弃债权的事情。"

内藤静静地注视着中野渡的脸。

"然后呢？"

面对疑问，中野渡暂时没有作声，良久——

"目前，能告诉你的，只有这些。"

中野渡的言辞之间充满了苦涩。

"您打算自己做决定——对吗？"

突然，中野渡一直以来的刚毅果敢不见了，眼中闪现出迷茫的神色。内藤看着这一切，一时感觉眼前的行长变得那么陌生。因为，这怎么也不像是中野渡一直以来的风格。

"行长，那样真的没问题吗？"内藤毅然问道，打破了房间里的沉闷。

"特别调查委员会提出的放弃债权方案，经过董事会决议，前些天已经正式拒绝了。这已经是无法改变的事实。不过，那个判断，是正确的。"

还是没有回答。这时，内藤不无气恼地抱怨道："为什么，不找我们商量一下呢？"

内藤的话里，充满了不甘。

持续沉默的中野渡，脸上蒙着阴影，一丝苦恼挂在上面。

"行长！"内藤扬声抗议道，"到底，为什么我们要——"

"这——这早就已经不是授信判断的问题了。"中野渡打断了内藤，"也就是说，这些事情已经不在你们的工作范畴。这是应该由我来考虑，由我来处理的悬案！"

就那么直视着中野渡，内藤仿佛浑身凝固一般无法动弹。

现在，从内藤心底涌出的，是难以掩饰的惊愕。

这样的中野渡，第一次见到。

既不威严，也不崇高，而是作为一名银行家苦恼着的中野渡。

就任以来，虽然中野渡费尽心思推动行内融合，但是不可否认，这件事情本身就存在一些难以调和的矛盾，想要相信却根本不足为信的经营伙伴。只要稍微不慎曝光一次，就足以摧毁银行信用的一笔笔问题贷款；还有那"我本将心对明月，奈何明月照沟渠"般难以在伙伴之间建立的信任感。

一边是充斥着老旧派系意识的现实，一边是想要推进全新融合的理想，中野渡时常在两者的夹缝之间，艰难地掌舵前行，一路沐风栉雨，驾驶这艘大船持续前行。可以说，中野渡的痛苦，其实也就是合并后新银行的苦痛。

只不过，这些矛盾现在才显露出来。

面对这件事情，唯一能够打开局面的方法，就是必须舍弃一直以来极度珍视并坚持的东西，除此之外别无选择。

"我懂了。"内藤长叹一声说道，"不过，行长究竟为什么烦恼，其实我也能猜到一二。"

中野渡微微睁开双眼，但是并没有接话。

内藤对着沉默的行长，继续说道："的确，或许那是应当由行长您自己做出判断的问题。但是，我们也可以选择一起集思广益，一起战斗到底。这就是我们存在的意义。也正因如此，我们才一直都在尽最大的努力。这些，是半泽整理出来，关于旧 T 对箕部启治问题贷款的全部内容。请您参考。"

递上报告的内藤站起身来，深深地鞠了一躬，然后退出了办公室。他没有等待中野渡的反应，也没有再提多余的意见。他的身后，只有那历经岁月打磨后的荣耀和思念，仍在闪耀着动人的光泽。

终章　信用的堡垒

1

店门口的烤串烟熏火燎，飘得满屋子烟雾缭绕。

店里到处都是烟和酒的味道，混合着上班族们的喧嚣吵闹。角落里，一个男人坐在两人桌前，安静地喝着他的酒。是检查部的富冈。

随着一声"欢迎光临"，另一个男人被迎入店内。他四下看了一圈，目光在富冈身上停留了片刻，便走上前去，一屁股坐在对面的位置上。

来人要了一扎生啤，和富冈只剩下一半酒的杯子碰了一下。

"等了一会儿了吧？"男人看了一眼富冈的杯子，问道。

"不，不是一会儿，是等好一会儿了。实际上我这都第二杯了。"

富冈答完不说话，等待对方开口。

"好吧，这次我认输啦。"男人说道。

"你活该啊。"富冈不怀好意地笑道,"哎,跟我在一起的时候,就放松一点儿嘛。"说完随手拿起菜单,招呼店员点了好几道下酒菜。

"最近我一直在想一个问题啊。"男人把最初点的生啤喝干,又换上兑了热开水的麦子烧酒,有滋有味地喝了几口,这才开口说道,"在银行这种地方,如果不指望出人头地,不想着明哲保身,那还是一个相当舒适安逸的去处。但是,里面的银行员怎么就这么贪得无厌呢?这样不行啊。"

"谁说不是呢。也应该考虑考虑欲望之外的事情啊。"富冈用筷子夹了个虾丸扔进嘴里,"不过,欲望这东西,也是有尺码大小的。人如果抱有不切实际的欲望,那就会很麻烦。不光人是这样,其实我觉得连企业也是同样的道理。如果没有金刚钻硬要揽瓷器活,那肯定力不从心。结果就是,在那样的企业里,没有人会感到幸福,不但企业经营不下去,就连员工也会倍感压力,搞得身心疲惫。所有的企业都一样,都有符合自身条件的欲望追求。"

见对方沉默不语,富冈自言自语道:"不然我还是换个日本酒好了。"富冈抬头看着贴在墙上的酒牌标签,并不在意半泽回不回答。

"这话听着真刺耳啊。"

看着富冈那副样子,男人终于开口说道:"就说我吧,是不是就在追求着不切实际的欲望呢?"

"呃,也不能这么说。所谓人往高处走,水往低处流嘛。"

366

点完酒，富冈继续回到话题。反正闲聊，就天南地北胡扯。

"也就是说，要顺其自然。所谓的因果报应，自有其中的道理。既然这样，顺势而为不就是最开心的事情吗？只有舍弃了欲望，才能发现真实。就像我一样，好就是好，坏就是坏，就是这么简单。"

"如果真的能考虑得那么单纯，那的确简单快乐。"

"你是不是在心里把我当傻瓜啊？"富冈的眼神突然严肃起来，"那些难题不能老是自己一个人扛着。不管是大银行也好，还是小商店也罢，跟这些都没关系。在法律之前，总还有一道人心的底线吧？那就是不管谁都要通过认真努力的经营，然后取得回报啊。如果不是这样，那和非法金融的高利贷就没有任何区别了，银行的招牌还是趁早拆掉算了。"

"你还是老样子，太严厉啦。"

男人也不生气，而是环顾了一圈热闹的店堂，嘴里赞着"真是家不错的店哇"。

不远处坐着一位年轻的上班族，可以听见他正用热切的语气，跟一个貌似他上司的男人争论着什么。

"不过，的确是这个道理。"男人眼看着那个愣头青，嘴角滑过一丝笑意，深有体会地说道，"如果能想明白这层道理，或许牧野先生就不会死了……"

"真可悲。"富冈目不转睛地盯着男人的脸感叹道，"不过，或许他也有他非死不可的理由吧。"

"只要一个不小心，或许哪天我们也会走上同一条道路。不过，现如今，我倒是有一种云开雾散的感觉。我应该还算是一个正直的银行职员吧？”

听了男人的疑问，富冈喝着酒，稍微考虑了一下，最终——

"从目前来看的话。"富冈给出了答案，"但是，要一直保持做一名正直的银行职员，却是一件想象不到的难事哦。因为要做到这一点，就必须时刻做好和任何人战斗的准备。"

说完，富冈从公文包里拿出一份厚厚的报告书，交给对方。

富冈静静地喝着酒，一边看着读报告的男人眼睛越睁越大。

男人看完所有内容，默默地把报告放回桌面，就这样沉着视线。

也不知过了多久。

当男人再次把视线转向富冈，眼中的迷惑已经烟消云散，取而代之的是一种过去所没有的，眺望远方的豁然开朗。

2

听到半泽打招呼，山久摘下头上的安全帽拿在手里，说了句
"呀，有些日子不见啦"，说完有些不好意思地笑了起来。

"刚才打电话到你们本部，听说你在这里，所以就直接过
来了。"

这是位于羽田机场内，帝国航空一处用于检修飞机的机库。
这处被称为"HANGAR"的地方，每一间都有一个学校的体育馆
大小。在达到了规定的飞行时间或者飞行了一定天数后，帝国航
空所有的飞机都必须进场检修。

眼下，山久正站在大约三层楼高的通道上，看着下面的检修
作业情况。

"每当我想一个人静下来想问题的时候，就会到这里来。"山
久说道。

"的确是个好地方啊。"半泽说着，和山久并排站在通道上，看着下面正在检修的机体。

"我的老家，实际上就在这附近的穴守稻荷呢。"山久突然满怀情感地娓娓说道，"小时候，我的工程师祖父常常带着我，到羽田来看飞机。那时候，我总是抱着围栏坐在那里，每当有 YS-11 飞回来，祖父总会喊着'快看，来咯'，然后自豪地用手指给我看。其实他并没有参与那款飞机的研发设计，或许单纯只是因为作为日本人，对国产飞机怀有的那份骄傲与自豪吧。应该是从那时候开始，我就憧憬着有朝一日能到这个机库来工作。这里是飞机爱好者绝对难以抗拒的地方，说是他们心中的圣地也不为过。"

"这样说来，我可就是个擅闯圣地的冒失鬼了。"半泽自嘲地说道。

"不。其实玷污这片圣地的，不是别人，正是我们自己啊。"

真是出乎意料的回答。

"从家里到机场包车上班，理直气壮。一提起帝国航空的工作，那是人人羡慕，工资又高，面子也足。人人都只讲究待遇和权利，只要稍微超出职责范围的事情却绝不沾惹。冰冻三尺非一日之寒啊，公司就是这样一步步被社会发展的潮流抛在了身后，越来越萎靡不振的。我们这些人，心里装着的根本不是客户。明明是那么喜欢飞机的人，一旦进入公司成为其中的一员，这家让飞机飞上天空的自己的公司，却成为了自己的'敌人'，成为一个无时无刻不在与之斗争的对象。天底下再没有比这更可笑的事情了。到最后，公司沦为了政治斗争的工具，即便一而再，再而三地暴露出低级幼稚的经营判断，可是谁也没有任何一丝的危机感。现在，它已经沦落成这样一家公司了。"

"唉，您说得没错啊。"

"你也是个有一说一，有二说二的人。"对于半泽的反应，山久苦笑道。

"其实，上次我去舞桥出差的时候，坐的还是帝国航空的航班呢。"

听半泽这么一说，山久收起了脸上的笑容。

"搞什么呀，干吗不提前跟我说一声——"

"别，那种小事就不麻烦了。"半泽笑着说道，"我这次坐飞机，发现你们的乘务员居然出来站在登机口迎接乘客啦。你看，一切不是都在慢慢变好吗？"

地面上和机舱内。在以前的帝国航空，这两者之间隔着一堵无形的墙。而且，那还是一堵壁垒森严的高墙。在这之前的帝国航空，飞行员或者乘务员是绝对不可能屈尊降贵，走到登机口来迎接乘客的。

"真的吗？"面露喜色的山久双手紧紧握着栏杆，抬头望着机库的天花板，双唇紧咬，"终于要开始改变了吗？不过，似乎有点儿太迟了。"

他的言辞之间，有着不甘和悔恨。

"这是波音747机型吧？"突然，半泽注意到了脚下的飞机，随口问道。

这种飞机通称大型喷气式客机。机体通身白色，引擎已经被卸下，数名工程师正围在一起聚精会神地检修。

这架曾经承载着帝国航空光荣梦想的大型客机，现在只不过是一块成本超高的铁疙瘩。

一次可以乘载大量旅客的大型喷气客机，曾经是公司标杆性的存在，但是随着旅客的减少、廉价航空的兴起，再加上国内外航空公司激烈的价格竞争、喷气式客机低下的燃油使用效率，导致公司经营陷入越飞越亏的境地。之后，虽然帝国航空也急速向采用中小型机型方向调整经营策略，但是终究慢人一步，无力回天。

"内部都在传，今天，贵行行长将会表示放弃债权。"山久放开栏杆扶手，面向半泽说道，"真的，给你们添麻烦了。非常抱歉。"

深深低头致歉的山久，双肩在微微颤抖。

"真的，非常抱歉。"山久又一次道歉，良久才重新抬起头来。他顾不上擦去脸上的泪水，脸颊仍旧颤抖不止。

"好不容易，大家终于意识到了问题，明明都已经在拼命努力——"山久的声音里，充满了无可奈何的悔恨，"拼命努力，希望不再给大家添麻烦，只想通过自己的双手，再一次——再一次让我们的飞机飞向天空。可是，结果还是，非常抱歉。"

双手覆在膝盖上，身体折成两半深深鞠躬的山久，泪水滴落在脚下的圣地。

"一切都还没有结束。"半泽伸出手搭着对方的肩膀说道，"让飞机飞上天的，不是燃料，也不是什么成本，而是人啊。只要有你现在的这份精气神，帝国航空就一定能够重生——我坚信！"

"非常感谢。"山久双眼通红，一边道谢，一边确认了一下手表上的时间。"半泽先生，真的不去特别调查委员会吗？马上就到行长莅临的时间了。如果方便的话，可以一起过去。接送的车子也就到了。"

　　"请务必带上我，有劳了。"

　　"在去特别调查委员会之前，我原本还打算再问一问山久先生的想法。"半泽看着脚下的飞机继续说道，"不过，刚才听了你的一番话，我总算安心了。我不会再有任何迷茫了。无论是山久先生，还是我，只要沿着既定的方向勇往直前就可以了。就是这么简单！"

3

　　"被我们踩在脚下，表明放弃债权的中野渡那张脸，真是令人期待啊。"乃原一脸猥琐地说道。

　　箕部听了也跟着笑了起来。这是位于帝国航空本部大厦，二十五层的会议室。

　　"那个男人，在业界也算是德高望重。不过，虽然平日摆出一副道貌岸然的样子，说到底，还不就是个臭贷款的。"箕部说完，转脸又对一旁的白井说道，"你的事情也一并解决啦。"

　　"非常感谢。"白井也展颜一笑说道，"如此一来，特别调查委员会的重振方案就能大跨步地推进啦。进政党重振帝国航空——想想就了不起哇。"那张脸上掩藏不住的欢欣雀跃。

　　"这都是白井大臣的丰功伟绩啊。"

　　乃原松松垮垮地陷在扶手椅中，重新点了一支香烟，有滋有味地吸了起来。

"宪民党花费那么长时间都不能完成的帝国航空重振，在白井大臣和进政党这里，却在一眨眼的工夫手到擒来。这样一比较，对本届政权的评价一定又要上一个台阶啦。对于进政党来说，没有比这更好的自我宣传了。"

"不光是我们，老师这边也一样获益匪浅呀。"

箕部说得兴高采烈，乃原也一脸扬扬自得的笑意。正在这时，传来敲门声。

"时间差不多了，可以开始吗？"

在工作人员的提醒下，一伙人离开会议室，向早已布置好的公开会场走去。

为这一天专门准备的会场里，已经聚集了二十个左右的记者。

"感谢光临，大家辛苦了。"

在一阵猛烈耀眼的闪光灯下，乃原一伙人刚一落座，帝国航空的工作人员便趋步向前，附在耳边说道："现在，人已经坐上电梯朝这边来了。一会儿就到。"

"中野渡行长似乎马上就要到了。我提议，一会儿大家用热烈的掌声欢迎行长闪亮登场。"

演技爆棚的乃原，在大门打开的那一刻，率先鼓起掌来。但是——

看到来人的那一刻，乃原突然停了下来，皱起了眉头。

是半泽。

确信中野渡将紧随其后入场的记者们，还在不停地拍手鼓掌，然而，始终不见人走进来。最后还是山久现身，关上了会场大门。

来到满脸错愕的乃原面前，半泽轻轻鞠了一躬说道："来得有点儿迟，失礼了。因为路上堵车。"

记者席上开始吵吵嚷嚷起来。

"这是怎么回事？"开口提问的是白井，"不是中野渡要来的吗？"

"中野渡行长正好有事走不开，所以派我代为参加。我是上次和大家照过面的，东京中央银行营业二部次长，半泽。"

"中野渡先生只是派了一个代理过来吗？"

咬牙切齿的乃原，气得双眼喷火。

"您说得没错。有什么问题吗？"半泽平静地答道。

"行长他应该知道今天这场会谈意味着什么。"乃原脸色大变。

"特地把大家叫来，这到底怎么回事啊？"记者席上已经有人忍不住开始发牢骚。

"过来之前行长特别交代了，要认真对待乃原先生的谈话。不过，今天居然还请了这么多第三方的人员到场，事前我们可是没有接到任何通知啊。"

半泽说着横眼瞥了一下记者席，说道："针对帝国航空这样的个别企业交涉重大事项，请了这么多当事方以外的人在场，我觉得有问题。您觉得呢？"

"怎么可能有问题？"乃原心下焦躁，很不痛快地答道，"帝国航空已经正式接纳了白井特别调查委员会。也就是说，我们特别调查委员会实质上，就是帝国航空的代理人。"

"我以前就质疑过，你们这么做到底有什么法律依据，可是你们至今都还没有给我一个答复吧。今天也同样不准备回答吗？"

原本由于期待落空而吵吵嚷嚷的记者席，此时被乃原和半泽之间出人意料的唇枪舌剑所吸引，一下子安静下来。

"那当然了！"乃原大声咆哮道，"太让人生气了。在白井大臣、箕部议员面前，你这是什么态度？真是太失礼了！"

"如果有什么失礼得罪的地方，我道歉。"

不过半泽也就是口头说说，实际上要他低下头认错是不可能的。

"不过比起这个，不如先说一说前几天，乃原先生通过非正式渠道要求我们中野渡行长探讨的那件事情，我们的结论已经出来了，现在要听吗？"

"那敢情好。肯定是积极的好消息吧？"

乃原歪着嘴露出了笑容。

半泽直面对手，一字一句地说出了决定。

"前天，受您的委托再度探讨放弃帝国航空债权一事，我们的答案是——拒绝！"

乃原还没有反应过来。他就那么张大嘴巴看着半泽，一句话也说不出来。

不只是乃原，记者席上也鸦雀无声。白井，还有箕部也一脸茫然，蒙在当场一动也不动。

只一瞬间工夫，房间里随即炸开了锅。

乃原眼中燃烧着熊熊的烈火，愤怒地盯着半泽。

"东京中央银行，没有资格拒绝我们的要求！"乃原沉声吼道。

"有资格。因为我们是债权人！"半泽平静地答道，"如果没有什么特殊的理由，对于可以通过自主重振度过危机的企业，我们没道理将借款一笔勾销。那么做，股东也不会答应。"

"你开什么玩笑啊？"正在这时，箕部也终于恼怒地开口，声援乃原，"你是在拿股东说事？你们银行的股东到底能有几个人？为了那样的理由，就准备无视大众舆论吗？帝国航空都已经危在旦夕了，只有你们银行还在死死抱着你们的金钱至上主义，摆着一副冷血无情的态度。难道这就是你们银行该有的样子吗？"

"恕我直言，天底下没有明明企业可以自主重振，却还选择放弃债权的银行。银行贷款，不是搞慈善。银行贷款，也是一门生意。既然企业有偿还能力，就应该还钱。这样的事情，难道不是天经地义的吗？"半泽答道，"如果，您认为不对，请指出哪里不对，并说明理由依据。"

箕部的脸上开始浮现出愤怒的神色。

"你说的那些，都是你们银行的借口罢了。事实绝非如此。我们考虑的是整个国家的利益。现在因为某些人只盯着自己一家银行那点儿蝇头小利，而拖累了社会整体的利益。难道这也没关系吗？这些才是我说的重点。"

"我们的目的，是通过发展银行业务回报社会。箕部先生。"半泽直面箕部说道，"有了这五百亿，其他更多陷入资金窘境的企业就可以得到他们迫切需要的贷款。或许你们只考虑了航空行政这一个方面，但是支撑着整个日本的却绝不只是帝国航空一家企业。**我们考虑的是，更应该向众多的普通企业提供急需的资金。做出这样的社会贡献，才是我们肩负的使命。**"

"话可不能那么说。"凛然发声的白井加入了这场口水战，"难道银行准备不顾舆论自行其是吗？"

"**银行授信判断的性质，决定了它本来就不应该受到舆论的左右。**还是像上次我说的一样，那是基于合理因素的考量而做出的判断。"

白井一时语塞，半泽继续说道："刚才白井大臣提到了舆论，请问，您指的究竟是哪一种舆论？既然是舆论，就肯定不可能只有一种。难道就没有一种理解我们银行立场的舆论吗？有那闲钱把明明可以自主重振大企业的债务一笔勾销，还不如来救救我啊——难道会没有这种悲叹愤慨的舆论声音吗？认为舆论理所当然应当少数服从多数的观点，从根本上和你们进政党宣扬的扶助弱者的政党理念，不是互相矛盾的吗？关于这一点，请说明一下，您到底是怎么考虑的？"

半泽的质问，引来记者席上的满堂喝彩。白井则苦着脸僵坐在那里，或许因为半泽的反应太出乎她的预料。

"和你真难讲到一块去啊。"好强的白井内心非常不快，她面向记者席又开始滔滔不绝起来，"我说东，你偏说西。你那些话，乍一听好像还很有几分道理的样子。既然如此，我来问你，你们银行出手救助那些身为弱势群体的中小微企业了吗？还不是想捂盘惜贷就捂盘惜贷，想抽身回收就抽身回收。对于银行的风评，就算是街头巷尾也毫不留情啊。你刚才说的所谓理念，只不过是画饼充饥而已。虽然题目立得够巧、够大，不过本质上不还是简单的拜金主义吗？空话大话我们已经听够了。能不能请你认真点儿，好好地考虑考虑怎么解救帝国航空？"

"白井大臣，您在自己的就职记者见面会上，就豪言要设立帝国航空重振特别调查委员会，并且当场做的第一件事情就是彻底否定旧政权的重振方案，既然敢否定，那一定对那份重振方案的内容进行过研讨吧？"半泽盯着白井的眼睛问道，"要不就请您介绍一下，到底是什么情况？"

白井目光飘忽，有些动摇。

"具体内容嘛——我，没有确认过。"

白井的回答更是摇摆不定。

"那，为什么要否掉它？那明明是一份值得信赖的漂亮方案，而且也得到了银行团的一致同意。帝国航空通过自身的经营努力，推动自主重振，最终获得重生，这一个个步骤、一步步路程，都在方案里计划得明明白白。那样一份重振方案为什么被否决，能否请您告诉我理由？"

白井欲言又止，想反驳，却又不知为何最终放弃了徒劳的努力。谁都看得出来，白井根本就没办法解释这件事。

"这件事，还是由我来说吧。"跳出来救场的，是乃原，"因为前政权时代制订的重振方案，内容太天真了。那样的重振方案，根本靠不住。"

"你毫无根据。"半泽干脆利落地打断了乃原，"那只不过是你的个人偏见。而且，一直到现在，你始终都没有拿出任何能够支持自己判断的依据来。你们口口声声说是为帝国航空着想，实际上干的，却都是沽名钓誉的事情。你们把帝国航空作为玩弄政治手段的工具，结果，反倒给该公司的账面又增加了十亿的特别调查委员会经费负担。怎么会有这么浑蛋的事情？我，作为真心希望帝国航空实现重振的一员，白井大臣，借您刚才的话我想原样奉还你一句——希望你能认真点，好好地考虑考虑怎么解救帝国航空！"

半泽说的话，是对白井强烈的讽刺。

"基于以上理由，东京中央银行，坚决拒绝放弃债权！"

会场内的气氛剑拔弩张，大家都在屏息静立，观察这场论战的走向。

论战双方怒目而视、互不相让，就在这时，乃原的眼中闪过一丝令人难以捉摸的光芒。

4

"好一个装模作样的正人君子做派啊。不过，说起来，你们东京中央银行有资格在这里冒充伟大吗？"

一边用谴责的目光看着对方，一边质问的乃原，脸上浮现出奇怪的笑容，和半泽对峙。

"就算你说得再怎么天花乱坠，东京中央银行终究逃不出丑闻的魔咒。不如让我来告诉大家你们过去的种种恶行，这样也没问题吗？"

"您真的打算在这里说那些事情吗，乃原先生？只要您乐意，请便。"

令人惊讶的是，对于乃原的胁迫，半泽居然淡然接受。

"还真有意思啊。你是专门来这里找我们吵架的吗？银行员难道就那么点儿胸襟气魄吗？"乃原晃着油光发亮的黑色脸颊，浅笑一声，"难道还有比伤及银行珍贵的信用更麻烦的事吗？对吧，你说对吧？"

"乃原先生，您这样说，才是从根本上就搞错了吧？"

半泽的反击，令乃原心下一阵不安。

"我们所守护的信用，不是通过简单掩盖眼下的不足就能够轻易守护的东西。"

"你说什么？"乃原气得咬牙切齿。

"如果您有什么想要说的，请尽管说出来好了。"半泽沉着声音说道，"我们一点儿都不在意！"

一时无言以对的乃原，呆呆地怔在当场。半晌，那双眼睛终于突然活了过来，这才注意到身边还坐着一个对事情的发展极为不满、已经脸色铁青的箕部。

乃原的撒手铜，其实是一柄双刃剑。一旦剑锋回指，必然伤及箕部，那其实也就意味着危及他自身的地位。

就在这时——

"如果你不方便说，干脆我来说好了。"

半泽出人意料地一开口，箕部立刻"哇"的一声探出了身子。他虽然想要说什么，但是事出突然，竟然一时不知从何说起。不过已经无所谓了，半泽似乎故意让记者听到似的，开始继续开口说道：

"十五年前，旧东京第一银行，应当时宪民党的当红政治家箕部启治议员的要求，向他提供了一笔个人贷款。这是箕部议员位于舞桥市的一家家族企业——我们姑且称之为 M 公司吧——这家 M 公司，以二十亿日元购入位于舞桥市郊外某块地皮的周转资金。那块地皮在数年之后，由于成为舞桥机场的建设规划用地而价格飙涨，M 公司也由此攫取了巨额利润，眼看陷入绝境的公司业绩也一举好转。这简直就是利用政治家的地位优势获取情报的炼金之术。而旧东京第一银行，明知其中的赚钱猫腻，却仍然表面上以公寓建设资金的名义给了箕部议员二十亿日元的贷款，而且在长达五年的时间里，以无担保的不当形式将资金提供给对方使用。"

现场没有一个人开口接话，只有半泽一个人的声音。

"接下来，我行将会在银行内部，对当时的贷款情况展开详细的调查。这笔贷款，是一次违背银行行业伦理的授信行动。对此，我们必须承认，错了就是错了，我们也已经做好了谢罪和接受处分的准备。"

"我可不能当没听到啊，我说你！"终于怒声爆发的箕部，猛地从座位上站起来，"你说我通过那样的事情赚钱？血口喷人也要适可而止！没错，当时我是从东京第一银行贷过款，但那是为了帮助亲戚经营的公司渡过资金周转难关。至于说我从中赚钱的说法，绝对是恶意中伤。我要求你收回那些话！"

"那么，M 公司购入的土地，后来成为舞桥机场的建设规划用地，这一切都是偶然碰巧了？"

"无凭无据，纯属污蔑！"箕部全盘否定，打算争辩到底，"本来那家公司获得贷款的时候，就是在机场建设的赞成派和反对派之间分裂拉锯的市长选举之前，在看不清发展前景的情况下，根本就不可能那么大胆，想到投入巨额资金去赚钱。"

唾沫横飞急着反驳撇清的箕部侧面，白井也气得脸色铁青，暗地里拿捏着事态的发展。

"你真的敢这么肯定？"另一边，半泽却好整以暇地反问道，"在当时的市长选举中，很明显机场建设赞成派的现市长已经取得了压倒性的优势。而且，实际的选举结果也是他完胜。至于说机场建设规划用地，在那之前就已经在推进讨论。所以你说的那种不确定因素，说到底根本站不住脚。"

"那家公司，可是房地产公司啊！"箕部涨得满脸通红，气得大吼，"购买土地不是天经地义的吗？机场建设赞成派或许确实如你所说，处于优势地位，所以公司嗅到商机，寻找可能建设机场的土地进行投资。这不是再正常不过的公司业务吗？哪有什么炼金术！"

"一块连会不会建机场都还不知道的地皮，公司会舍得借款二十亿去投资吗？"半泽直指问题的要害，"究竟，利息是多少？就算百分之一的利率，每年的利息就是两千万。正常的公司，会那么干吗，箕部先生？"

"一般的公司会怎么样，我怎么知道啊，你这人。可这都是事实，我又有什么办法啊！"

——与政治和金钱的丑闻从此决裂。

这是箕部启治当年和自己的伙伴一起创立进政党时，曾经高喊的口号。

在去年的国政选举中，趁着国民对宪民党的金钱政治大失所望，进政党由此吸引了大量的选票，并最终取得了变革性的胜利。如今这一刻，在他们被剥下虚伪面具的瞬间，记者们全都看得心惊肉跳。面对一众长枪短炮的记者，箕部终于又开始了他的辩解。

"我的确为了亲戚的公司，借了二十亿给他们作为周转资金使用。这都是事实。但是呢，我个人，除了本金和利息之外，分文未取。"

这已经是使出浑身解数，准备豁出去的节奏啊。紧接着，箕部再次转向半泽大声说道："这可是平白无故地抹黑啊，你。这是损毁我的名誉。给我在这里把话收回去，向我谢罪！"

面朝半泽伸出手指直接指着对方的箕部，怒不可遏，脸色潮红。

"如果我错了，会谢罪的，箕部先生。"现在，半泽反倒平静地说道，"不过，已经没有那个必要了。"

"既然如此，给我拿出证据来，证据！"箕部上下挥舞着伸出的手臂，咆哮道，"既然话说到这个份儿上，想必是有证据的吧？怎么样？有吗你？你不可能有证据。"

听到这里，乃原嘴上总算松了口气。他大概以为，事情既然争到了证据这个份儿上，那就是箕部占优势了。

真是自作自受——

眼里透出幸灾乐祸的乃原身侧，白井也满脸怒容地看向半泽。

说到底，在这种场合是不太可能拿得出什么证据的。

包括记者席在内，当所有人都这么认为时，半泽从随身携带的公文包里，抽出了一份文件。

"既然话说到这份儿上，那就请看吧。"

一拿到从主席台递过来的文件，箕部忍不住"啊"的一声怪叫，错愕得半天合不上嘴。

眼看他脸上的血色尽失，拿着文件的手开始"嘎嗒嘎嗒"不住地哆嗦。

半泽递过去的文件，是纪本保存在纸箱里那批资料的一部分。

"这是 M 公司转账记录的凭证。"半泽平静地说道，"何止是利息啊？多的时候，每年四个亿的钱你不也照收不误吗？"

为什么会这样——

眼神僵直的箕部，脸上写满了惊愕。就像是点燃了化学反应，随之惊愕又转向了恐惧。

"这份文件里的内容，就是这十年来 M 公司向箕部先生的转账记录，总额达到十亿以上。或许有一部分还是选举资金吧？因为在选举前后有一亿左右入账，而且这些钱全部被你取出来了。然后，接下来的才是关键——"在无声的寂静中，半泽顿了顿，"经过调查发现，无论在选举活动经费收支报告书，还是政治资金收支报告书里，都找不到这些资金的任何记录。"

惊呆的记者席，此时开始出现骚动。

"那，那是我领的咨询费报酬……啊，并不是什么来路不明的钱。"

箕部拼命辩解，但是却拿不出任何翻盘的证据或理由。

"如果您认为那样的借口也能说得通的话，岂不是在愚弄国民的智商吗，箕部先生？"

"这是陷害！"箕部抽搐着脸颊上的肌肉怒喝一声，腾地从座位上站起身来，"还有比这更荒唐的话吗？我没有做任何亏心事。气死我了！"

　　说完，箕部愤然离席，一阵小跑着准备溜之大吉。记者随后一拥而上追在后面，会场瞬间一片混乱。

　　"那么，你们还有什么话说，乃原先生，白井大臣？"

　　面对半泽的质问，乃原黑着脸满面怒容，一言不发。白井一张苍白的脸写满了怒气和屈辱，也是沉默不语。

5

　　"时间差不多了吧？"从文件堆里抬起头来的纪本，看着墙上挂钟指向下午五点，自言自语地说道。

　　正是中野渡和乃原的特别调查委员会面谈开始的时间。或许，通过这次高层面谈可以敲定放弃债权的方向，然后在近期召开的银行董事会上正式过会做出决定吧。

　　放弃债权定下以后，接下来恐怕就该研究有关箕部问题的行内处分了。虽然找不到文件这件事的确有点儿令人生疑，但是只要把责任都推给灰谷，到时候全身而退应该也并非难事。

　　"好歹能够过关吧。"

　　正在纪本低声咕哝的当口，外面响起了敲门声，随后秘书走了进来。

　　"常务，行长叫您过去。"

这话出乎意料，纪本不由得大吃一惊，目不转睛地盯着秘书。

"行长他？"

又抬头看了一眼挂钟，还不放心又确认了一下手表的纪本，难以置信地看着秘书。

"你是说，行长他现在还在办公室？"

秘书一脸讶异，十分不解地看着纪本。

这是怎么回事？

此刻的纪本，惊慌得感觉要怀疑人生了。

"他不是应该已经去帝国航空了吗？"

听纪本这么说，秘书就更糊涂了，不由得小心翼翼地说道："但是——是行长直接到我那里说的。"

不是吧？他居然没有去特别调查委员会？

估计是临时有什么变动，只是自己还不知道而已吧。

"马上过去。"

打发走秘书以后，纪本立刻拨通了乃原的手机，但是只有电话呼出的信号音，却始终没有人接听。

或许是哪里搞错了。

心下不安的纪本，随手抓了一件外套，快步走出办公室朝行长室走去。看到纪本过来，行长秘书从座位上站了起来。

"行长。"进入办公室见到中野渡的纪本，毫不掩饰脸上的困惑，"您不是去参加特别调查委员会的面谈了吗？"

"那个，我让半泽去了。"

"派半泽去了？"

中野渡的回答令纪本一时语塞，他不知道眼下到底是什么情况，所以话也说得不敞亮。

　　"他们会处理好的。呃，先别管这些，坐。"

　　中野渡指了指沙发，上面已经坐着一个人。

　　感觉似乎在哪儿见过，但是纪本一时又想不起来，到底是谁。

　　"这是检查部的富冈君。"

　　中野渡开口一介绍，纪本心下一个激灵，把话吞回了肚子里。说到富冈，应该就是灰谷怀疑从合同文件库中拿出文件的那个男人。那个男人，为什么……

　　强行压下心中的不安，纪本开口说道："派了半泽过去，那放弃债权的事情要怎么处理？"

　　当然，按照原来的剧本，肯定是当场表示接受放弃债权。对此乃原肯定是乐观其成的，为此他还专门请了箕部和白井站台，特地搞了一场"政治秀"。

　　但是，现在，安静地坐在扶手椅中的行长，却盯着他看，那目光仿佛要穿透他内心最深处的想法。

　　"我们不会同意放弃债权。和之前的决定一样。"

　　这预料之外的回答，令纪本惊愕在当场。

　　不敢想象，此时此刻，那个半泽正在跟乃原死磕的情景。不，纪本连想都不愿意想。

　　"但是，这样真的好吗？听说去了好多记者。如果，到时候要是得罪了白井大臣的话——"

　　"帝国航空项目的负责人，是半泽。"似乎是故意打断纪本的发言，中野渡插嘴说道，"我已经把这件事全权交给他处理，所以不用再说了。对了，现在找你过来，是觉得有必要和你商量一下今后的事情。"

中野渡不动声色地掌握了话语权，往纪本面前递了一份文件。

在无言的敦促下，伸手接过文件的纪本，立即因内心受到的巨大冲击而睁大了眼睛。因为，摆在眼前的清单上，罗列着纪本长年以来隐藏的各种问题贷款。

在哑口无言的纪本面前，中野渡缓缓地开口说道："旧东京第一银行和旧产业中央银行的合并，已经是十年前的事情了。作为对等合并的条件，当时两家银行的行长相互协商一致的就是一点，各自处理好不良债权。他们约定，一定要拂去旧银行身上的灰尘，让新银行以崭新的姿态轻装上阵。实际上，为了遵守这项约定，旧产业中央银行下手处理掉了一千亿规模的损失，挤净了行内的脓包，一口气实现了体制的健全化。另一方面，旧东京第一银行也着手处理了巨额的不良债权，遗憾的是，这一方的处理工作却在高达两千亿的亏损面前落败了。事情陷入了单靠一家银行独木难支的境地，没想到合并本身也变成了一件需要出手挽救的事情。"

"不，我觉得您说得不对。"

纪本一边同内心翻涌的不安做斗争，一边却仍然抱着那份不甘舍弃的自尊。

"当时，我们有我们自己的计划。就算需要处理的不良债权数额巨大，但是只要花上数年的时间，也一定能处置妥当。如果您对这一点，不能抱有正确认知的话……"

"或许是这样吧。"中野渡说道。

"对于旧东京第一银行的业绩预期，应该有各种各样的看法吧。有人说两家银行是对等的，也有人觉得实际上是一家对另一家的救济。总之，在此期间双方克服了各种障碍，终于促成了这家东京中央银行的诞生。对此，我内心感到的只有纯粹的骄傲和喜悦。在全球化浪潮中，我们组建了一家能够经受住激烈的国际竞争的超级银行。从这个意义上来说，旧产业中央银行的确获得了仅凭一己之力所难以企及的地位和存在感。当时我还是个常务，但是现在想起来，合并签约那天的情形依然历历在目啊。"

中野渡说着这些，仿佛又回想起当时的情景一般，目光越过行长室的窗户远眺着大手町附近的光景。

"说实在话，我当时坚信，通过合并后的东京中央银行，将毫无疑问地成为国内无可辩驳的顶级银行。然而，视线一旦转向行内，就会发现它根本算不上一家顶级银行，它面对着难以想象的难关。那就是，不同出身行员之间的派系意识和相互之间的不信任感。我一直在想，催生这种旧派系意识的导火线，就是银行合并运行后不久便发现的，旧东京第一银行时代遗留下来的贷款乱象。"

听到中野渡的指摘，纪本霎时变得全身僵直，嘴唇发紧。因为对方说的那些，的确是令旧东京第一银行出身者们痛心疾首的丑闻。

在由旧东京第一银行时代遗留下来的贷款丑闻所引爆的那场事件中，当时东京中央银行的行长，也就是旧产业中央银行出身的岸本真治，还在记者会上低头谢罪。那一刻，原本标榜对等合并的东京中央银行内部平衡开始崩塌，势力天平开始朝着旧产业中央银行倾斜。

"当时的那场争论，我想你应该也还有印象。"中野渡说道，"旧东京第一银行出身的董事们，都说对那笔贷款并不知情。他们只是不停地重复说自己也是受骗上当，从头到尾都主张那只是一场不幸的意外。但是，真的是那样吗？如果，真的只是被所信赖的贷款客户欺骗，为什么当时的牧野副行长非得结束自己的生命不可呢？作为一个有责任和担当的旧东京第一银行行长，理应有更重要的使命去完成。"

"牧野副行长，是个容不下任何污点的人。"纪本辩解道，"肯定是因为受不了那桩丑闻给新银行招来的巨大麻烦吧。"

"或许真如你说的也不一定。但是，今天坦白讲，我并不这么认为。"中野渡正面注视着纪本说道，"那时候，行内陷入了巨大的混乱之中。大家自然群情激愤地猛批，既然存在那样的融资乱象，为什么不在合并前就处理完毕？旧东京第一银行是不是还藏着许多没有公开的问题贷款？类似的疑心暗鬼在滋生，最终成为产生难以逾越的互不信任的温床。如果这些都不是事实，而是可以否认的谣言，那么最合适出来辟谣的人选也就只有旧东京第一银行的行长牧野先生了。当然，无论是当时的岸本行长，还是作为董事一员同样身处旋涡中心的我，都对此充满了期待，我们都觉得牧野先生也一定会站出来这么做的。然而遗憾的是，牧野先生并没有那么做，他对此不置可否，只是在留下了对自己家人和银行的谢意后，便结束了自己的生命。"

仿佛是在体会牧野的遗恨，中野渡低下头，停了下来。行长室里就像是在追悼逝去的牧野一般重归寂静。窗外都市的喧嚣，恍如不断降落的积尘一般，悄悄地潜进房间里来。

"当时的我，无论如何也不能理解牧野先生的死。"中野渡打破寂静，再次开口说道，"是如你所说的那样，因为给新银行造成的麻烦而死，还是有什么其他非死不可的理由？但是，那时候我们不仅要忙于四处奔走力图挽回受损的社会信用，还要想办法解决行内面临的危机，收拢业已离心离德的人心，根本无暇静下心来深入探讨牧野先生死去的含义。"

中野渡所说的内容，其实就是一部东京中央银行的艰苦奋斗史。

"当时，我一有机会就跟部下说，要恢复银行的社会信用是一件多么艰难的事情。信用不是一天就能达成的，但是失去信用却真的只在眨眼之间。守护好银行的招牌是多么重要啊。那时候，我成天想的就是，只要能够恢复银行的信用，就算中间经历再大的波折，东京中央银行也一定可以茁壮地成长。不过，那时候的我，想法似乎还是有点儿太过天真啦。"

双手手掌在胸前交叉相握，侃侃而谈的中野渡，说到这里深深地叹了口气。那一声叹息，仿佛还透露出潜藏在心底深处的那份思念。

"一眨眼，我忝列行长之位已经七年。身为行长，我最操心的一件事情，就是想方设法促进行内融合。这么些年来，银行业绩发展一路顺风顺水，银行的社会信用也在不断地恢复，唯独行员们眼中的旧派系意识仍旧根深蒂固。那些毫无意义的争执冲突，在行内的各个角落不停地上演。在旧 T 和旧 S 这两个阵营中，形成了一有机会就相互揶揄、互相批判的氛围，只是为了增强自己一方的势力，这样的错误行事也不知道白白浪费了多少人员精力。到底要怎么做，才能将行员从这种相互倾轧和互相猜忌中解救出来，到底要怎么做，才能开阔大家的胸襟呢？一直都在认真思考这个问题的我，到那时候才第一次意识到，新银行所犯下的错误。那就是，牧野先生死去的时候，我们是不是搞错了解决问题的方向。"

纪本暗中屏住呼吸，一动不动地听着中野渡的话。

"那时候已经暴露在台面上的贷款乱象或许的确算得上是一件大事。但是，对于我们来说，真正要面临的问题其实是，人们对旧东京第一银行贷款的信赖已经伤及了根本。结果，旧 S 阵营中的人认为旧 T 一定还隐藏着其他问题贷款，而旧 T 则对旧 S 的反应大为紧张，怀疑对方想要篡夺银行大权的警戒之心挥之不去。我说的有错吗？"

向纪本抛出的问题，只不过是中野渡有感而发，其实并没有期待得到对方的回答。实际上那原本就不是在提问，而是中野渡确信自己所说的事情就是正论。

"我们原本应该趁着那次机会，相互之间对贷款内容进行一次彻底的查证，以探明事情的真相。在此基础上，对牧野先生的死进行深入的讨论。遗憾的是，当时的我们只针对浮出水面的单个事件进行了表面的处理，而忽视了对核心关键部分的思考和关注。

那件事情作为一个反面教材，一直被我谨记在心，并促成我吸取教训立下了新的决心。这个决心就是——"

中野渡直视着纪本。

"我将从自己的视角出发，再一次叩问牧野先生死去的意义。那个人，为什么会死？他真的非死不可吗？为此，我要进一步探明事情真相，并以此为契机推动这家新银行实现真正的行内融合。这就是我的决心！"

毅然决然的中野渡，现在将视线重新投向了仍然握在纪本手中的文件，继续说道："为了达到这个目的，我对旧银行的问题贷款重新开展调查。我知道，要做好这件事就不能公开，必须私下暗中推进。如果，最终什么都没有发现，那么就如你说的一样，牧野先生是清正廉洁的，他是因为太注重清白所以才选择以死明志。反过来，如果情况并非如此，那么他的死到底是为了什么呢？"

由于内心反复揣度着中野渡手中得到的"真相"，纪本抓着文件的手指紧紧握成了一个拳头。

"已经不用我再多做说明了吧？令人遗憾的是，旧东京第一银行至今仍然隐藏着为数众多没有解决的问题贷款。负责对那些问题贷款展开调查的，就是这位检查部的富冈君。刚才，我已经通过他提交的报告，知道了那些贷款为什么会产生，贷款的问题在哪里，该由谁来负责，那些贷款现在到底处于什么状况，这些问题一旦曝光，将对银行的信用造成多么致命的打击！银行又会因此而遭受世人多么猛烈的批判啊！总之，现在我所了解到的情况，终于慢慢逼近了你所知道的那些内情。正因如此，现在的我历经十年的岁月，才第一次对牧野先生当年直面的危机有了相当切身的感受。也正因如此，我才终于明白那个叫牧野治的男人为什么要选择自杀，我确信自己已经触及了事件的真相。"

说到这里，中野渡仿佛是宣战一般站起身来，朝纪本投去了刚直的目光，里面没有掺杂半点虚假。

"牧野副行长，他是为了隐瞒事实真相才死的！"

中野渡的这句话仿佛一记重击，压得纪本身子后仰，不敢动弹。

"为了自己的名誉，也为了你们这些旧东京第一银行行员们的未来，他选择了隐瞒事实真相。我们坦白说吧。牧野副行长的选择，是错的。他不应该选择死，他应该活着还原真相、负起责任。"

娓娓而谈的中野渡，他的思绪仿佛已经不在现场，而是陷入了对往事的追忆与彷徨之中。"实际上，合并前我就对牧野治这位银行家十分熟悉，他是一位优秀而杰出的银行家，拥有了不起的国际视野。作为一名清白干净的行业精英，牧野先生或许始终无法原谅后来的自己，居然会在各种各样肮脏阴暗的羁绊中沉沦，以致作茧自缚而难以自拔。但是无论如何，他最后做出的决断，却是错的。以死来逃避责任是一种多么愚蠢，多么任性自私的行为啊！但是，事到如今，再振振有词地说这些，是对死者的不尊重。所以对于他曾经所犯下的错误，我不会再说第二次。我想仅此一次，就在这里，只对你，说出这番心里话。"

一直目不转睛地和中野渡对峙的纪本，此刻看见中野渡的眼中闪着泪花，把到嘴边的话又咽回了肚子里。

"牧野先生，真是一个好人哪。"终于，中野渡严肃的表情缓和下来，充满怀念地说道，"真的，是一个非常好的人。如果他能活着，大家在一起讨论现在银行直面的各种问题，那该有多好。那该有……"

哽咽的中野渡，泪流满面。他绷着嘴唇，任由泪水流淌，继续说道：

"你或许会认为，所谓的行内融合只不过是镜花水月，一点儿都不现实。然而，事实并非如此。如果我们当初没有犯下那些错误，大家一定可以众志成城。所以，我们决不能逃避。**不能把责任转嫁给他人，而是真挚坦率地说明一切，切实负起肩上的责任，这比什么都重要**。这是为了年轻行员们的未来，也是为了这家银行的未来。我觉得这才是我们作为经营者该有的觉悟。对此，我也想听听你的意见。"

在中野渡说话期间，纪本心中也是纷纷扰扰，各种思念和回忆的片段如走马灯似的来来去去、闪现消失。

对旧S的反感，合并前夜行内针对问题贷款的激烈交锋，听到牧野治自杀消息那一刻遭受的冲击，葬礼上蜂拥而至的媒体……

但是现在——为什么这一切看起来都已经恍如隔世？虽然自从新银行诞生至今，已经走过了将近十年的岁月，然而回首前尘其实只不过弹指一挥间。在这期间的每一个日日夜夜里，自己为了维护所谓旧东京第一银行的尊严所作的那些努力，到底算什么？对于如今正在和中野渡对峙的纪本来说，这一切到底值不值得自己不惜赌上银行员的生命去守护这个问题本身，也变得模糊动摇起来——而这又是为什么？

如果，死是对苦难生活的一种解脱，那么现在纪本所要面对的现实，正是这种死亡的翻版。

在中野渡沉重目光的注视下，现在，纪本终于深深地吸了一口气。

无论是将窗外的世界变得橙黄尽染的初夏天空，还是丸之内附近的那些高楼大厦，这些风景在纪本的眼中，全都失去了应有的色彩，只不过像是一堆发生着化学变化的无机物罢了。

良久——

"我没什么可说的。"纪本从喉咙里挤出一丝嘶哑的声音，"关于对这些问题贷款的处置，我想跟合规室详谈。"

听完纪本的这句话，中野渡盯着对方注视良久。那两道眼神深处，一定还潜藏着各种各样的思虑，只不过已经没有什么话好说了。

富冈起身拨通了内线号码。不久，一个猫腰弓背的高个男子走进了行长室。是合规室主任高桥。

显然大家事先都已经沟通过了。

神情严厉地走进行长室的高桥，绷着一张苍白的麻子脸盯着纪本。

以前就这么觉得，这家伙简直就是个"死神"啊。此时的纪本想到这点，嘴角却反倒不合时宜地浮现出一丝微笑。

6

　　"你呀，这可是了不得的大事啊。"首相的场说道，朝坐在桌子对面的白井投去冷冷的目光。

　　"箕部先生竟然做出那种事情，现在进政党的绿色形象已经大为受损。对于高举远离政治和金钱丑闻旗帜的我党来说，这是一次巨大的打击。事情还远不只如此。现在的舆论，已经对你作为国土交通大臣的手腕和能力打上了一个大大的问号。这一切，都是你急于求成导致的结果，希望你能认真负起责任来。"

　　白井硬挺着腰板，气得紧咬双唇。而且，她那好强的心理又开始作祟，直接抢白了一句，"总理，恕我直言，成立特别调查委员会这件事情，应该是经过您首肯的呀。"听了这句话，的场那张接近正方形的白色脸庞，顿时皱成了一块平行四边形。

　　"那时候，我不认可也不行啊。"的场原本就是个急性子，此时他的语气已经很不耐烦，"事前也没有充分的商量，就私自设立什么特别调查委员会，虽然不知道到底是谁给你出的馊主意，但事后如果再否定你在记者会上的表态，公众就得回过头来质疑我们政府的沟通渠道是否顺畅，那样更会打破我们政府上下一体、坚如磐石的形象。更何况，正是因为箕部先生也跑来说情，所以才由政府出面对你的委员会进行了追认，仅此而已。"

"真的非常抱歉。"在的场的斥责面前，白井心下无奈，只好出口谢罪，"但是，当时我只是想如果事情还是按照原来的计划推进，那么帝国航空的重振就变成宪民党的政绩了——"

"你想说的意思我明白。逢宪民党必否。这一点当然没错。既然这样，那么现在你的成果呢，在哪呢？"

语气尖锐刻薄的的场，眼中燃烧着青白色的怒火。

"如此大张旗鼓地推出特别调查委员会，投入上百名的专家学者，而且听说运行经费还是由帝国航空来买的单？既然是私设咨询机构，你自己多少应该也出了点儿吧。一千万，一个亿，还是多少？"

面对的场的排遣，白井俯首垂眉，一言也不敢发。

"不会吧，你不会一毛钱都没出吧？难不成你就光出了一张嘴巴？"

"当时，来不及通过帝国航空的救济法案。"白井辩解道，"而且这一切，都是我作为国土交通大臣，为了要守护航空行政才做的啊，总理。"

"可是，我却只看到有人弄巧成拙。"

白井绞尽脑汁才拼凑出来的辩解，在的场面前不堪一击。

"在法案没通过打算私自设立机构前，你作为政府阁僚的一员，有没有找我商量过半句呀？没有法案，制定一份就行了嘛。这不是时间的问题，这是应当履行的正确手续。这些都不做，难不成靠你那骗小孩的表演就想简单地重振帝国航空吗？对此我是不是还得手舞足蹈为你庆祝啊？"

在的场犀利的舌锋面前，白井试图抓住缝隙反驳的努力，最终还是被无情地击得粉碎。

"不可否认，白井亚希子的存在，的确曾挑起了进政党正面形象的一端。实际上，对这一点我也乐见其成，所以为了凝聚国民的人气，特地提拔你担任国土交通大臣。但是，看来对于你来说，这副担子似乎还是太重了点儿。"

"没有那样的事，总理。"

对于依然伸直腰杆以示自信的白井，的场却皱着鼻子，一脸说不出的嫌恶。

"召集各路记者参加的那次无聊的表演，也是你的主意？政治不是作秀啊。结果呢，被东京中央银行当场拒绝放弃债权不说，箕部先生的政治资金问题也彻底露了馅儿。这不是丢脸丢到家了吗？"

"总理，那次现场本来应该是中野渡行长出席的。"

白井解释道："后来都是因为中野渡行长出尔反尔，所以才——"

"人家不是正儿八经以行长的身份派了行员来吗？究竟在说什么哪，你？难不成你的意思是交涉对象如果换成行长，你就能搞定了？"

的场对白井苍白无力的辩解感到好笑，但立马又换上了一副犀利的眼神盯着白井，"在世人的眼里，那个行员会一边倒地得到认真较劲的正面评价，而箕部、你，还有那个乃原等一干夸夸其谈的论客，却在众目睽睽之下，败给了一个不起眼的银行员。不要再讲那些没用的借口了。你呀，算是彻底地输了。而且，还是在你最擅长的电视银幕面前！"

被指着鼻子一通臭骂，白井内心充满屈辱，憋得满脸通红。然而，的场说的却全都是事实，她根本没有反驳的余地。

"这件事，我也有任人不察的责任。"的场沉重地说道，"如果，你的资质以及举止言行不适合担任国土交通大臣，那么届时我就有责任将你罢免，并起用更加适合的人员。不过，如果在此之前你能主动辞职，那就另当别论。"

白井的脸瞬间僵硬，双眼睁得老大看着的场。

"这是，辞职劝告吗？"

面对好强的白井言辞尖锐的质问，的场回答得异常平静。

"就在刚才，箕部先生已经提交了退党申请。"

白井闻言倒吸一口冷气，再也说不出一句话来。

"虽然是小道消息，但是我听说箕部先生有一部分政治资金，也流进了你的账户。"的场继续说道，"在这里我不想求证传言的真伪。我不知道你招惹的到底是染指金钱的丑闻，还是造成航空行政混乱的失职，但是无论面对哪一条，你现在正在接受拷问的不都是作为一名政治家的底线问题吗？"

仿佛能够预知房间里的谈话进度似的，此刻外面正好响起了敲门声，下一个面谈者官房长官探进头来。

看见白井的身影，官房长官说了一句"啊，失礼了"，正想退出门去，的场开口叫住他说了声，"啊，没关系"，然后脸上的凶相一收，换上了一副文雅大方的表情。

"和白井君的谈话已经结束了。"

在的场的催赶下，白井呆若木鸡地转身消失在门后，的场连看都没有多看她一眼。

7

"辛苦啦，半泽。总之，先干一杯再说！"渡真利说着，高高举起满满一大杯的啤酒，和伙伴碰杯饮酒。

"不过，也不是没有瑕疵啊。"近藤一边用指甲拂去嘴角的啤酒泡沫说道。

半泽突降特别调查委员会和乃原面谈，已经是半个月前的事了。因为那件事情，箕部启治的"金钱问题"彻底浮出水面，如今已经得到媒体的高度关注。

另一方面，东京中央银行则针对旧东京第一银行时代的问题贷款，向金融厅提交了一份报告。同时召开记者招待会，公布了十三件，总额达一千五百亿的问题贷款存在"合规性问题"。这些都是昨天的事情。在记者招待会上，中野渡行长出面谢罪，并誓言彻底防止再次发生类似事件，坚决遵守法令，坚持道德操守。

"纪本常务最后也终于醒悟了，听说正在全力配合行内对所有问题贷款进行调查。"

以为他大概会顽固抵抗到底的渡真利，对此只是淡淡地说了句"这倒真是令人意外"。

纪本平八的辞职，已经是板上钉钉的既成事实。对以法人部的灰谷为首，以及与问题贷款相关的其他行员们，近期应该也会发布相关的人事命令。

"说起来，首当其冲的受害者，或许还是帝国航空啊。先是被作为政治操弄的道具玩得团团转，到头来，却只不过等来一个特别调查委员会分崩离析的结果。"

白井亚希子，也在昨天闪电辞去了国土交通大臣职务。这简直就是一记晴天霹雳，同时也是进政党以压倒性优势胜出后，执政路途上的一次重大挫折。

"资金周转可是刻不容缓的事情啊。"就连一向乐观的渡真利也不由得表情凝重，向半泽问道，"到底怎么样了，帝国航空？"

"听说正在私下接洽企业重振支援机构的救济。"

"你听谁说的？"听了半泽的话，渡真利吃惊地问道。现在浮现在半泽脑海里的，是昨天在金融厅举行的记者招待会上的一幕。

* * *

能容纳一百五十人的招待会现场座无虚席。因为东京中央银行的问题贷款和箕部启治的政治资金问题关联密切，吸引大家的也就是这个原因。

坐在会场最后一排，听着问题贷款全情介绍以及中野渡等一众银行首脑接受记者答问的半泽，突然感觉有人在看着自己，于是顺着感觉往回看。

"哎呀，你也来啦？"

看起来十分开心，还主动打招呼的人，却是那个金融厅的审查官黑崎。

"给您添了不少的麻烦。"半泽一边小声说道，一边低头致歉。

"真是的，不管走到哪里都会碰到你们银行的腐败案啊。"黑崎仍旧一副嫌弃的口吻回道。

"有一个问题，能否向您请教？"半泽还是向黑崎问道，"舞桥 STATE 的那个案子，和箕部启治之间的关系，黑崎大人是不是一早就知道了啊？"

"我可不知道那些事情。"黑崎举起手连连摆动，"说起来，你为什么觉得我就一定知道那些事情啊？"

"因为我觉得，在检查各家银行的过程中，您可以掌握许多没有公开的秘密。"半泽说着，一边留意观察黑崎的反应，"比如说，一些政治丑闻之类的。我也有调查过，黑崎大人您也曾经到已经破产的舞桥银行检查过，对吧？"

黑崎没有任何反应。半泽盯着对方的眼睛继续说道："对于金融厅来说，国土交通大臣以及她私设的特别调查委员会做出的无理干涉，无疑是对自身领域的一种侵犯。依照霞关的规则，你面对无视垂管权限的粗暴干涉，未必不会出手搅上一棍子浑水。这样的猜测想必也不会太牵强吧？"

"我说你，真看不出想象力还挺丰富啊。"

黑崎似乎对半泽的指摘毫无兴趣，只是露出一脸的讥笑说道，"什么去官僚化，那群人就是太自以为是，所以才会落得今天的下场。"言辞之间可以窥见他心中对进政党抱有的那份敌意。

"拜你所赐，帝国航空的重振现在弄得不上不下。"半泽说道，"一旦被分类，想要再获得贷款可就难了。"

"不都是自作自受吗？帝国航空也好，你们家银行也好。"黑崎抱着胳膊，轻蔑地吐槽道，"不过有一件事情，我倒是可以告诉你。在进政党内部，似乎有人正在活动，准备引入企业重振支援机构来救济帝国航空哦。"

这回半泽对黑崎刮目相看。

"那些机构有自己的基金，估计能够拯救帝国航空也说不定。不过话说回来，对方会开出什么救济条件可就不好说了。搞不好，你们也要做好最坏的心理准备啊。给我好好加油干吧！"

翘着嘴巴的黑崎，说完便迅速地消失在身后的门厅里。

＊　＊　＊

"真的假的啊？"渡真利瞪大了眼睛，"不是，那些都是一向只针对中小企业的重振基金吧？他们会肯接手帝国航空吗？"

"似乎是的场总理献出的一招苦肉计。"

"可是，就算新基金肯出手救济吧，如果帝国航空自己没有任何改变的话，再多的钱扔进去也是打水漂啊。"

虽然渡真利持否定的态度，但半泽还是盯着手中的杯子回了一句"不会的"，仿佛是在祈祷，"OB 的企业年金问题也有了眉目，公司员工和领导层的意识也在慢慢改变。帝国航空一定会好起来的。"

"那，依你所见，他们还可能自主重振吗？"

听到这个问题，半泽陷入了沉思。

"具体会怎么重振我也不知道。但是，不论以哪种形式，帝国航空一定会再次翱翔在日本的天空。即使要花费一定的时间，民族的标杆也一定能实现王者归来。我坚信！"

"但愿如此啊。"

渡真利半信半疑，说完又埋头看着菜单，开始挑选下一杯酒。

8

　　半泽被中野渡叫走，是在几个月后，一连串的骚动终于渐渐趋于平静的某个下午。帝国航空重振特别调查委员会，已经随着白井的辞职而宣告瓦解，乃原和三国从那以后便消失得无影无踪。

　　帝国航空的重振事宜，正如黑崎所料，由企业重振支援机构接棒，目前正在等待全新的重振方案出台。

　　回到办公室以后，中野渡来到窗边，面窗而立，俯视着大手町周边的光景。

　　"这次的事情，辛苦你了。"

　　行长转向走进办公室的半泽，站着对自己的手下慰劳道："你解决了很多棘手的事情。谢谢你。我就是想跟你说句感谢的话。"

　　半泽轻轻低头表示回应。

　　"这几天，金融厅可能就会公布对我们的处分，估计又要开一张业务改善命令吧。"

中野渡的这句话，令半泽紧张地抬起了头。

中野渡继续说道："我行是合并银行。虽说这些不好的事情是发生在旧东京第一银行，但是这次不能只做问题的善后。除此之外，还必须要有人出来为此承担责任。"

停顿下来的中野渡，用他那作为一名身经百战的银行家，历经无数修罗场历练而变得无比犀利的眼神盯着半泽。

"对拼尽全力解决这次事件的你，我觉得有必要讲一讲我的个人考虑。"中野渡开口说道，"从就任行长的第一天开始，长期以来我都高举行内融合旗号，主张不问出身共事，朝着实现全行一家人的目标不懈努力。你也知道，这次决定让纪本君引咎辞职，但是那并不代表事情就此落下帷幕。通过这次事件，我深感自己德行有亏，我觉得我自己也有必要重新审视自我。我——"

中野渡再一次停顿下来，刚直无比的目光看向半泽，"我准备辞去行长职务。"

半泽内心遭受巨大的冲击，那里仿佛有什么东西在顷刻间坍塌。

他不知道该说些什么，他想努力思考中野渡的决断到底是否妥当，可是脑中却一片混乱，毫无头绪。

"是非对错，并不是在做出决断的时候决定的。"中野渡说道，"因为是非成败，得由后人来评。这个决断，也可能是错的。但是我觉得，正因为如此，才要毅然做出现在自己坚信正确的选择。为了将来的自己不会后悔！"

沉重的话题之下，房间内一时陷入了无边的寂静之中。

眼下，中野渡这颗银行界的巨星，行将陨落。

半泽好不容易才能够接受眼前的事实。

时代在变，一切都在飞速前行的时光洪流中被裹挟向前。对于活在这个世界上的个人或企业来说，这一切或许根本避无可避。面对这样的变迁，谁又能躲得过将注定随着变化降临的那些惊讶、失望，还有感慨呢？

"这时候，我是不是应该跟您说一句，辛苦啦？"

听到半泽好不容易挤出来的这句话，中野渡脸上露出一名老练银行员狡黠的笑容。

"你别说，还真是挺累的。不过，就算不当行长了，我也还可以继续当一个银行职员吧。只要还是银行职员，就要永远奋斗不息、战斗不止。我们的字典里是没有'休息'二字的。"

中野渡的话非常直截了当，直刺半泽的内心。

七年时间，率领东京中央银行一路走来的中野渡谦，是一位清浊能容的战略家，是一位高明的经营者，还是一位无人能及的超一流银行家。

他在处理不良债权和稳定金融系统中手段犀利、勇猛果敢，但是在推进行内融合的时候，又拳拳思虑、费尽苦心。中野渡在任期间那种惊人忘我的奋斗姿态，深深刻在了半泽的记忆里，永不退色，永难忘记。中野渡用自身的行动，告诉半泽什么是一名银行家的骄傲和理想，什么才是一名银行家该有的战斗姿态。

"谢谢您！"

缓缓退后一步的半泽，深深地鞠了一躬。

面前的老人，一如往常回道："辛苦啦！"

在掩上办公室门的那一刻，半泽看见中野渡再次站在窗边看向窗外的背影。那是半泽在东京中央银行的行长室见到的，中野渡谦最后的英姿。

9

"你还是帮了我很多忙啊。"

富冈突然面向半泽，双手撑在膝盖上，一边说着"谢谢"，一边低头致意。

面对这突如其来的态度，半泽一下子不知道说什么才好，茫然问道："怎么了？突然搞得这么严肃。"

"这下，终于我也迎来春天啦。"富冈的回答出乎意料。

两人坐在银座廊街上那家熟识的寿司店里。

"难道，是要调职了？"半泽吃惊得睁大了眼睛，赶忙问道，"去哪儿？"

"听说是出任东京中央信用的审查部部长。真是无聊的工作啊。不过，工作地点还在同一栋楼，没啥变化。"

半泽"哦"了一声，随后换上一副戏谑的语气说道："真是太好啦！"故意显得一惊一乍。

"原来你并没有被人事部遗忘呀。"

"你这家伙，真是嘴上不饶人啊。"富冈撇撇嘴继续说道，"今天你请客。庆祝我荣升。明白了吧？"

"是是是。谁让我出自前辈的门下，不请客怎么行呀。"

半泽说着，举起加了冰的栗子烧酒，表情突然严肃起来。

"长久以来，承蒙关照了！"

"你有真心觉得受我照顾了吗？"

富冈一副嫌弃的口吻说道，但是眼中却早已泛出淡淡的泪光。然后他也认真地看着半泽说道："我也一样，承蒙关照了。"

"这次能在一起干到最后——真的很有趣啊，半泽老弟。"富冈说着"砰"的一声拍在半泽的肩上。

"真是一段有趣的银行职员人生啊。和你一起工作非常愉快。"

"我也希望，最后有朝一日能对你说上这句话啊。"

面对认真的半泽，富冈最后只是高兴地笑了起来。

虽然不像中野渡那样在万众瞩目的位置上盛大开放，但是这个叫富冈的男人，却绝对是一位正派一流的银行家。就算不为世人所知，安静地离开了银行，这个男人曾经鲜活奋斗过的历程依然值得尊重，并闪耀着璀璨的光芒。这一切，在半泽的心中炳如观火。

就这样，虽然又一名勇士行将离去，但是他的身后却留下了动人的传说。

继承他们的传统继续奋斗，这就是我的使命！

这一刻，半泽无比坚定地，在心中立下了誓言。